库

029

Brave New World

美丽新世界

Aldous Huxley

［英］阿道斯·赫胥黎 著

章艳 译

中信出版集团｜北京

图书在版编目（CIP）数据

美丽新世界 /（英）阿道斯·赫胥黎著；章艳译.

北京：中信出版社，2025.7.（2025.10重印）——（无界文库）.

ISBN 978-7-5217-7710-9

Ⅰ．I561.45

中国国家版本馆 CIP 数据核字第 2025ZK1176 号

美丽新世界
（无界文库）

著　者：　[英] 阿道斯·赫胥黎
译　者：　章　艳
出版发行：　中信出版集团股份有限公司
　　　　　（北京市朝阳区东三环北路 27 号嘉铭中心　邮编　100020）
承印者：　嘉业印刷（天津）有限公司

开本：787mm×1092mm 1/32　　印张：11.75　　字数：160 千字
版次：2025 年 7 月第 1 版　　印次：2025 年 10 月第 2 次印刷
书号：ISBN 978-7-5217-7710-9
定价：29.00 元

中译本序

章艳

第一次听说《美丽新世界》是在2003年翻译《娱乐至死》时,该书作者在前言中对乔治·奥威尔的《一九八四》和阿道斯·赫胥黎的《美丽新世界》进行了比较:

> 奥威尔害怕的是那些强行禁书的人,赫胥黎担心的是失去任何禁书的理由,因为再也没有人愿意读书;奥威尔害怕的是那些剥夺我们信息的人,赫胥黎担心的是人们在汪洋如海的信息中日益变得被动和自私;奥威尔害怕的是真理被隐瞒,赫胥黎担心的是真理被淹没在无

聊烦琐的世事中；奥威尔害怕的是我们的文化成为受制文化，赫胥黎担心的是我们的文化成为充满感官刺激、欲望和无规则游戏的庸俗文化。正如赫胥黎在《重访美丽新世界》里提到的，那些随时准备反抗独裁的自由意志论者和唯理论者"完全忽视了人们对于娱乐无尽的欲望"。在《一九八四》中，人们受制于痛苦，而在《美丽新世界》中，人们由于享乐失去了自由。简而言之，奥威尔担心我们憎恨的东西会毁掉我们，而赫胥黎担心的是，我们将毁于我们热爱的东西。

在翻译《娱乐至死》近十年后，出版社发来邮件询问我是否愿意翻译赫胥黎的《美丽新世界》和《重访美丽新世界》。

在回复是否翻译之前，我做的第一件事是找到《美丽新世界》的英语原文，从头到尾认真看了一遍。我得承认，除了第一章有太多的医学术语让人觉得有些枯燥外，整本书相当精彩，可以吸引读者一口气读完。不难发现，赫胥黎在二十世纪三十年代初的一部分预言不知不觉地在我们的这个娱乐时代实现了，如果人们对此不引起重视，不及时进行思考，就很可能成为实现这些可怕预言的同谋者。在赫胥黎预言的地球国里，他们奉行的座右铭是"集体至上、行动一致、社会稳定"，人工生殖消解了人们生理上的差别，潜意识教育使人们的心理和思想整齐划一，科学技术的进步和索麻能最大限度地满足人们的物质和生理欲望，人们失去了感受痛苦的能力，进而失去了思考和创造的能力。这是一个人人快乐的美丽新世界，然而却是一个多么可怕的新世界。只要读者能够稍加思考，就会感叹赫胥黎在80年前的预言是多么富有远见卓识。这是一部能够引发思考的作品，非常值得翻译。

这样的一部重要作品，是否已经有人翻译过？借助网络，我找到了几个译本：最早的是台湾学者李黎的译本《美丽新世界》（1987），但从她的译后记中得知她早在60年代就已翻译出版此书，此外，还有孙法理的《美妙的新世界》（译林出版社，2000）和王波的《美丽新世界》（重庆出版社，2005）。令我吃惊的是，还有一个出版社出版的译本竟然和孙法理的译本一模一样，但译者却截然不同。

3

再好的翻译都难免会留下遗憾，有的是理解上的偏差，有的是表达上的不足。作为后译者，因为有旧译打下的基础，可以享受参考之便，能够把更多的时间和精力放在打磨疑难句子上面。在阅读了原文之后再去阅读译文，以旁观者的眼光也比较容易找到一些可完善之处。在大致阅读了几个前译本之后，我认为重译还有完善空间，至少应该有以下几个努力方向：一、尽可能避免误译，做到理解无误，表达流畅；二、通过必要的注释帮助读者理解文本，对莎士比亚戏剧的引用以及历史上真实人物和事件做简单的脚注；三、关注作者给人物的特殊命名，如列宁娜、伯纳、马克斯、恩格斯等。

　　在做好以上功课之后，我回复编辑愿意接受这个翻译任务。

　　在对《美丽新世界》旧译本的利用上，我只是事先通读，在确定自己理解没有问题时，为了保持自己翻译风格的一致性，在具体翻译时有意去不参考已有译文。在碰到文中一些"口号"或"顺口溜"的翻译时，虽然前译有不少精彩译笔，但为了避免雷同，有意改变译法，如果不能做到"异曲同工之妙"，那就可能弄巧成拙了。这里仅举一例，孙法理译本把 his deplorable habit of being bold after the event, and full, in absence, of the most extraordinary presence of mind 译成"他那可鄙的'事后逞英雄，场外夸从容'的毛病"，这样的译文非常形象生动，看过一遍就让人过目不忘。我的译文是"他那讨厌的'有事就逃，无事逞能'的毛病"，从译者思维的角度来看，这个译文在形式上显然受到了孙译的影响。

网络时代的翻译工作有很多便利，在翻译过程中，我大量查阅了有关《美丽新世界》研究以及莎士比亚研究的网站，在遇到作品中引用莎士比亚戏剧的部分，我一定要找到这些引用的具体出处并做简单脚注。这些网站对我正确理解文本起到了重要的作用，也让我更加意识到，译者不能止于文字表面的理解和转换，更要熟悉作家和作品的背景，重视文本的互文性。虽然译作要尊重原作，译者不能代替作者说他不愿明说的话，但和原文读者相比，译文读者毕竟是处于另一种完全不同的语言和文化之中，译者还是应该担负起阐释者的责任。

虽然在翻译过程中我一直抱着谨慎的态度，但错误和不足一定还是在所难免。写这篇译后记，主要是为了简单交代一下自己的翻译过程，并希望读者因为感受到译者的郑重而更加重视这部本该重视的作品。

2012年10月

又记：译本完成因为出版计划改变的原因，拖延了两年多，终于由中央编译出版社出版，辛苦的劳动没有白费，这是最感欣慰的事。

2015年3月

《重访美丽新世界》出版后，读到不少读者对这个译本的肯定。此次中信出版社准备出版《美丽新世界》，我决定对译文进行修订，有些只是文字的润色，有些地方则是对原译文的校正。相信很多同行都有相同的体会，任何一次重读都会发现一些尚不如人意的地方，此次修订哪怕能纠正几个错误，也是值得的。

2024年11月

1946年版序言

阿道斯·赫胥黎

所有的道德家都认为，长期沉溺于悔恨之中是一种极不健康的情绪。如果你做错了事，你可以忏悔，然后尽自己所能进行弥补，让自己下一次做得更好。千万不要成天想着过去的错误，在淤泥中打滚绝对无法让你变干净。

艺术也有自己的道德观，有很多艺术道德的准则和普通伦理的准则是一样的，至少是相似的。例如，不论是对于蹩脚的艺术还是错误的行为来说，悔恨都是一种不健康的情绪。我们应该找出不足，承认不足，然后，如果可能，就要在未来避免重复。去深究一部二十年前完成的文学作品有什么不足，去试图修补一部在初版时有缺陷的作品让它变得完美，把中年的光阴耗费在弥补自己年轻时犯下的艺术创作之过上——所有这些无疑都是徒劳无功的。这就是为什么，眼前的新版《美丽新世界》和老版并无二致。它作为一部文学作品的缺陷显而易见，但是如果要弥补这些缺陷，我就得重写这本书，而且在重写的过程中，作为一个因为岁数增长而发生了变化的人，我很可能在改正它的一些缺点时把它原来的优点也一并抛弃了。所以，我抵制住了在悔恨中打滚的诱惑，宁愿把优缺点都扔在一边，去思考一些其他问题。

但是，我还是应该至少提一下这本书里最严重的一个缺陷，请容我慢慢道来。书中的野蛮人只有两个选择：一个是乌托邦社会里的疯狂生活，另一个是印第安部落里的原始生活，后者虽更接近人性，但也同样奇怪反常。在我当时写这本书时，我觉得一个人能够有自由的意志对不同类型的疯狂进行选择是件有意思的事，而且认为这是完全可能的。但是，为了获得戏剧效果，我让野蛮人说的话和他的生活环境有相当大的距离（他所处的宗教一半是生殖崇拜一半是苦修[1]式的残忍），即使他熟悉莎士比亚也不可能像现在这样说话。在书的末尾，他失去了理智，印第安宗教中的苦修主义占了上风，他对自己进行疯狂的自虐，最后绝望地自杀了。"他们从此就这样悲惨地死去了"——这让本书作者这种皮浪主义[2]唯美主义者感觉心安理得。

我在这里不想说理智是不可能的。虽然，我现在和过去一样都很悲哀地肯定，理智是很罕见的现象，但我还是相信，理智是可以获得的，而且我希望能够看到越来越多的理智。我在最近的好几本书里都表达了这样的观点，而且还编写了一本理智者讨论理智的本质以及如何获得理智的文集，但一位很出色的批评家说我代表着知识分子阶层在危机时代可悲的失败。我想，他的言下之意是，这位教授自己和他的同事们代表着令人激动的成功，这些人类的恩人理应得到尊

1　苦修：源于美国西南部某些印第安部落及西班牙裔天主教兄弟会成员，他们为纪念耶稣受难而举行伴有绝食和自救行为的宗教仪式。（本书注释均为译者注。）

2　皮浪（Pyrrho，约公元前365—前275），古希腊怀疑主义的奠基人，所以怀疑主义也常被称为"皮浪主义"。

重和纪念。让我们为这些教授建一座万神殿吧，它应该坐落在欧洲或日本某个被毁坏的城市的废墟中，在殿门之上，我会用六七英尺大的字母写上这些简单的文字：**献给这世上的教育家。如果你要寻找他的丰碑，请环顾四周。**[1]

我们还是回到未来吧……如果我现在要重写这本书，我会给野蛮人第三个选择。在乌托邦和原始社会的两难境地之间，存在着理智的可能性——这种可能性在一定程度上已经在那些美丽新世界的流亡者和逃难者身上实现了。他们生活在保留地的边境，在这种社会中，经济上提倡分权制和自由市场，政治上推行合作社。科学技术的作用就像是安息日，它们是为人类服务的，而不是让人为它们改变并成为它们的奴隶（现在是这样，美丽新世界里更是如此）。宗教是人类对终极目标、对道或逻辑的知识以及超然神性有意识的智性追求。人们普遍信奉更高层级的功利主义，最大快乐原则将服从于终极目标原则——在每个突发事件发生的时候，第一个被提出并得到回答的问题是：

———
1 这里赫胥黎是在讽刺那些批评者，认为他们的理智带来的是战争的废墟。

"我和其他绝大多数人的这个思想或行为将对达到人的终极目标有何贡献，有何干扰？"

如果我重写这本书，我会让在土著人中长大的野蛮人有机会直接了解乌托邦社会里自由合作的人们追求理智的事实后才让他到那里去。如果做了这样的修改，《美丽新世界》就会拥有艺术和哲学（请允许我把这样的一个大词用于一本小说里）的完整性，这些显然是我现在这本书所缺乏的。

但是，《美丽新世界》是一本关于未来的书，不管它的艺术和哲学完整性如何，如果它的预言看上去可能会实现，那么这样一本关于未来的书总能让人感兴趣。从我们今天的视角来看，我们沿着现代历史再往前走十五年，这些预言实现的可能性有多大？在1931年和1946年之间这个痛苦的间隙中，有哪些事件已经证明了1931年的预言？

关于预言，我有一个明显的失败，《美丽新世界》没有提到核裂变。在这本书写作之前的很多年里，原子能的可能性已经成为一个热门的话题，《美丽新世界》没有提及这一点确实让人奇怪。我的老朋友罗伯特·尼科尔斯（Robert Nichols）曾经写过一个有关这个话题的剧本，非常成功。我记得我自己在二十年代后期出版的一本小说里也非正式地提到过这个话题。所以，就像我说的，福特七世纪的火箭和直升机还没有用这种原子核做能源似乎很奇怪。这个疏忽也许是不可原谅的，但至少是有理由可以轻松解释的。《美丽新世界》的主题不是有关科学进步本身，而是有关科学进步如何影响人类个体。物理、化学和工程的胜利是不言而喻的，书中唯一特别加以描述的科学进步是如何将生物学、生理学和心理学的未来研究成果运用到人类身上。只有生命科学可以彻底地改变人类的生活质量，物质科学的运用要么毁灭生活，要么使生活变得异常复杂和难受，但如果不是被生物学家和心理学家作为工具，它们本身根本无法改变生活的自然状态和表现形式。原子能的释放标志着人类历史的一个重大革命，但不是最彻底的终极革命（除非我们把自己炸成碎片以此来结束历史）。

真正具有革命性的革命不是在外部世界取得的，而是在人的灵魂和肉体里。萨德侯爵[1]生活在一个革命

---

1 萨德侯爵（Marquis de Sade, 1740—1814），法国作家，被称为情色小说鼻祖，一生充满传奇，是历史上最受争议的情色文学作家之一。

的时期，所以很自然地利用革命的理论来为自己独特的疯狂行为寻找合理性。罗伯斯庇尔[1]取得了革命的胜利，但那是最肤浅的政治革命。再深入一点的，是巴贝夫[2]曾经试图发起的经济革命。萨德侯爵认为自己倡导的是真正具有革命性的革命，超越了政治和经济，是发生在每个男人、女人和孩子身上的革命，他们的身体将变成所有人共同的性财产，他们头脑里自然存在的廉耻、传统文明所要求的约束将被全部清除。当然，施虐狂和真正的革命之间并没有必然的联系。萨德侯爵是个疯子，他多少应该意识得到他的革命目标是天下大乱和毁灭。美丽新世界中的领导者也许并不理智（从这个词的真正意义上来说），但他们不是疯子，他们的目标不是无政府状态，而是社会稳定。他们是为了得到稳定才通过科学手段开展了终极的、个人化的、真正具有革命性的革命。

但是我们所处的还只是第一阶段，还不是终极革

---

1 罗伯斯庇尔（Robespierre, 1758—1794），法国革命家，法国大革命时期重要的领袖人物，是雅各宾派政府的实际首脑之一。
2 巴贝夫（Babeuf, 1760—1797），法国大革命时期的革命家，空想共产主义者。

命。在此之后的阶段也许是核战争，可是如果真的发生核战争，那么一切关于未来的预言都是多余的。但有一点是可以想见的，即使我们无法彻底停止战争，我们也许至少还有足够的理智像我们十八世纪的祖先那样理性地采取行动。事实上，"三十年战争"[1]难以想象的恐怖给了人们一个教训，在之后的一百多年里，欧洲的政治家和军事家们都有意识地抵制住诱惑，不去运用毁灭性的军事资源，不去（在大多数的冲突中）进行你死我活的斗争。当然，他们是侵略者，贪恋利益和荣耀，但他们也是保守主义者，决心不惜一切代价不让这个世界遭到破坏，这是他们持续的关注。可是，在过去的三十年间，保守主义者消失了，只剩下右派的民族激进分子和左派的民族激进分子。最后一个保守主义的政治家是兰斯道恩侯爵五世[2]，他写了一封信给《泰晤士报》，建议第一次世界大战应该像十八世纪大多数的战争一样以和谈结束，曾经持保守态度

1　三十年战争（1618—1648），是由神圣罗马帝国的内战演变而成的欧洲多国参与的一次大规模国际战争。

2　兰斯道恩侯爵五世（Marquess of Lansdowne, 1845—1927），英国政治家。

的报纸编辑拒绝刊登那封信。民族激进分子一意孤行，造成了我们都知道的后果……法西斯主义、通货膨胀、经济萧条、希特勒、第二次世界大战、欧洲的毁灭和全球性的饥荒。

假设我们能够像我们的前辈从马格德堡[1]吸取教训一样从广岛吸取教训，我们也许有希望拥有一个虽谈不上和平，但只会发生有限破坏性的战争时期。我们可以假设，在那个时期，核能将只用于工业，其结果是经济和社会方面会出现前所未有的迅速而全面的变革。人类生活所有现存的模式将被打破，为了适应原子能非人性的特征，必须尽快产生新的模式。核科学家们就像穿着现代服装的普洛克路斯忒斯[2]，为人类准备好了床，如果人类不适应这张床，那就只能自认倒霉，只能被拉长或截短，这种事从应用科学开展

---

1 1631年，在"三十年战争"中，神圣罗马帝国的军队突袭了马格德堡并制造了大屠杀。在这场马格德堡洗劫中，约有2万居民被杀，城市也被大火焚烧。战事结束后，这座被毁的城市仅剩下400人。
2 普洛克路斯忒斯（Procrustes）是古希腊神话中的一个强盗，他开设黑店，拦截过路行人。他特意设置了两张铁床，一长一短，强迫旅客躺在铁床上，身矮者睡长床，强拉其躯体使与床齐；身高者睡短床，则用利斧把旅客伸出来的腿脚截短。

以来一直存在，只是这一次比以往任何时候都要极端得多。这些痛苦的手术将由高度集中的极权政府来实施。这是不可避免的，因为不久后的未来很可能和不久前的过去情况相似，在不久前的过去，飞速的技术革新发生在大规模生产中，发生在无产者身上，造成了经济和社会的混乱。为了解决这种混乱局面，权力必须集中化，政府的控制必须加强。世界上所有的政府在原子能得到控制之前就很可能变成了彻底的极权政府，几乎可以肯定，在原子能得到控制期间及之后，政府将进行极权统治。只有大规模的提倡分权制和自助的大众化运动才能够制止目前中央集权主义的趋势。现在，我们还没有看到任何出现这种运动的迹象。

当然，我们没有理由说，新的极权主义一定会和旧的极权主义一样。通过棍棒和行刑队，通过人为饥荒、大规模监禁和大规模驱逐来统治的政府不仅仅是残酷的（如今已经没有人在乎这一点了），而且是低效的。在一个科技高度发达的时代，低效是一种罪恶。在一个真正高效的极权国家里，应该由强大的政治决策者和管理者来控制根本不需要胁迫的奴隶，因为他们热爱被奴役的感觉。在今天的极权国家里，让人们爱上被奴役的感觉是宣传人员、报纸编辑和教师们的任务。但他们的方法还太简单，不够科学。耶稣会曾吹嘘，如果他们可以对孩子进行教育，他们就可以对人们的宗教思想负责，这只是一厢情愿而已。和那些教育伏尔泰的可敬的神父相比，现代教育家对学生进行条件反射训练的效果也许并不显著。宣传的最大胜利不在于做了什么，而在于没做什么。真理是伟大的，但从实际的角度来看，对真理保持沉默更伟大。极权政府的宣传家们根本没有提及某些话题，他们在人民和那些政客不喜欢的事实和观点之间拉了丘吉尔先生所说的"铁幕"[1]，他们这样做比最有力的控诉和反驳都更有效地影响了民众的舆论。但是光是沉默是不够的。如果要避免迫害、清算和其他的社会摩擦，还要像利用消极宣传一样利用积极宣传。未来最重要的曼哈顿计划[2]将是政府赞助对政治家和科学家所谓的"快

1　"铁幕"指的是冷战时期将欧洲分为两个受不同政治影响区域的界线。当时，东欧属于苏联（社会主义）的势力范围，而西欧则属于美国（资本主义）的势力范围。这个词出自英国首相温斯顿·丘吉尔的演讲。
2　曼哈顿计划是美国陆军部于1942年6月开始实施的利用核裂变反应来研制原子弹的计划。

乐问题"进行广泛研究——换句话说,就是研究如何让人们爱上被奴役。如果没有经济保障,人们就不可能爱上被奴役。我们设想一下,强大的政治决策者和管理者将成功地解决长期保障的问题,但是人们很快会对拥有的保障熟视无睹,所以这只是表面的、外在的革命。要想让人们真正爱上被奴役,就要在人的头脑和身体里进行深刻的、个人化的革命。为了实现这个革命,以下的这些发现和发明是必须的。第一,要通过婴儿的条件反射设置以及以后对成人使用诸如东莨菪碱这样的毒品来提高暗示技巧。第二,充分认识到人和人之间的差异,这样可以使政府给不同的人在社会和经济等级中找到合适的位置(不得其所的人往往会产生对社会制度有害的念头,并用他们的不满情绪影响他人)。第三(不论现实生活有多么乌托邦,人们总是需要经常休假,逃离一下现实),需要找到酒精和其他兴奋剂的替代品,它们既要比杜松子酒或可卡因无害,又要比它们更能让人愉悦。第四(这是一个长期的计划,需要几代的极权统治才有成功的可能性),要有易于操作的优生学,可以对人的生育实行标准化以便于管理者管理。在《美丽新世界》里,人的标准化已经达到了神奇的地步，而且这还不是完全不可能的。从技术和观念角度来看，我们离装在瓶子里的婴儿以及半白痴的重复克隆组还有不少距离。但是到了福特纪年600年，谁知道还有什么事情不会发生呢？同时，其他那些让社会更快乐更稳定的东西——索麻、睡眠教学和科学的等级制度，也许在三四代人后就会变成现实。就连《美丽新世界》里的性放纵也不是什么遥远的事。在美国的一些城市，离婚的人几乎和结婚的人一样多。毫无疑问，再过几年，结婚证就可以像养狗证一样被买卖，有效期十二个月，而且没有法律禁止中途更换狗，或者规定一段时间内只能养一条狗。随着政治和经济自由的减少，性自由就会作为一种补偿增加。独裁者很乐意鼓励这种自由（他需要更多的炮灰和可以派往殖民地的家庭）。人们在毒品、电影和广播的影响下可以获得更多做白日梦的自由，而性放纵则可以让他们欣然接受自己被奴役的命运。

　　基于上面的所有因素，我们可以说，乌托邦离我们如此之近，这是在十五年前任何人都想象不到的，那时，我把故事的背景定在六百年后，现在看起来，这些可怕的事情在一个世纪内就可能发生在我们身上，前提是在这个过程中我们不要把自己炸成碎片。确实，如果我们不选择分权制，不把应用科学作为创造自由的手段，而是把它作为目的，那么我们就只有两个选择：一是产生很多军事化的极权国家，其存在的基础是可怕的原子弹，最终的结果是整个文明的毁灭（或者，即使战争受到了限制，也会出现顽固的军国主义）；另一个是出现超国家的极权统治，这可能出现在快速的科学进步，尤其是原子革命带来的社会混乱之后，这种极权统治为了满足高效和稳定的需要，最后发展成福利和专制并存的乌托邦。这两个方案，你们自己选吧！

主要人物表

野蛮人约翰
自然出生于保留地，熟读莎士比亚，思想深刻。象征传统人类情感与自由意志，在"美丽新世界"中无所适从，最终自毁。

伯纳·马克斯
心理问题中心职员，体形瘦小、不合标准，被排斥于主流之外。他将野蛮人引入"美丽新世界"，短暂获得社会关注，却缺乏真正的独立人格。

赫姆霍尔兹·华生
在感官片写作方面才华横溢，厌倦肤浅社会，渴望表达真实思想，是伯纳唯一知音，最终被流放。

列宁娜·克朗
胚胎室技术员，美丽、服从规范，代表标准社会价值，与伯纳和约翰发生情感纠葛。

穆斯塔法·蒙德
世界十大统制官之一。曾是物理学家，代表高效统治下的理性与牺牲，掌管真理与自由的边界。

琳达

约翰之母。在保留地意外受孕、滞留，后回到文明社会但无法适应，沉迷索麻，身体崩溃。

孵化与条件反射设置中心主任

伦敦胚胎中心主任，权威严厉，实际上是约翰之父。被揭发丑闻后辞职。

亨利·福斯特

胚胎室职员，列宁娜的前任约会对象。守规则、讲效率，是典型的文明秩序维护者。

芳妮·克朗

列宁娜的好友，与她同姓但非亲属。充当社会规范的传声筒，多次劝导列宁娜按"正确"方式生活。

第一章

这是一幢低矮的灰色大楼，只有三十四层高。大楼正门上方写着"**伦敦中央孵化和条件反射设置中心**"几个大字，旁边的盾形徽章上刻着地球国[1]的座右铭：**集体至上、行动一致、社会稳定。**

底楼的大房间朝北，虽然窗外夏日炎炎，室内也是闷热难耐，但房间里仍让人感觉阴森森的。一道刺目的寒光射进窗户，本以为这里有盖着白布的人体模型和面容苍白神情严肃的研究人员，结果只看到玻璃和金属器皿，还有发出冷光的陶瓷。除了阴森还是阴森。工人们穿着白色的工装裤，手上戴着像死尸一样惨白的橡胶手套。屋内的光线冷冷的，毫无生气，像

---

1 本书中的地球国是一个联合政府，统治着整个地球，只有少数地方例外。

幽灵一般。只有在那些黄色显微镜下才看得见大量富有生命的东西，像黄油一样躺在擦得发亮的试管里，一支一支地排列在工作台上，看上去很诱人。

"这是孕育室。"孵化和条件反射设置中心主任一边打开门一边说。

主任进来的时候，三百个工人正趴在实验仪器上，房间里除了有人在无意识地自言自语或吹口哨，其他人都屏气凝神，专心致志。一群新来的年轻学生紧张而胆怯地跟在主任身后，他们脸蛋红扑扑的，稚气未脱。他们每个人手上都拿着一本笔记本，这个大人物随便说句什么话，他们都急不可耐地记下来。亲耳聆听主任的教诲，这可是千载难逢的好机会啊！主任一向非常重视亲自带领新学生参观各部门这一环节。

"这是为了让你们了解全局。"他向他们解释。为了让他们能胜任未来的工作，当然需要让他们了解全局，但是如果要让他们成为又听话又快乐的社会成员，他们还是知道得越少越好。大家都知道，局部细节有助于让人拥有美德和幸福，而全局情况却是会引人思考的祸害。这个社会的中坚力量不是哲学家，而是细木工匠和集邮者。

"明天你们就要正式开始工作了，"主任微笑地补充道，亲切中透着威胁，"你们不会再有时间了解全局情况，何况……"

何况，能当面聆听主任的教诲，这可是千载难逢的好机会，年轻人们拼命想记下他说的每一句话。

主任向房间里走去，他高高瘦瘦，但身板挺直。他下巴很长，一口大龅牙，不说话的时候，两片厚厚的红嘴唇勉强把牙齿包住。他有多大年纪？三十岁？五十岁？五十五岁？真的很难说。谁也没问过这个问题，在福特纪年632年[1]这样天下太平的时候，没有人会想到问这样的问题。

"我要从头讲起，"中心主任开口了，那些特别认真的学生在笔记本上记下了他的话：**从头讲起**。"这些是孵化器。"他挥动着手，接着打开了一扇绝缘门，出现在眼前的是一排排标着号码的试管。他向大家解释道，"这是本周提供的卵子，需要保持在和血液相同

---

1 福特纪年是作者的生造词，国际通行的纪年体系以传说中耶稣基督的生年为公历元年，而本书以福特第一辆 T 型车上市那一年（1908年）为元年，虚构了福特632年（即公元2540年）。在本书中，汽车大王亨利·福特取代耶稣成为神明。

的温度，而那些雄性生殖细胞，"说着他打开了另一扇门，"它们需要保持在35℃而不是37℃，血液的温度会使雄性生殖细胞失去繁殖能力。"焐在取暖器里的公羊配不出崽儿。

他仍然靠在孵化器上，向学生们简单描述了现代的孕育过程，所有的铅笔都在忙碌着，在纸上留下潦草的字迹。当然，他首先要说的是手术过程："自愿进行这样的手术是为了社会利益，更何况这还会带来相当于六个月工资的奖金。"接着他开始解释能让被剥离的卵子存活并不断长大的技术，还说到最佳温度、盐度和黏度以及保存成熟卵子的液体。之后，他领着那些学生走到工作台前，向他们展示如何从试管中抽取这种液体，这些液体又是如何一滴一滴地滴到特殊加温过的显微镜玻片上，如何检查和计算不正常的卵子，如何把它们转移到一个多孔的容器中，如何把这个容器浸没在一种温暖的液体中（他让他们观看操作过程），这种液体里有自由游动的精子，他强调说，液体里的最低精子浓度为每立方厘米十万个。他还告诉大家，十分钟后要把这个容器从液体中取出来，再次检查里面的东西，如果有卵子没有受精，那么还要再放回液体，如果有必要，就要第三次放回。受精卵被放回到孵化器中，一等和二等卵子最后被装入瓶中，而三等、四等和五等卵子则要再次被取出，三十六小时后经历一个重复克隆过程。

"重复克隆过程。"主任重复了一遍，学生们在小笔记本上写下这些字，并在下面画了一条杠。

一个卵子变成一个胚胎，一个胚胎长成一个人，这是正常情况。但是被重复克隆的卵子会分裂、繁殖，形成八到九十六个胚芽，每个胚芽都会长成外形完整的胚胎，然后每个胚胎再长成完整的成年人。过去一个受精卵只能长成一个人，而现在可以变成九十六个人，这是多么大的进步啊！

主任总结说："事实上，重复克隆过程中有一系列阻碍发育的情况，我们抑制卵子正常成长，但是奇怪的是，受精卵做出的反应是分裂。"

反应是分裂。铅笔唰唰地忙碌着。

他用手指着一条缓慢移动的传送带，一批接一批的试管被送入一个大大的金属箱里。机器发出轻轻的隆隆声。他告诉学生，试管的传送过程需要八分钟，卵子只能承受八分钟的高强度 X 光射线。有一些卵子死了，剩下的卵子中，生命力最强的分裂成两个，大部分分裂成四个或者八个，所有的卵子都被放回到孵化器中，在那里受精卵开始长大。两天之后，这些卵子被冷却，冷却了就不再生长。两个，四个，八个，这些受精卵继续分裂，分裂之后用酒精使它们几乎死亡，然后再分裂，分裂了再分裂，最后任它们平静地自由生长，如果再进一步抑制其生长就会致命的。这时，原来的那个卵子已经变成了八到九十六个胚胎——你得承认，这和自然繁殖相比绝对是个了不起的进步。这和同卵双胞是一个道理，但不是像过去胎生时代那样卵子有时只偶尔分裂成两个或三个，那种分裂太小儿科了，现在一个卵子是成十倍成百倍地分裂。

"成十倍成百倍，"主任重复了一遍，手臂向外展开，好像是在分发礼物一样，"成十倍成百倍啊。"

可是有一个学生实在有些愚钝，他问这种情况有什么好处。

"我的好孩子呀，"主任突然转向他，"你看不出来吗？看不出来吗？"他举起一只手，表情非常严肃，"重复克隆技术是保持社会稳定的一种重要手段啊！"

保持社会稳定的重要手段。

标准的男女，同一批次生产出来的。一个小型工厂里所有的工人都是一个卵子重复克隆出来的。

"九十六个完全一样的人操作九十六台完全一样的机器！"主任的声音激动得几乎要颤抖了，"你们现在知道自己是在一个多么重要的地方了吧？这是史无前例的创举啊！"他引用了地球国的座右铭"集体至上、行动一致、社会稳定"，多么伟大的字眼啊！接着他又说："如果我们能够永无止尽地重复克隆，所有的问题就可以解决了。"

解决问题的办法是生产统一标准的伽马、一模一样的德尔塔和整齐划一的爱普西隆[1]，数以百万的同卵多生子。大规模生产的原理终于被运用到了生物学领域。

"可是，可惜啊，我们不能无穷无尽地重复克隆。"

---

1 地球国里的人在出生之前，就已被划分为"阿尔法（α）"、"贝塔（β）"、"伽马（γ）"、"德尔塔（δ）"、"爱普西隆（ε）"五种种姓或社会阶层，这是希腊字母的前五个字母。阿尔法和贝塔最高级，是领导和控制各个阶层的大人物；伽马是普通阶层，相当于平民；德尔塔和爱普西隆最低贱，只能做普通的体力劳动，而且智力低下。这五种种姓还可以通过＋和－表示高一级或低一级，本书中分别译为"超"和"次"。

主任摇着头。

重复克隆九十六次似乎是上限了，能达到平均七十二次已经是相当不错。让同一个卵子和同一个精子生产出尽可能多批次的多生子，这是他们能够取得的最佳成绩（很遗憾，这只是退而求其次的结果），但即使如此也已经是很困难了。

"在自然状态下，两百个卵子成熟需要三十年时间，而我们的任务是要稳定目前的人口数量，用二十五年来慢慢生产几个多生子，能解决什么问题？"

显然，解决不了问题。快速催熟技术大大加速了卵子成熟的过程。他们可以轻易地在两年里催熟一百五十个成熟的卵子。受精，然后重复克隆。也就是说，如果把一百五十个卵子重复克隆七十二次，他们就可以平均生产出将近一万一千个兄弟姐妹，年龄差异不会超过两岁。

"在某些特殊情况下，我们可以用一个卵子培育出一万五千多个成人。"

这时，一个浅色头发、脸色红润的年轻人碰巧走过，主任叫住了他："福斯特先生，你能给我们说说单个卵子重复克隆的最高纪录吗？"那个脸色红润的年轻人走了过来。

"我们这个中心的最高纪录是一万六千零十二个。"他毫不犹豫地回答。他语速很快,蓝色的眼睛里透着快活的神色,他显然很喜欢引用数字。"一万六千零十二个,分一百八十九次生产。当然,有些处于热带的孵化中心成绩更好。新加坡的产量常常达到一万六千五百个,肯尼亚的蒙巴萨甚至达到了一万七千个。不过这很不公平,他们有得天独厚的优势。你们应该看看黑人的卵子在培养液里有什么反应,尤其是你习惯了长期用欧洲的卵子工作之后,那一定会让你大吃一惊。不过……"说到这里,他笑了一声(眼睛里流露出不服气的神情,下巴富有挑战意味地扬了扬),"不过,如果我们努力,我们一定可以战胜他们。我目前手头有一个用于培育次德尔塔的卵子,这个卵子非常神奇,才十八个月就已经培育了一万两千七百个孩子,有些还处在装瓶阶段,有些已经是胚胎了,都很健壮。我们肯定能战胜他们。"

"我就喜欢你这股子劲!"主任拍了拍福斯特先生的肩膀说道,"跟我们一起转转吧,好好给这些孩子分享一下你的专业知识。"

福斯特先生谦逊地笑了笑:"愿意效劳。"然后和他们一起走了。

装瓶间里一片繁忙,大家都在有条不紊地忙碌着。切成一片片的母猪的新鲜腹膜片从大楼地下室的器官库里由小电梯送上来,传送带发出"嗖嗖"的声音,然后"咔嗒"一声,电梯门开了,装瓶流水线上的工人只要伸出手,抓住腹膜片,塞进瓶子,装好就行了。装好的瓶子刚放上传送带,又是"嗖"的一声,然后"咔嗒"一声,另外一片腹膜冒了出来,等着被塞进另一个瓶子里。传送带就这样没完没了地传送着瓶子。

装瓶员的旁边是接收员。流水线继续向前,一个个卵子从试管转移到大些的容器中,腹膜内膜被熟练地剖开,准确地放入桑葚胚,注入盐水……瓶子向前移动,下面的工作就是标签员的了。遗传状况、受精日期、重复克隆的组别,所有这些信息都从试管转移到瓶子上。他们不再是无名氏了,他们有了名字,有了身份。瓶子慢慢地向前移动,穿过墙上的一个洞,慢慢地进入社会身份预设室。

"这里的索引卡片多达八十八立方米。"大家走进社会身份预设室后,福斯特先生不无得意地说。

"所有相关信息都在这里了。"主任补充了一句。

"每天早上要更新一次。"

"每天下午进行调整。"

"在调整的基础上作出计划。"

"他们要统计有多少个体，是什么质量。"福斯特先生说。

"需要分配多少数量。"

"计算某一时间段的最佳装瓶速度。"

"如果出现意外损耗，要马上补给。"

"要马上。"福斯特先生重复了一遍，"你知道上次日本地震之后，我加了多少班吗?"他摇摇头，很亲切地笑了笑。

"社会身份预设员把他们需要的数字传给培育员。"

"培育员提供给他们所要求的胚胎。"

"那些瓶子就被送到这里来，标上详细的信息。"

"之后，这些瓶子被送到胚胎仓库。"

"我们现在就要去那里。"

福斯特先生打开一扇门，带领大家沿着楼梯走到地下室里去。

这里温度仍然很高。他们越往里走，光线越暗。

他们经过了两道门，拐了两个弯，外面的任何自然光线都不可能透进来。

"胚胎和胶卷一样，只能照红光。"福斯特先生推开第二道门，自以为很幽默地说。

学生们跟着他走进一间闷热的黑屋里，那里可以看见东西，但都是深红色的，就像夏天的午后，眼睛受到强烈阳光刺激闭上后看到的那种颜色。房间两侧放着一排又一排、一层又一层的瓶子，像红宝石一样发着光，在这些发光的瓶子间穿梭着像幽灵一样的男男女女，身体是暗红色的，眼睛是暗红色的，表现出红斑狼疮患者的症状。机器的嗡嗡声和嘎嘎声震动着空气。

"福斯特先生，告诉他们几个数字。"主任这时已经懒得讲话了。

福斯特先生巴不得这么做呢。

这个放瓶子的空间有220米长，200米宽，10米高。他指了指头顶上方，学生们抬起头看着远处的天花板，一个个像仰头喝水的鸡。

架子共有三层：底层长廊、第二层长廊、第三层长廊。

像蜘蛛网一样的钢架长廊从四面八方向黑暗处延伸，三个红色幽灵正忙着从传送带上取下小口大肚瓶。

从社会身份预设室来的电梯。

每一层有十五个架子，这些小口大肚瓶就放在这些架子上，虽然你看不见，但每个架子其实都是一条传送带，以每小时33.3厘米的速度运行着。每天8米，267天连续不断，总长是2136米。这些传送带有一条循环线是在底层，有一条是在第二层，还要半条在第三层。等到第267天的早晨，自然光照进装瓶室，所谓的独立个体就生成了。

"但是在这个过程中，我们在它们身上花了很多功夫，啊，真的很多功夫。"福斯特先生总结性地说了一句，像一个洞察一切的胜利者那样笑了笑。

"我就喜欢你这股子劲！"主任又重复了一遍这句话。"我们到处走走，福斯特先生，你把所有的情况都介绍一下。"

福斯特先生很高兴地照办了。

他向他们介绍了在腹膜苗床上生长的胚胎，让他们尝了尝给胚胎吃的浓浓的代血剂，解释了必须使用胎盘制剂和甲状腺制剂刺激胚胎的理由；他介绍了妊娠素精华，让他们看了从0至2040米之间每隔12米就自动喷射一次妊娠素精华的喷射口，谈到在最后的96米过程中浓度逐渐增加的培养液；他接着描述了在112米处安装进每个瓶里的母体循环，让他们看了代血剂池以及驱使液体流过胎盘、合成肺和废物过滤器的离心泵；他还提到很麻烦的胚胎贫血倾向，谈了大剂量的猪胃提取素和胚胎马的肝——人的胚胎需要使用马胚胎肝营养。

接着，他让他们看了一种简单的机器，每个胚胎运行到8米行程的最后2米时，那机器便对它进行摇晃，使它习惯于运动；他提到所谓的"装瓶伤害"的严重性，阐述了种种预防措施，对瓶里的胚胎进行适当的训练，把那种震动的危险性降低到最低；他介绍了在传送带200米左右的地方进行的性别测试，解释了标签体系，T表示男性，O表示女性，而注定要做不孕女的则是白底上的一个黑色问号。

"当然，"福斯特先生说，"在绝大部分情况下，生育能力完全是多余的。1200个卵子里只要有一个具有生育能力就完全可以满足我们的要求。不过我们要精挑细选，而且要保证很大的保险系数。因此，我们任由30%的胚胎正常生长，剩下的便在后面的过程中每隔24米注射一剂男性荷尔蒙。其结果是：到装瓶时它们已经成了不孕女——生理结构完全正常（'只是'，他不得不承认，'她们确实有很轻微的长胡子的倾向'），但是不能生育，保证不能生育。"福斯特先生继续说，"这就使我们终于摆脱了对大自然奴隶式的模仿，进入了人类发明的有趣世界。"

他搓了搓手。当然，他们并没有满足于孵化出胚胎，这种事连母牛都能做。

"我们还预设身份，给胚胎进行条件反射设置。在装瓶时，我们给这些婴儿设定社会身份，比如说阿尔法或爱普西隆，以后可以处理污水或……"他本来是想说"统治世界"，但突然改了口，说"做孵化中心主任"。

听到这样的恭维话，孵化中心主任笑了。

他们正从320米处的11号架前经过。一个年轻的次贝塔技工正忙着用螺丝刀和扳手处理经过他面前的代血剂泵。他拧紧了螺丝，马达的嗡嗡声因为他拧紧螺丝的摩擦越来越响。往下，往下……拧了最后一下，他看了一下旋转台，任务完成了。他沿着流水线前进了两步，在下一个代血剂泵前重复起了同样的程序。

"每分钟旋转数一减少，"福斯特先生解释道，"代血剂的循环就减慢了，流经肺部的时间也随之延长，这样，输送给胚胎的氧气就减少了。要降低胚胎的质量没有比减少氧气更好的办法了。"他又搓了搓手。

"可你为什么要降低胚胎的质量呢？"一个聪明的学生问道。

"笨蛋！"好长时间没说话的主任终于开口了。"你就没有想到一个爱普西隆的胚胎必须要有爱普西隆的生长环境和遗传基因吗？"

那学生显然没有想到过，他彻底糊涂了。

"种姓越低，"福斯特先生说，"供氧就越少。最先受到影响的器官是大脑，然后是骨骼。如果供氧量只有正常量的70%，胚胎就会长成侏儒，如果低于70%，就会长成没有眼睛的怪胎。"

"那就完全是废品了。"福斯特先生总结说。

然而，如果他们能够找到一种缩短成熟期的技术，那对社会将是多么大的贡献呀！说这话时，他的声音神秘起来，而且很迫切。

"想一想马的情况吧。"

他们开始思考马的情况。

马6岁性成熟，大象10岁性成熟，而人到13岁性还未成熟，等到充分成熟已经20岁了。当然，成熟得晚所产生的结果是人类的智力。

"但对于爱普西隆来说，我们并不需要他们具有人类的智力。"福斯特先生非常公正地说。

本来就不需要，而且也没有得到。虽然爱普西隆到10岁时心智已经成熟，但他们的身体要到18岁才适合工作，多年的非成熟期，完全是不必要的浪费。如果他们的身体能加速生长，比如说，长得像母牛一样快，那对社会来说将是多么了不起的节约呀！

"了不起的节约！"学生们轻声嘀咕着。福斯特先生的热情具有强大的感染力。

他开始讲一些相当技术性的问题，讲到使人生长迟缓的内分泌失调问题，认为这是由生殖细胞突变造成的。那么，这种突变的影响能不能消除？能不能采用某种适当的技术使某些爱普西隆胚胎还原成正常的狗和牛？这是一个问题，而这个问题已经差不多解决了。

蒙巴萨的一位叫皮尔金顿的人已经培育出4岁就

性成熟，6.5岁就整体发育成熟的人。那是科学的胜利，可是却毫无社会价值。6岁的男人和女人还太愚蠢，连爱普西隆的工作都干不了。但这是个没有第三种选择的程序，要么都不变，要变就全都得变。他们想在20岁的成人和6岁的成人之间寻求理想的折中，但到目前为止还没有取得成功。福斯特先生叹了口气，摇了摇头。

他们在红色的光线里转悠着，走到170米处的9号架附近。从这儿往下9号架就封闭了，瓶子要在一个隧道一样的东西里结束剩下的行程，每隔一定距离就要在一个两三米宽的口子前停一停。

"这是用来调节温度的。"福斯特先生说。

热隧道与冷隧道交替出现。寒冷感是以强X射线的形式表现的，和不舒适感结合在一起。这批胚胎在装瓶时已经经历了可怕的寒冷感，他们是预定要移民到热带地区去做矿工、人造丝缫丝工和钢铁工人的。过些时候，他们的大脑还要接受处理，使大脑认可身体所做出的判断。"我们给他们进行条件反射设置，这样他们才可以在炎热气候里生存，"福斯特先生总结说，"我们楼上的同事会教会他们热爱炎热气候。"

"这就是获得幸福和美德的秘密——热爱你不得不做的事。"主任言简意赅地插了一句，"我们进行条件反射设置所要达到的目的是：让人们喜欢他们无法逃避的社会命运。"

　　在两条隧道的交接处，一个护士正用细长的针管小心地插入经过她面前的瓶子里的胶状物质。学生们和他们的两位向导默默地看着她，看了好一会儿。

　　"嘿，列宁娜。"看到护士抽回针管，站直身子后，福斯特先生叫了她一声。

　　那姑娘吃了一惊，转过身来。可以看出，尽管她的皮肤像得了红斑狼疮，眼睛也通红，却仍然美丽非凡。

　　"亨利。"她抛给他一个红色的微笑——牙齿像一排红珊瑚。

　　"太迷人了，太迷人了。"主任喃喃地重复着，轻轻地拍了她两三下，她报以毕恭毕敬的微笑。

　　"你在给他们加什么？"福斯特先生问道，让语气尽可能显得公事公办。

　　"噢，普通的伤寒和昏睡症疫苗。"

　　"热带地区工人的胚胎在传送带150米处注射疫

苗。"福斯特先生向学生们解释，"这些胚胎还长着鳃，我们给'鱼'注射疫苗，这样以后就会对人类的疾病具有免疫力。"然后，他转向列宁娜，"今天下午4点50分屋顶上见，一切照旧。"

"太迷人了。"主任又说了一句，最后又拍了她一下，然后和别人一起离开了。

第10号架子上，一排排未来化学工人的胚胎正接受铅毒、烧碱、沥青和氯气伤害的锻炼。第3号架子上是胚胎期的火箭飞机工程师，每批250个，其中的第一个正从3号架的1100米处通过。一种特别的机械使它们的容器不停地旋转。"这是为了提高它们的平衡感，"福斯特先生解释道，"火箭进入太空之后，要到火箭外进行修理是很棘手的活儿。他们直立时我们便减缓转速，让他们处于半饥饿状态；他们倒立时我们就加倍供应代血剂。这样，他们就把舒适跟倒立状态联系在一起。实际上他们只有在倒立时才真正感到快活。"

福斯特先生接着说："现在，我要让你们看看对超阿尔法知识分子是怎样进行条件反射设置的，那很有趣。在5号架上我们有一大批超阿尔法胚胎，在底层长廊上。"他叫住了两个已经开始往底层走的小伙子。

"他们大约处于传送带900米的地方，"他解释道，"在胚胎的尾巴消失以前我们是无法进行智力条件反射设置的。跟我来。"

但是主任已经在看他的表了，他说："差10分就3点了，我们恐怕没时间看知识分子的胚胎了。我们必须在孩子们午睡醒来之前赶回育婴室去。"

福斯特先生有些失望，他请求说："至少看一眼装瓶室吧。"

"那也行，"主任很宽容地笑了笑，"就看一眼。"

第二章

　　福斯特先生留在了装瓶室。孵化与条件反射设置中心主任和学生们进了最近的电梯,上了五楼。

　　门牌上写着:育婴室,新巴甫洛夫条件反射室。

　　主任打开一扇门,他们来到一个空空的大房间里。南面的整面墙就是一扇窗户,阳光从那里直射进来,非常明亮。6个护士全穿着标准的白色粘胶纤维制服,为了防止细菌,头发全包在帽子里面。她们正忙着把一盆盆玫瑰花放在地板上。花盆很大,花儿开得很密,上千片花瓣盛开,光滑得像丝绸,犹如无数张小天使的脸。在明亮的光照下,他们看到的不全是雅利安人粉红色的脸,还有聪明的中国人的脸、墨西哥人的脸,有的由于被风吹得太厉害变得像是中了风,有的苍白得像死人,像大理石那样冰冷惨白。

主任一到，护士们马上紧张地立正。

"把书摆好。"他简短地说。

护士们一声不响地服从了命令，把书放在花盆中间，一溜排开——这些都是幼儿园里用的四开本大书，上面全是色彩鲜艳的鱼鸟野兽的图片，非常吸引人。

"现在把孩子们带进来。"

护士们急忙出了屋子，一两分钟之后每人推来了一辆车，车上的4个钢丝网架上各睡着一个8个月大的婴儿，全都一模一样（显然是同一批重复克隆的），因为都是德尔塔，所以一律穿卡其色制服。

"把他们放到地板上。"

婴儿们被放了下来。

"现在让他们转过身来看鲜花和书籍。"

婴儿们一转过身就不作声了，开始向那一丛丛鲜花和白色书页上鲜艳耀眼的图片爬去。他们靠近时，太阳从暂时的云翳背后照射了出来，玫瑰花仿佛突然由内到外迸发出一阵激情，变得无比灿烂，色彩明亮的书页上仿佛有了一种崭新的意味。爬动着的婴儿队伍里发出了激动的尖叫声、咯咯的笑声和快乐的叽叽喳喳声。

主任搓着手说："太好了！这正是我想要的效果。"

爬得最快的几个婴儿已经到达了目标。他们的小手犹犹豫豫地伸出去，又是摸又是抓，把玫瑰的花瓣扯掉，把有插图的书页揉皱。主任等待着，等到他们全都快活地忙碌着，"你们看好咯。"他说，同时举起手发出了信号。

站在屋子另一头仪表盘边的护士长按下了一根小小的杠杆。

一声剧烈的爆炸声，警报响了起来，而且越来越刺耳，警铃也疯狂地鸣响着。

孩子们吓坏了，尖叫起来，小脸儿因为恐惧而扭曲。

"现在，"噪声震耳欲聋，主任不得不高声叫喊，"现在我们用轻微的电击来重复一下这次的教训。"

他又挥了挥手，护士长按下第二根杠杆。婴儿们的尖叫声突然变了调子，他们断断续续的尖叫声中有一种绝望的、几近疯狂的东西。一个个小小的身体抽搐着，变得僵硬，四肢抖动着，好像有无数看不见的线在牵扯着他们。

"我们还可以让整个地板通上电，"主任大声解释，"不过，这已经够了。"他向护士做了个手势。

爆炸停止，铃声停止，警报声越来越轻，最后没了声音。那些僵硬的、抽搐的身体放松了，婴儿们已经微弱的啜泣和惊叫再次响起来，变成了平时受到惊吓时的那种普通的哭嚷。

"再把花和书给他们。"

护士们照办了。但是只要玫瑰花一靠近，或者一看见色彩鲜艳的小猫、小鸡和咩咩叫的黑羊，婴儿们就吓得直躲。哭喊声突然响了起来。

"注意观察，"主任得意地说，"注意。"

在婴儿们心里，花朵和巨大的噪声，花朵和电击，已经危险地被匹配在一起，像这样的或类似的课程重复进行两百次之后，两者之间就建立了无法分离的关系。这种人为建立的联系可不是大自然能够轻易拆散的。

"他们会带着心理学家称为'本能'的对书本和鲜花的厌恶长大成人，条件反射已经形成，而且不可逆转。他们一辈子都不会爱上书籍和植物了。"主任转身对护士们说："把孩子们带走。"

这些穿卡其色衣服的婴儿还在哭喊着，他们被塞回车上推走了,身后留下发酸的牛奶味,还有让人如释重负的安静。

一个学生举起了手。他很能理解为什么不让低种姓人把社会的时间浪费在书本上,也知道读书时总有可能读到一些不该读的东西,会破坏他们设定的条件反射,那是糟糕的事,可是……他怎么也不明白:为什么不能喜欢花?为什么要费尽力气去让那些德尔塔从心理上厌恶花?

孵化和条件反射设置中心主任耐心地作了解释。培养孩子们见了玫瑰花就尖叫是为了高度节约。不太久以前(大约一个世纪以前),伽马、德尔塔甚至爱普西隆都被条件反射设置为喜欢花朵——具体地说是喜欢花朵,泛泛地说是喜欢大自然,其目的是让他们一有机会就想到乡村去,这样可以让他们在交通上多花钱。

"他们在交通上多花钱了吗?"那个举手的学生问。

"花了很多,"主任回答道,"但除此以外就没别的好处了。"

主任指出,樱草花和风景都有一个严重的缺点:

它们是免费的。爱好大自然使得工人们工作懈怠。于是，他们决定取消人们对大自然的爱，特别是严禁低种姓人热爱大自然。禁止热爱大自然，但不能停止花费交通费。所以，他们仍然必须到乡村去，即使不愿意去也得去，这一点很重要。问题是要为交通消费找到一个从经济角度来看更充分的理由，而不仅仅是喜欢樱草花和风景什么的。这样的理由后来如愿地找到了。

"我们把人们设定成厌恶乡村，"主任说道，"但同时我们又让他们喜欢野外的一切运动，我们还特别注意让这些野外运动都要用到精美的器材。这么一来，人们既要消费工业品，又要花费交通费。所以我们在婴儿触碰鲜花时给他们电击。"

"明白了。"那个学生说完就不再说话了，佩服得五体投地。

一片沉默。主任清了清嗓子，开始说道："从前，在我主福特还在世的时候，有一个叫鲁本·拉宾诺维奇的小孩，他的父母都说波兰语。"

主任停顿了一下，"我想，你们都知道波兰语是什么吧？"

"是一种已经灭绝的语言。"

"像法语和德语一样。"另一个学生补充道，显然想炫耀一下自己的学识。

"还有'父母'，你们知道吗？"主任问道。

很尴尬的沉默，有几个男孩的脸红了。他们还没有学会区别秽语和纯粹科学术语之间重要但极其微妙的差异。最后，有一个学生鼓起勇气举起了手。

"人类以前是……"他犹豫了，血往面颊上直涌，"嗯，他们以前是胎生的。"

"完全正确。"主任赞许地点点头。

"那时，在婴儿装瓶的时候……"

"是出生的时候。"主任纠正了他的说法。

"呃，他们就是父母……当然，我说的不是婴儿，而是别的人。"那可怜的孩子已经完全糊涂了。

"简而言之，"主任开始总结，"父母就是爸爸和妈妈。"这样的科学表述在他们听来就是秽语，像惊雷一样砸向那些羞得不敢抬眼的沉默不语的学生。"妈妈。"他往椅子后面一靠，大声重复着，强迫他们记住这个科学术语。"这些，"他语气严肃地说，"都是不愉快的事实，我知道，但是绝大多数的历史事实都是不愉快的。"

他又回过头去说起了小鲁本。有一天晚上，在小鲁本的房间里，他的爸爸和妈妈（一惊，又一惊！）由于疏忽，忘了关掉他房里的收音机。

（你们要记住，在那野蛮的胎生繁殖时代，孩子们都是由爸爸和妈妈抚养长大，而不是在国家的条件反射设置中心长大的。）

在那孩子睡着的时候，伦敦的广播节目突然开始了。第二天早上令他的"那个"和"那个"（较为胆大的孩子竟开始彼此望着傻笑起来）大为吃惊的是，小鲁本醒过来时竟能一字不差地背诵一个古怪的老作家的长篇大论（他是极少数能把作品流传下来的老作家之一）。在广播里说话的是乔治·萧伯纳，他讲述着自己的天赋，这在当时是一种常见的做法。对于小鲁本的"那个"和"那个"来说，那些话当然是完全听不懂的，他们以为孩子发了疯，急忙请来了医生。幸好医生懂英语，听出了孩子重复的就是萧伯纳头天晚上广播里说的那段话。医生意识到此事意义非凡，连忙写信向医学刊物报告。

"于是人们发现了睡眠教学法。"主任故意停顿了

52

一下，希望引起注意。

这种方法早就被发现了，但要等到真正付诸实践，那已经是很多很多年以后的事了。

"小鲁本的病例是在我主福特的 T 型车[1]上市以后不到 23 年就发生的。"（说到这里，主任在胸前画了个 T 字，所有的学生也虔诚地跟着效仿。）"可是……"

学生们拼命地记着笔记。**睡眠教学法，福特214年开始正式使用。为什么不在更早的时间使用？原因有二，其一是……**"

"这些早期的实验者，"主任说道，"走了弯路，他们以为可以把睡眠教学法作为一种传授知识的手段……"

（他右边的一个正在睡觉的小男孩伸出右臂，右手从床沿上无力地垂下来。一个盒子侧面的圆形网格洞里轻轻地传来轻柔的声音。

"尼罗河是非洲最长的河流，是地球上第二大河。

---

1 福特 T 型车是福特汽车公司推出的一款汽车产品。第一辆成品 T 型车诞生于 1908 年，它的面世使 1908 成为工业史上具有重要意义的一年：T 型车以其低廉的价格使汽车作为一种实用工具进入了寻常百姓之家，美国亦自此成了"车轮上的国度"。

虽然长度不如密西西比—密苏里河,它的流域长度却居世界首位,流经的纬度跨度达35度之多……"

第二天早餐时,有人问:"汤米,你知道非洲最长的河是什么河吗?"汤姆摇了摇头。"难道你不记得开头是'尼罗河是……'的那句话了吗?"

"尼罗河——是——非洲——最长的——河流,是——地球上——第二——大河……"这些话脱口而出,"虽然——长度——不如……"

"那么你告诉我,非洲最长的河是什么河?"

目光一片茫然,"我不知道。"

"想想尼罗河,汤米。"

"尼罗河——是——非洲——最长的——河流,是——地球上——第二……"

"那么,哪一条河是最长的呢,汤米?"

汤米急得要哭出来了。"我不知道。"他终于哭喊了起来。)

主任说,他的哭喊让最早的研究人员很沮丧,结果放弃了实验。以后再也没有人试图在孩子睡觉时向他们传授尼罗河长度这样的知识了。这样做是对的。在不理解的情况下是不可能真正掌握科学的。

"可是，如果他们只是利用这种方法进行**道德**教育，那效果就大为不同了。"主任领着大家朝门口走去。学生们跟着他，一边往电梯走一边拼命地记笔记。"在任何情况下，道德教育都不需要理性。"

"肃静，肃静。"他们在14层楼走出电梯时，扩音器里传出这样的声音。"肃静，肃静。"他们走在走廊上，每隔一会儿就听见喇叭不知疲倦地发出这样的声音。学生们，甚至主任，都下意识地踮起了脚尖。当然，他们都是阿尔法，但即使是阿尔法也是接受过条件反射设置的。"肃静，肃静。"整个14楼都回荡着这个不容违抗的命令。

他们踮着脚走了近50米，来到一道门前，主任小心翼翼地开了门。他们跨过门槛，走进一间昏暗的宿舍，百叶窗全都关闭着。靠墙摆了一排小床，一共80张。一片轻轻的、有规则的呼吸声和连续不断的喃喃声传来，仿佛是有人在遥远的地方轻声低语。

他们一进屋，一个护士就站了起来，来到主任面前立正。

"今天下午上什么课？"他问。

"开头40分钟上的是《性知识入门》，"她回答说，

"现在已经转入《阶级意识入门》了。"

主任沿着那一长排小床慢慢走着。80个小男孩和小女孩躺在那儿，脸蛋红扑扑的，发出轻轻的呼吸声，非常放松。每个枕头下都传出低语声。主任停了脚步，在一张小床前弯下身子很专注地听着。

"你是说《阶级意识入门》吗？我们把喇叭声音放大一点，再听一遍。"

在屋子尽头，有一个扩音器挂在墙上。主任走过去，按了一下按钮。

"……都穿绿衣服。"一个柔和清晰的声音在说话，第一句话只能听到一半。"德尔塔儿童穿的是卡其布，爱普西隆儿童穿得更差，他们太笨，学不会读书写字，他们穿黑衣服，那是一种很难看的颜色。我真高兴我是个贝塔。"

停顿片刻，那声音又开始了。

"阿尔法儿童穿灰色，他们的工作要比我们辛苦得多，因为他们太过聪明。我为自己是贝塔而感到非常非常高兴，因为我用不着那么辛苦地工作。我们也比伽马和德尔塔好得多，伽马都很愚蠢，他们全都穿绿衣服，德尔塔儿童穿的是卡其布。哦，不，我不愿意跟德尔塔儿童玩，爱普西隆更糟糕，他们太笨，学不会……"

主任又按了一下按钮，喇叭里的声音没有了，只有微弱的低语继续从80个枕头底下传出来。

"在他们醒来之前，这些话要再重复40到50遍。星期四再重复，星期六还要重复。30个月，每周3次，每次120遍。然后，他们要接受更高一级的课程。"

玫瑰花和电击，穿卡其布的德尔塔，再加上阿魏树脂的香味，所有这些都在孩子们开口说话之前就不可分割地融合成了一体。但是没有语言的条件反射设置方式很粗陋笼统，无法区分细微的区别，也不能灌输复杂的行为。因此，还是需要语言，但必须是不用动脑子的语言。简单地说就是睡眠教学法。

"这是有史以来最伟大的道德教育和社会化教育的力量。"

学生们把这些全记在小本子上，这可是大人物亲口说的。

主任又一次按响了喇叭。

"……太过聪明。我为自己是贝塔而感到非常非常高兴，因为……"那个轻柔的极具暗示性的声音还在不厌其烦地说着。

这不太像水滴，虽然水滴能够滴穿最坚硬的花岗岩，这倒更像封蜡，一滴一滴落下，不论落在哪里，都会粘在上面，结壳，和滴落的地方融为一体，直到最后把岩石变成一个红球。

"最后，孩子们的心里只有这些暗示，而这些暗示合起来就成了孩子们的思想，还不仅仅是孩子们的思想，也是他们成年后的思想——终身的思想。让他们表达判断、欲望和决定的思想就是由这些暗示构成的，而这一切暗示都是**我们的**暗示！"主任因为胜利几乎高喊起来。"**国家的**暗示。"他拍了一下最靠近他的桌子。"因此紧接着就是……"

一阵吵闹声让他回过头去。

"啊，我主福特！"他换了个调子说道，"我只顾说话，把孩子们都吵醒了。"

第三章

外面，花园里，正是游戏时间。六七百个男孩和女孩在6月温暖的阳光下赤裸着身体，尖叫着在草地上奔跑，有的在玩球，有的则三三两两一声不响地蹲在花丛中。玫瑰花盛开着，两只夜莺在树丛中呢喃，一只杜鹃在菩提树丛里跑调地唱着歌。蜜蜂和直升机的嗡嗡声使空气里充满了睡意。

主任和学生们站在那儿，看了一会儿离心汪汪狗的游戏。20个孩子围着一座金属塔，把一个球往上扔，扔到塔顶的平台上，球滚进塔里，落在一个飞速旋转的圆盘上，再从圆筒状容器上无数个洞的其中一个里飞出来，孩子们的任务就是接住它。

"真是奇怪，"主任转身时心里在纳闷，"在我主福特的年代，大部分的游戏只需要一两个球、几根棍子，也许再加上一张网，真是奇怪。想想看，竟然会愚蠢到允许大家玩那些用心设计但毫不刺激消费的游戏，简直是疯了。如今的统制官们[1]绝对不会批准推广任何简单的游戏，除非能证明这些游戏能用到目前最复杂的游戏需要的设备。"他突然把这个话题停了下来。

"这是一群多么可爱的孩子啊。"他用手指着。

在高大的地中海石楠树间的一小片草地上，有两个孩子正聚精会神地玩着初级的性游戏，就像科学家在探索奥秘一样，男孩大约七岁，女孩可能比他大一岁。

"可爱，太可爱了！"主任激动地重复着。

"真可爱！"学生们礼貌地表示同意，但他们的笑却带着一点不屑的味道，他们前不久才停止这类小孩子过家家的游戏，所以现在看这两个小家伙难免带有几分轻蔑。可爱？只是两个瞎胡闹的娃娃罢了，两个小屁孩。

"我一直认为……"主任正要用同样充满感情的调子说下去，一阵哇哇大哭声打断了他。

从附近的灌木丛里走出一个护士，手里拉着个小

1　地球联合国由地球上的十大统制官管控着，这些统制官的总部设在不同城市。

男孩，那孩子一边走一边扯着嗓子哭。一个满面焦虑的小姑娘一路小跑地跟在护士身后。

"怎么回事？"主任问。

护士耸耸肩回答说："没什么大事，这个男孩不大愿意参加普通的性游戏。我注意到他以前有过两三次，今天又犯了。他刚才开始大叫……"

"说实话，"那神色焦虑的小姑娘插嘴说，"我没有想伤害他，也没别的意思，真的。"

"你当然没有想伤害他，我的宝贝。"护士安慰着她，然后转过身对主任说："所以，我要带他到心理总监助理那儿去，看看他是否有什么不正常。"

"很好！"主任说，"你带他进去。小姑娘，你留在这儿。"护士带着那个仍在哭喊的男孩走了，主任问小姑娘："你叫什么名字？"

"宝丽·托洛茨基。"

"很好听的名字嘛，"主任说，"快去吧，看能不能另外找个男孩跟你玩。"

小女孩朝灌木丛跑去，一会儿就不见了踪影。

"漂亮的小东西！"主任望着她的背影，然后转身对学生们讲，"现在我要对你们说的话听起来可能难以置信，不过，在你们了解历史之前，过去的事绝大多数听起来**的确**叫人难以置信。"

他讲述了一些令人吃惊的事。在我主福特的时代很久之前，甚至是之后的好几代里，孩子之间的性游戏都被看作不正常的（学生们发出一阵哈哈大笑），不仅是不正常，甚至是不道德的（不会吧！），会因此受到严厉的惩罚。

他的听众脸上露出又惊又疑的表情。那些可怜的孩子连找点乐子都不行吗？他们无法相信。

"即使是青少年也不可以，"主任说，"就连像你们这样的青少年也……""不可能！"

"除了偷偷摸摸的自慰和同性恋，其他的一律禁止。"

"一律禁止？"

"在大多数情况下，要等到他们满20岁。"

"20岁？"学生们齐声叫起来，完全不相信。

"是的，20岁，"主任重复道，"我告诉过你们，你们会不相信的。"

"然后呢？"学生们问道，"结果会怎么样？"

"结果很可怕。"一个洪亮的声音突然插了进来，让大家吃了一惊。

他们转身一看，人群外围站着一个陌生人——他中等个子，头发乌黑，长着一个鹰钩鼻，嘴唇红润丰满，黑色的眼睛目光犀利。"很可怕。"那人又重复了一遍。

主任原本已经在一条钢结构橡胶面的长凳上坐下来，这种凳子在花园里到处都有，很方便。可是，一看到那个陌生人，他一下子蹦了起来，张开双臂跑过去，露出了他的满口大牙，满脸堆笑。

"统制官陛下！多么意外的惊喜啊！孩子们！你们知道吗？这就是统制官陛下，是穆斯塔法·蒙德陛下。"

中心的四千间屋子里的四千座电钟同时敲了四下，喇叭里传来事先录制好的声音，"大白班下班，小白班接班，大白班下班……"

在去更衣室的电梯里，亨利·福斯特和身份预设室副主任遇到心理问题中心来的伯纳·马克斯，他们毫不掩饰地转过身去，避开那个声名狼藉的人。

机器微弱的嗡嗡声震荡着胚胎室里猩红的空气，工人们交替着上班、下班，一张长着红斑狼疮的脸被另一张长着红斑狼疮的脸代替着，传送带上载着未来的男人和女人，永不停止地、庄重地向前运行。

列宁娜·克朗脚步轻快地朝门边走去。

穆斯塔法·蒙德陛下！立正敬礼的学生们惊讶得眼睛都直了。穆斯塔法·蒙德！西欧的常驻统制官！世界十大统制官之一，十大……此时此刻，他就和中心主任一起坐在长凳上，他就在这里，就在这里，是的，他还要对他们讲话……当面亲口对他们讲话，陛下亲自对他们讲话！

两个穿虾褐色衣服的孩子从旁边的灌木丛里出来，用惊讶的大眼睛看了他们一会儿，又回到树丛中找乐子去了。

"我想，你们应该都记得，"统制官用浑厚低沉的声音说，"应该都记得，我主福特说的那句美丽而富有灵感的话：历史全是胡说八道。历史，"他慢吞吞地重复道，"全是胡说八道。"

他挥了挥手，仿佛是用一根隐形的鸡毛掸在掸东西。他先是掸掉了一点点微尘，那微尘就是哈拉帕，就是迦勒底的乌尔。他又掸掉了一些蜘蛛网，那蜘蛛网就是底比斯和巴比伦，是克诺索斯和迈锡尼。唰，唰——奥德修斯哪儿去了？约伯哪儿去了？宙斯、释迦牟尼和耶稣哪儿去了？唰——那些叫作雅典、罗马、耶路撒冷和中央帝国的古代尘土全都消失了。唰，原来叫作意大利的那个地方空了。唰，大教堂没了。唰，唰，李尔王、帕斯卡尔的哲学没了。唰，受难曲；唰，安魂曲，唰，交响曲；唰……

"今天晚上要去看感官电影吗，亨利？"社会身份预设室副主任问道，"我听说阿尔罕布拉的那部新电影是一流的，有一场熊皮毯上的爱情戏，据说非常精彩。熊身上的每一根毛都看得清清楚楚。绝对精彩绝伦的触觉效应。"

"所以你们从不上历史课。"统制官说，"不过，现在我要……"

主任紧张地看着他，他听说过一些离奇的谣言，说统制官书房的保险箱里藏着一些古老的禁书，比如《圣经》啊，诗歌啊——究竟有什么，只有福特才知道！

穆斯塔法·蒙德注意到他焦虑的目光，红红的嘴唇讥讽地抽搐了一下。

"别担心，主任，"统制官的语气略带嘲讽，"我不会把他们教坏的。"

主任有点不知所措。

那些觉得自己被人藐视的人很擅长做出藐视别人的样子。伯纳·马克斯脸上露出了轻蔑的笑容。熊身上的每一根毛都看得清清楚楚！

"我要去看看。"亨利·福斯特说。

穆斯塔法·蒙德身体前倾，用一根指头指着他们。"你们只要想一想，"他说道，他的声音中有一种奇怪的颤音，震荡着听众的耳膜，"只要想一想有一个怀胎生育的母亲是什么感觉。"

又是那个淫秽的字眼。这一回他们没有笑，想都不敢想了。

"想一想'一家团圆'是什么意思。"

他们很努力地想了想，毫无感觉。

"你们知道'家'是什么意思吗？"

他们都摇头。

列宁娜·克朗从她昏暗的红色地下室乘电梯上了17层，从电梯出来后又往右拐，然后沿着长廊走，打开了一扇写着"女更衣室"的门，里面的嘈杂声震耳欲聋，满眼都是胳膊、胸脯和内衣裤。洪水般的热水往一百个浴盆里哗哗地流进，然后又哗哗地流走。80个真空振荡按摩器时而发出隆隆的声音，时而发出嘶嘶的声音，在同一时间揉搓着、吮吸着80个美女晒黑的紧实肉体。每个人都扯着嗓子在讲话。一台电子音乐合成器传来小号的独奏声。

"嗨，芳妮。"列宁娜向那个用她旁边挂衣钉和衣箱的年轻妇女打招呼。

芳妮在装瓶室工作，她也姓克朗。由于地球上20亿居民只有1万个姓，所以这种巧合并不太令人吃惊。

列宁娜开始拉拉链——拉下夹克的拉链，双手拉下连着裤子的两根拉链，然后再脱掉内衣。她朝浴室走去，鞋袜都没有脱。

家，家就是几个小房间，住着一个男人、一个定期怀孕的女人和一群大大小小的孩子，拥挤不堪。没有空气，没有空间，是一个消毒不充分的牢房，没有阳光，只有疾病和臭味。

（统制官的描述太生动了，有一个男孩比别人敏感，听见这样的描述不禁脸色苍白，几乎要呕吐。）

列宁娜出了浴室，用毛巾擦干身子，拿起一根插在墙上的软管，把管口对准自己胸口，好像是要自杀般按下开关。一阵暖暖的气体喷出，最细的爽身粉顿时撒满她全身。洗脸盆上方的小龙头里是八种不同的香水和古龙水。她打开了左边第三个龙头，给自己喷上檀香型的香水，然后提起鞋袜走了出去，想找一个没人用的真空振动按摩器。

家不仅看上去肮脏，而且想起来也肮脏。想想吧，一个兔子洞，一个粪堆，好多人挤在一起，摩擦生热，充满感情。多么让人窒息的亲密举止！多么危险、疯狂而且猥琐的家庭关系！母亲护着她的孩子（**她的**孩子）……就像母猫护着小猫一样。猫不会说话，而她却会说"我的宝贝，我的宝贝"，一遍又一遍地叫个不停。"我的宝贝，啊，啊，吮吸着我的乳汁，可爱的小手手，瞧你饿的，这是一种多么难以言表的快乐啊！最后，宝贝睡着了，嘴边挂着白色的奶泡睡着了。我的小宝贝睡着了……"

"是的，"穆斯塔法·蒙德点着头说，"这能让你不寒而栗。"

"你今天晚上准备跟谁出去？"列宁娜用完真空按摩器回来，就像一颗由内到外都散发出粉红色光泽的珍珠。

"不跟谁出去。"

列宁娜惊讶地扬起了眉毛。

"我最近觉得很不舒服，"芳妮解释道，"威尔士医生让我吃一点代孕素[1]。"

"可是，亲爱的，你才19岁，21岁以前没有人会强迫你服用代孕素的。"

"我知道，亲爱的，可是有的人还是早些服用更好。威尔士医生告诉过我，像我这样骨盆较大的棕色

---

1 地球国的女人不用怀孕，代孕素是一种静脉注射剂，可以让身体自以为怀孕了，从而达到荷尔蒙平衡的目的。

头发女人，17岁就应该服用代孕素。所以我不但没有提早两年，反而是晚了两年呢。"她打开她的柜子，指着上层架上的一排盒子和贴有标签的药瓶。

"妊娠糖浆，"列宁娜大声读着药品的名字。"卵巢素，保证新鲜，保质期至福特纪年632年8月1日。乳腺精，每日三次，饭前用水冲服。胎盘素，每三天静脉注射5毫升……哎哟！我最讨厌静脉注射，你不讨厌吗？"列宁娜打了个寒战。

"我也不喜欢，但只要对人有好处……"芳妮是个特别明智的姑娘。

我主福特——或是我主弗洛伊德，他在谈心理学问题时，因为某种神秘的原因，总愿把自己叫作弗洛伊德——我主弗洛伊德是第一个揭露家庭生活祸害无穷的人。那时的世界上到处是父亲，所以到处是痛苦；到处是母亲，也就到处是各式各样的变态，从施虐狂到贞操病；到处是兄弟姐妹、叔伯姑婶，所以到处是疯狂与自杀。

"可是，在新几内亚海岸的某些岛屿上，在萨摩亚岛的野蛮人之间……"

热带的阳光像温暖的蜜一样洒在一群赤身裸体的孩子身上，他们在木槿花花丛里滚成一团。那儿有20间房顶上铺着棕榈叶的屋子，其中任何一间都可以做他们的家。在新几内亚的特罗布里恩人心目中，怀孕是祖先的鬼魂干的事，谁也没有听说过什么父亲。

"两极相交在一起。"统制官说，"它们是注定要相交在一起的。"

"威尔士博士说，从现在开始注射三个月的代孕素会对我未来三四年的健康大有好处。"

"哦，我希望他是对的。"列宁娜说，"可是，芳妮，难道你是说今后三个月你都不打算……"

"哦，不，亲爱的，只不过一两个礼拜而已。我准备这段时间的晚上就在俱乐部里玩音乐桥牌打发时间了。你是要出去吗？"

列宁娜点点头。

"跟谁？"

"亨利·福斯特。"

"又是他？"芳妮的圆脸上露出一种生硬的惊讶表情，有几分痛苦，又有几分不满，"你是说你还在跟亨

71

利约会？"

父母、兄弟姐妹，还有丈夫、妻子、情人，还有一夫一妻制，还有浪漫爱情。

"不过你们也许不知道这些是什么。"穆斯塔法·蒙德说。

学生们摇摇头。

家庭、一夫一妻制、浪漫爱情。一切都有排他性，冲动和精力全受到狭隘的禁锢。

"但是人人彼此相属。"他引用睡眠教学法里的格言做了总结。

学生们拼命点着头表示同意。这句话在黑暗中被重复了62000多次，他们已经完全接受了这句话，不仅认为是对的，而且认为是不言而喻的真理，是不容置疑的。

"可是，"列宁娜表示抗议，"我跟亨利一起才4个月左右。"

"才4个月！说得真好，"芳妮不满地用手指着她，"这么长时间你就只跟亨利一起，没有跟别的人，是吗?"

列宁娜的脸涨得通红,可是她的目光和声调仍然是不服气的。"对,没有跟别的人,可我确实不明白为什么非得跟别人来往不可。"她毫不客气地回答。

"哦,她确实不明白为什么非得跟别人来往不可。"芳妮重复着她的话,好像是在对列宁娜左肩后面的一个隐形人说话似的。然后,她突然改变了语调,"可是说正经的,"她说,"我真的认为你要多加小心,跟一个男人这么没完没了地见面实在太不像话了。要是你已经40岁,或者是35岁,那也就算了,可是**你现在这个年龄,列宁娜!那绝对不行!**你知道中心主任坚决反对卿卿我我没完没了的交往。跟亨利·福斯特一交往就是4个月,没有别的男人——哼,主任要是知道了肯定会大发雷霆……"

"想一想管子里受到重压的水吧。"学生们努力地想,"我扎过一次,那水真是喷涌而出啊!"统制官说。

他扎了水管20下,20道小喷泉喷了出来,像撒尿一样。

"我的宝贝,我的宝贝……"

"妈妈!"疯狂具有传染性。

"我的爱,我唯一的宝贝,亲爱的……"

母亲、一夫一妻制、浪漫爱情。喷泉射得很高,水柱疯了似的,冒着泡泡。冲动只有一种方法可以发泄。我的爱,我的宝贝。难怪以前那些可怜人会那么疯狂,那么邪恶,那么痛苦。他们的世界不允许他们轻松地生活,不允许他们保持清醒、善良和快乐。因为有母亲和情人,因为那些他们不必遵守的约束,因为那些诱惑和孤独的悔恨,因为种种疾病和被孤立的无穷痛苦,因为命运多舛,生活困苦,他们无法不产生强烈的感情。强烈的感情一旦产生(何况是孤独无助时产生的强烈感情),他们怎么可能稳定呢!

"当然没有必要放弃他。但你也要偶尔和别人来往来往。他应该也有别的姑娘吧?"

列宁娜承认了。

"当然会有。我相信亨利·福斯特是个真正的君子——他永远都是对的。你也可以考虑考虑主任,你知道他这个人是多么坚持……"

列宁娜点点头说:"他今天下午还拍了拍我的

屁股。"

"哈,你看!"芳妮很得意,"那就表明了**他的**态度,他遵守最严格的传统。"

"稳定,"统制官说,"一定要稳定,没有社会稳定就没有文明,没有社会稳定就没有个人安定。"他的声音像是从喇叭里传出来似的,听着那声音让人感觉自己越来越高大,越来越热血沸腾。

机器转动着,转动着,不停地转动着,永远转动着,如果停止就意味着死亡。曾经有10亿人在地球上生活,机器的轮子开始转动,150年后变成了20亿人。如果让全部轮子停止转动,150个星期之后就又会只剩下10亿人,另外的10亿人全都饿死了。

轮子必须持续不断地转动,但不能没有人管理。必须有人管理,必须是像轮子一样稳定的人,必须是清醒的、顺从的、知足常乐的人。

哭喊:我的宝贝,我的妈妈,我唯一的爱。呻吟:我的罪恶,我可怕的上帝。因为痛苦而尖叫,因为发烧而呓语,因为衰老和贫穷而呻吟——这样的人能管理机器吗?如果他们不能够管理机器……10亿男男女女的尸体将无法掩埋或火化。

"总而言之，"芳妮带着哄劝的口气说，"除了亨利外再有那么一两个男人并不是什么痛苦或讨厌的事。明白了这一点，你就应该让自己稍微放纵一点……"

"稳定，"统制官强调，"一定要稳定，这是最重要也是最终的需要。有了稳定，才有眼前所有这一切。"

他用力一挥，那一挥之间，他的手扫过花园，扫过孵化和条件反射设置中心大楼，扫过那些躲在灌木丛里或是在草地上奔跑的赤裸的孩子。

列宁娜摇摇头。"不知道为什么，"她若有所思，"我最近对放纵不大感兴趣。有时候人是不愿意放纵的，你有过这种感觉吗，芳妮？"

芳妮点点头，表示同情和理解。"可是你也得做点努力啊，"她循循善诱地说着，"每个人都得参与游戏，毕竟，人人彼此相属。"

"是的，人人彼此相属。"列宁娜叹了口气，慢慢地重复着，沉默了一会儿，然后抓住芳妮的手，轻轻地捏了一下,"你说得很对,芳妮,我会像平时一样努力的。"

冲动受到阻碍就会像水一样肆意横流,那横流是感觉,是激情,甚至是疯狂:最终的表现形式取决于情感本身的力量,取决于障碍物的高度与强度。没有受到阻碍的情感就沿着指定的通道,顺畅地变成了平静的幸福。胚胎饿了,代血剂泵就不停地转,每分钟转800次。装了瓶的婴儿哭了,护士就马上拿来外分泌物瓶[1]。感情就隐藏在欲望与满足的间歇之间,缩短这个间歇,打破过去所有那些不必要的障碍。

"多么幸运的孩子们啊!"统制官说,"为了不让你们在生活中受到任何感情的折磨,我们费尽了心思,只要有可能,就不让你们产生任何感情。"

"福特保佑,"主任轻声念叨着,"天下太平。"

"列宁娜·克朗吗?"亨利·福斯特拉上裤子的拉链,重复着身份预设室副主任的问题,"哦,她是个好

---

1 指牛奶,但作者用了"外分泌物"这样的术语。

姑娘，非常性感。你竟然没得到她，真让我吃惊。"

"我实在不明白我怎么会没得到她。"身份预设室副主任说，"我一定会的，一有机会我就上。"

装瓶室走道另一头的伯纳·马克斯偷听到他们两人的谈话，脸色顿时煞白。

"说实话，"列宁娜说，"每天都只跟亨利一起，我也觉得有点厌倦了。"她拉上了左腿的长筒袜。"你知道伯纳·马克斯吗？"她说话时口气过于随便，显然是装出来的。

芳妮一脸惊讶："你不会是说……"

"为什么不行？伯纳是个超阿尔法，而且他还约过我和他一起到野蛮人保留地去。我一直很想去看看。"

"可是他那名声？"

"我为什么要管他的名声？"

"有人说他不喜欢玩障碍高尔夫。"

"有人说，老是有人说。"列宁娜嘲笑芳妮。

"而且他大部分时间都是一个人独处——**独处**。"芳妮的声音带着恐惧。

"哦，他跟我在一起就不会独处了。不管怎么样，为什么大家要对他那么恶劣？我倒觉得他挺可爱的。"
她偷偷地笑了。伯纳羞涩得可笑！他像被吓坏了——
就好像她是地球国的统制官，而他自己只是个管理机
器的次伽马似的。

"想一想你们自己的生活吧，"穆斯塔法·蒙德
说，"你们有谁遇到过无法克服的困难吗？"

没有，所以大家都报以沉默。

"你们有谁产生了欲望却无法满足，只好忍受很
久吗？"

"我……"有一个男孩欲言又止。

"大声点，别让统制官先生等着。"中心主任催
促道。

"有一次，我为了得到一个喜欢的女孩，等了差不
多四个星期。"

"那你体会到了强烈的冲动了吗？"

"太可怕了！"

"太可怕了，说得没错。"统制官说，"我们的祖先
愚蠢而且缺乏远见，当初最早的一批改革家提出要帮
助他们摆脱那种可怕的情感，他们竟然拒绝了。"

"他们说起那姑娘就好像她只是一块肉一样，"伯纳恨得咬牙切齿，"随随便便就想得到她。"好像她是块羊肉，被贬低成羊肉。她说她会认真考虑的，她说这个星期就会答复我。哦，福特，福特，福特。他真想冲上去对着他们的脸就是一拳，狠狠地打，不停地打。

"是的，我真心实意地建议你试试去得到她。"

"比如说体外受孕。德国的普费茨纳和日本的河口慧海已经解决了这个技术，可是当时的政府愿意推行吗？不，那时有种叫基督教的东西。女人被迫要怀孕生孩子。"

"他太难看了！"芳妮说。

"可是我很喜欢他的样子。"

"而且他那么矮小。"芳妮做了个鬼脸，个子矮小是可怕的事，是典型的低种姓特征。

"我觉得那很可爱，"列宁娜说，"让人忍不住要摸摸他，就像，摸小猫咪一样。"

芳妮吓坏了。"有人说，他还在瓶子里的时候，不知是谁犯了个错误，以为他是个伽马，就在他的代血剂里加了点酒精，所以他才会发育不良。"

"胡说八道！"列宁娜很气愤。

"事实上，睡眠教学法在英格兰曾经被禁止过。那时有一种东西叫作自由主义。议会，你们大概不明白是什么，议会通过了一条法律，禁止了睡眠教学法。当时的记录还在，上面有好多关于公民自由的发言。自由是低效的、痛苦的，自由是个多余无用的东西。"

"可是，我亲爱的朋友，你是受欢迎的，我向你保证，你是受欢迎的，"亨利·福斯特拍了拍身份预设室副主任的肩膀，"毕竟人人彼此相属的。"

这话重复了4年，每周3个晚上，每晚100遍。伯纳·马克斯是睡眠教学法的专家，他心里想着，一句话重复了62400次就变成了真理。好一群白痴！

"还有种姓制度。不断地提出，不断遭到否决。那时有一种东西叫作民主，好像人和人之间除了物理和化学性能平等之外还有什么别的平等似的。"

"好了，我所能说的只是：我打算接受伯纳的邀请。"

伯纳恨他们，恨死了他们。可是他们是两个人，而且高大强壮。

"九年战争[1]始于福特纪年141年。"

"就算他的代血剂里真的加了酒精，我也要接受他的邀请。"

"光气、三氯硝基甲烷、碘乙酸乙酯、二苯代胂氰、三氯甲基、氯甲酸酯、硫代氯乙烷都用上了，更不要说氢氰酸了。"

"我根本就不信。"列宁娜下了结论。

"14000架飞机以疏散队形飞行，发出隆隆的轰鸣声。但是炭疽炸弹在柏林库达姆大街和巴黎第八区爆

---

[1] 九年战争，这是一场导致彻底毁灭的战争。在一次严重的经济危机之后，地球国的统制官接管这个国家，并重新规定了社会秩序。

炸的声音并不比拍破一个纸袋子响。"

"我真的很想去看看野蛮人保留地。"

$Ch_3C_6H_2(NO_2)_3+Hg(CNO)_2$ 等于什么？等于地上的一个大窟窿，炸飞的石头，血淋淋的肢体，一只飞到天上后再"叭"的一声掉下来的脚，落到鲜艳的天竺葵丛里，还穿着鞋。这就是那年夏天的奇观。

"列宁娜，你简直无可救药，我不管你了。"

"俄罗斯污染水源的技术特别巧妙。"

芳妮和列宁娜背对着背，一声不响地继续换衣服。

"九年战争期间，世界经济出现大崩溃。那时必须作出选择，要么控制世界，要么让它毁灭，要么稳定，要么……"

"芳妮·克朗也是个可爱的姑娘。"身份预设室副主任说。

幼儿园里，《阶级意识入门》已经上完了，现在的声音传递的信息是要让未来的工业供应与需求相适应。"我真喜欢坐飞机，"有个低语的声音，"我真喜欢坐飞机，我真喜欢穿新衣服，我真喜欢……"

"当然，自由主义已经被炭疽杀死了，可是你仍然不能光靠武力办事。"

"可她没有列宁娜丰满，哦，差远了。"

"旧衣服很讨厌，"低语声不知疲倦地继续着，"我们总是把旧衣服扔掉。扔掉比修补好，扔掉比修补好，扔掉比……"

"政府工作是个文活，不是武活。你得靠头脑、靠坐功，而不是靠拳头。比如，刺激消费。"

"行了，我已经准备好接受他的邀请啦。"列宁娜说，芳妮仍然一言不发，身子扭到一边。"咱俩讲和吧，亲爱的芳妮。"

"每一个男人、女人和孩子每年都必须有足够的消费，这是为了发展工业，唯一的结果就是……"

"扔掉比修补好。缝补越多，财富越少。缝补越多……"

"总有一天，你要遇到麻烦的。"芳妮很肯定地说，阴沉着脸。

"大规模出于良心的反对。不消费任何。回归自然。"
"我真喜欢坐飞机，我真喜欢坐飞机。"

"回归文明，是的，其实是要回归文明。如果你总是坐着不动，一天到晚看书，你肯定不可能有多少消费。"

"我看上去怎么样？"列宁娜问。她的夹克是深绿色的人造丝，袖口和领子则是绿色的人造毛皮。

"800个自然生活派成员在伦敦的戈尔德斯格林倒在机枪之下。"

"扔掉总比缝补好，扔掉总比缝补好。"

绿色的灯芯绒短裤和白色人造丝羊毛长筒袜脱到了膝盖以下。

"后来出现了大英博物馆大屠杀。两千个痴迷文化的人被喷了硫化二氯甲基。"

白绿相间的骑手帽挡住了列宁娜的眼睛，她的鞋子是发亮的绿色。

"最后，"穆斯塔法·蒙德说，"统制官们意识到武力解决不了问题，于是开始采用缓慢但绝对可靠的体外受孕、新巴甫洛夫条件反射法和睡眠教学法……"

她的腰间围了一条嵌银边的绿色人造皮革药囊带，微微隆起。列宁娜不是不孕女，药囊带里有定时放入的避孕药。

"普费茨纳和河口慧海的发现终于派上用场，于是掀起了一场轰轰烈烈的反对怀孕生育的宣传……"

"太好看了！"芳妮激动地叫了起来。她从来无法长时间抵挡列宁娜的魅力。"这条马尔萨斯带[1]实在是太可爱了！"

"当时还掀起了一场反对历史的运动，关闭了博物馆，炸毁了历史纪念碑（幸好大多数建筑在九年战争时已经毁灭），查禁了福特纪年150年以前的一切书籍。"

"我非得也弄一条这样的带子不可。"芳妮说。

---

1 马尔萨斯是英国人口学家和政治经济学家，他主张用道德限制手段控制人口增长，这里的避孕带用他的名字命名。

"比如，那时还有一种东西，叫金字塔。"

"我那条黑色的旧专利皮带……"

"那时还有个叫莎士比亚的人，你们当然没有听说过。"

"我那条带子真让我羞愧。"

"这就是真正的科学教育的好处。"

"缝补越多，财富越少，缝补越多，财富……"

"我主福特第一辆 T 型车出现那年……"

"我用这腰带已经快 3 个月了。"

"就被定为新纪元的开始。"

"扔掉总比缝补好，扔掉总比……"

"我以前说过，那时还有个东西叫作基督教。"

"扔掉总比缝补好。"

"提倡低消费的伦理学和哲学……"

"我喜欢新衣服，我喜欢新衣服，我喜欢……"

"在生产力不足的时代，基督教非常重要，但是在机器和氮固化技术的时代，它就完全成了反社会的罪行。"

"是亨利·福斯特给我的。"

"于是，所有的十字架都被砍掉了上一截，成了 T 字架。那时还有个东西叫作上帝。"

"这是真正的人造皮革。"

"我们现在有了地球国，我们庆祝福特日，有各种兄弟会。"

"我主福特,我多么讨厌他们!"伯纳·马克斯心里想着。

"那时有一个东西,叫作天堂;可是那时的人们仍然喝大量的酒。"

"把她当作肉,完全当作肉。"

"那时有个东西叫作灵魂,还有个东西叫作永恒。"

"你一定要问问亨利,他是在哪儿买的。"

"可是他们那时经常服用吗啡和可卡因。"

"更糟糕的是,她也把自己看作块肉。"

"福特178年有2000名药剂师和生化学家得到了资助。"

"他看上去真忧郁。"身份预设室副主任指着伯纳·马克斯说。

"6年后,那绝妙的药品就投入了商业性生产。"

"我们来逗他一下。"

"那东西能让人飘飘欲仙,产生美妙的幻觉。"

"忧郁啊,马克斯,忧郁。"有人在他肩膀上一拍,吓了一跳,他抬头一看,是那个让他讨厌的亨利·福斯特,"你需要的是一克索麻[1]。"

"集基督教和酒精的一切益处于一身,而绝无它们的弊端。"

"我主福特!我真恨不得杀了他!"可是他只说了一句,"谢谢,我不需要。"一边推开了递上来的那一

---

1 索麻:一种无副作用的致幻剂。

管药片。

"你可以随时给自己放个假，度完假，什么头疼啊，神话啊，全都消失得无影无踪。"

"吞吧，"亨利·福斯特拼命劝着，"吞吧。"

"这样就达到了稳定的效果。"

"小小一片药，烦恼都忘掉。"身份预设室副主任引用了一句用于睡眠教学的至理名言。

"现在只剩下一件事：征服衰老。"

"滚吧，滚你的蛋！"伯纳·马克斯大吼着。

"真够狂的。"

"性激素，输入年轻的血液，还有镁盐……"

"记住，吞一片索麻比你骂人强。"他们俩笑着走了出去。

"所有老年的生理耻辱全都消除。当然，随之消除的还有……"

"别忘记问他那条马尔萨斯带的事。"芳妮说。

"还有老年人的心理特征。人的性格终身保持不变，永葆年轻。"

"……打两局障碍高尔夫，消磨掉天黑前的时光。我一定要坐飞机。"

"工作、游戏——到了60岁，我们的精力和趣味还和17岁时一模一样。以前的那些老人总喜欢遁世逃避，皈依宗教，靠读书和思考度日，**思考!**"

"白痴，蠢猪!"伯纳·马克斯自言自语着，沿着走廊朝电梯走去。

"而现在，这就是进步了——老年人照样工作，照样性交，照样寻欢作乐，没有一点空闲时间可以坐下来思考。或者，如果因为某种不幸的偶然，他们娱乐消遣的过程中出现了空白点，不用担心，反正有索麻，美味的索麻，半克索麻相当于半天假，一克就相当于一个周末，两克就是一次精彩的东方之旅，三克就等于漫游月球了。从那儿回来后，他们会发现自己已经安全越过了空白点，每天踏踏实实地工作和娱乐，感官片一部接一部地看，丰满的姑娘一个接一个地玩，电磁高尔夫球一场接一场……"

"走开，小姑娘。"主任愤怒地叫道，"走开，臭小子！你们没有看见陛下正忙着吗？去，去别的地方玩你们的性游戏去。"

"由他们去吧。"统制官说道。

机器发出轻轻的嗡嗡声，传送带以每小时33厘米的速度缓慢而庄严地前进着。在透着红光的黑暗中，无数红宝石在闪闪发光。

第四章

1

电梯里挤满了从阿尔法装瓶室里来的人，列宁娜一进去，就有好多人向她友好地点头微笑。她很受人欢迎，几乎和这里所有的人都曾度过良宵。

都是些可爱的小伙子，她一边向他们点头微笑，一边想，迷人的小伙子！不过，她仍然希望乔治·艾泽尔的耳朵没有那么大（他也许是在传送带328米处多接受了一点甲状腺素？），看见本尼托·胡佛时她不禁想起他脱光衣服后身上的那些毛。

想到本尼托身上卷曲的黑毛让她有些扫兴，她转过身，看见了角落里伯纳·马克斯瘦小的身躯和忧郁的脸。

"伯纳!"她朝他走去,"我刚才还在找你呢。"她清脆的声音压过了电梯上升时发出的嗡嗡声。其他人好奇地转脸看着他们。"我想和你谈谈我们去新墨西哥的计划。"她眼角的余光看到本尼托·胡佛惊讶得张大了嘴,那样子让她讨厌。"他以为我还会求着去约他呢!"她心里想着。然后她比任何时候都热情地大声说:"我就是想和你7月份一起出去一个礼拜。"(总之,她已经在大家面前表示出了对亨利的不忠,芳妮应该高兴了,即使她表白的对象是伯纳。)"没错,"列宁娜对他露出了多情的微笑,"如果你还想要我的话。"

伯纳苍白的脸一下子涨红了。"为什么要脸红?"她觉得很惊讶,但同时又因为自己得到如此奇怪的重视而感动。

"我们俩另外找个地方谈谈好吗?"他结结巴巴地说,表情非常不自在。

"好像我说了什么吓人的话似的,"列宁娜心想,"哪怕我开了个肮脏的玩笑——比如问他的母亲是谁,或是别的什么,他也不可能比现在更不安了。"

"我是说,当着这么多人的面……"他紧张得几乎要窒息了。

列宁娜笑得很坦然，毫无恶意。"你真是滑稽！"她这么说，而且也的的确确觉得他滑稽，"请你至少提前一个星期通知我，好吗？"她换了一种口气。"我们是要乘蓝色太平洋号火箭吗？是从查令T字街[1]大厦起飞吗？要不就是汉浦斯特德？"

伯纳还没有来得及回答，电梯已经停了。

"屋顶到了！"一个刺耳的声音叫道。

电梯工长得像只小猴子，穿着黑短裤，那是次爱普西隆半白痴穿的衣服。

"屋顶到了！"

电梯工"砰"的一声打开大门，午后温暖的阳光让他浑身一哆嗦，刺得他直眨眼睛。"哦，屋顶到了！"他狂喜地重复了一遍，仿佛突然从半死不活的昏迷状态中欣喜地醒了过来，"屋顶到了！"

他抬头微笑地望着乘客们的脸，带着像狗一样巴结的表情。乘客们说说笑笑地走进阳光里。电梯工在身后望着他们。

"屋顶到了？"他又说了一遍，好像不相信似的。

—

1 原为查令十字街，是位于英国伦敦的一个地区，因十字是禁忌，所以用 T 字代替。

突然一声铃响，从电梯天花板上传出扩音器的声音，十分轻柔但又十分威严地发出指令。

"下去！"那声音说，"下去。18楼。下去，下去。18楼，下去……"

电梯工"砰"的一声关上门，一按按钮，立刻又回到了电梯井嗡嗡响的黑暗中，那是他早已习惯的半死不活的黑暗。

屋顶温暖而明亮。直升机嗡嗡地飞过，那声音让夏日的午后更显出倦意。火箭飞机从五六英里外晴朗的天空中飞速掠过，虽然看不见，但能感觉到那低沉的轰鸣声像是在轻抚空气。伯纳·马克斯深深地吸了一口气，抬头看了看天空，又环视了周围蓝色的地平线，最后视线落在列宁娜的脸上。

"天气真是太美了！"他的声音有点颤抖。

她微笑着望着他，脸上带着完全赞同的表情。"这样的天气去玩障碍高尔夫再好不过了。"她很开心地回答。"我得走了，伯纳。老让亨利等着，他会生气的。定好了日期可要及时通知我哟。"她挥着手，穿过平坦开阔的屋顶向飞机库跑去，伯纳站在那里，望着她白袜闪烁的光点渐渐远去，晒黑的膝盖灵活地伸直，弯曲,再伸直,再弯曲,深绿色夹克下那合身的灯芯绒短裤现出柔美的曲线,他的脸上露出了痛苦的表情。

"她真漂亮。"他身后有人大声说,声音很欢快。

伯纳吃了一惊,转过头去看。本尼托·胡佛那张胖乎乎红扑扑的脸正俯视着他在笑,那笑完全出自真心。本尼托的脾气好得吓人,大家都说他大概一辈子也不需要索麻。坏心眼呀、怪脾气呀,那些能让别人烦得非休假不可的东西对他丝毫没有影响。对于他来说,生活永远充满了阳光。

"而且那么丰满。多丰满啊!"他突然语气一转,"可是,你看你,"他接下去,"你一脸忧郁,你需要的是一克索麻,"他从右边口袋里掏出一个小瓶子,"小小一片药,烦恼都忘掉……嗨,嗨!"

伯纳已经突然转身跑掉了。

本尼托盯着他的背影。"这家伙这是怎么啦?"他很不解地摇了摇头,心里更加相信,那可怜家伙的代血剂里确实被掺了酒精,"我看,是脑子坏了。"

他把索麻瓶子放回口袋,掏出一包性激素口香糖,塞了一片到嘴里,若有所思地慢慢走向飞机库。

亨利·福斯特把他的飞机开出了飞机库,列宁娜到的时候，他已经坐在驾驶舱里等候了。

　　"晚了四分钟。"她爬到他身边时，他只说了这么一句，然后就发动引擎，直升机的螺旋桨开始转动起来，飞机垂直射入天空。亨利一加速，飞机越飞越高，螺旋桨的嗡鸣声越来越远，从大黄蜂变成了黄蜂，又从黄蜂变成了蚊子。速度表显示他们正以超过每分钟两公里的速度上升，伦敦在他们下方变得越来越小，几秒钟之内巨大的平顶建筑就变成了一朵朵蘑菇，从公园和花园的绿丛中冒出来。其中有一棵又高又细的蘑菇，顶着一个亮闪闪的水泥圆盘耸立其中，那就是查令 T 字大楼。

　　蓝天中大片蓬松的云朵，形状就像神话中大力士的身体，懒洋洋地飘在他们上方。突然，一只鲜红的小虫突然从云中急剧下降，发出嗡嗡的鸣叫声。

　　"那就是红色火箭，刚从纽约飞过来的，"亨利看看表，接着说，"迟到了七分钟。"他摇摇头又补充道，"这些大西洋航班，总是晚点，真是太丢脸了。"

　　他松掉了脚下的加速器，头顶上螺旋桨的嗡鸣声降低了八度半，从大黄蜂变成了黄蜂，然后变成蜜蜂，然后变成金龟子，最后变成了鹿角虫。飞机上升的速度减缓下来，不一会儿就一动不动地停在了空中。亨利推了一下控制杆，发出"咔嚓"的声响。他们前面的螺旋桨开始旋转，起初很缓慢，然后越来越快，最后变成了一片圆形的光雾，飞机外的风声也越来越尖厉。亨利的眼睛盯着转速盘，看到指针指到1200时，便关掉了上升螺旋桨，飞机已有足够的前冲力维持飞行了。

列宁娜透过两腿之间地上的玻璃窗户看下去，他们正在6英里长的公园地带上空飞过，这一地带把伦敦中心区和第一卫星郊区分隔开来。绿色地带上那些小小的人就像一条条白色的蛆，绿树中间闪亮着无数离心汪汪狗游戏塔。牧羊人公园附近，两千对次贝塔正在进行网球混合双打；从诺丁山到维尔施登的干道两旁是装着自动扶梯的网球场；依林体育馆里德尔塔们正表演体操和合唱。

"卡其色是多么丑陋啊！"列宁娜说，这是她从睡眠教育中获得的等级偏见。

豪士罗感官电影制片厂占地7.5公顷，附近一队穿黑色卡其色制服的工人正为西大路重新铺设玻璃而忙碌着。他俩飞过时，一个移动的巨大坩埚刚好打开，熔化的玻璃发出刺目的白光滚滚流向路面。石棉压路机碾来碾去，绝缘洒水车开过的地方冒起一片白雾。

在布伦特福德，电视公司的工厂简直像一个小镇。

"他们准是在换班。"列宁娜说。

穿着淡绿色衣服的伽马姑娘和黑色衣服的半白痴们像蚜虫和蚂蚁一样，有的围在门口，有的在排队等着上单轨电车。穿着桑葚色的次贝塔们在人群中穿梭着。主楼的屋顶上直升机在忙碌地起降。

"说心里话，"列宁娜说，"幸亏我不是个伽马。"

10分钟后他们已来到斯托克波吉，玩起了第一局障碍高尔夫。

2

伯纳匆匆走过屋顶，眼睛大部分时间都低垂着，偶然看见什么人也马上偷偷转移视线。他像是一个被追捕的人，而且是被他不愿意看见的敌人追捕，他担心那些人比他想象的还要充满敌意，如果那样的话，他就会更心虚，更孤苦无助。

"那个讨厌的本尼托·胡佛！"可是那人完完全全是好心的，这反而更糟糕，好心人跟居心不良的人竟然做法一模一样。就连列宁娜也让他感到痛苦。他记得那几个星期，他一直处在胆怯和犹豫之中，那时他远远地望着她，渴望能鼓起勇气问问她，但又担心失望。如果她轻蔑地拒绝他，他有勇气接受这种羞辱吗？可是如果她同意了，那又是怎样的狂喜啊！没错，现在她已经明白表态了，可他仍然难受，因为她居然认为那天下午最好是用来打障碍高尔夫，而且现在跟着亨利·福斯特跑掉了。还有，她竟然认为他不愿在公开场合谈他俩的私事很好笑。不管怎么说，他都觉得难受，因为她的行为和任何一个健康的、有道德的英国姑娘毫无差异，并没有表现出任何其他异常的特殊之处。

他打开自己的机库门，叫两个正在闲逛着的次德尔塔随从过来把他的飞机推到屋顶上去。机库的管理员来自同一重复克隆组，长得一模一样，身材矮小，皮肤黝黑，面目丑陋。伯纳命令他们的时候，语气尖利傲慢，甚至有点气势汹汹，这是那些对自己缺乏信心的人常用的语气。不得不跟低种姓的人打交道对伯纳来说是件最痛苦的事。因为不管是什么原因（关于他的代血剂里掺入酒精的流言很有可能是真的，因为

103

意外总是会发生的），伯纳的体格并不比普通的伽马好。他的个子比标准阿尔法矮了8厘米，体型也相应地小了许多。跟低种姓的人打交道总让他很痛苦地想到自己这种身体缺陷。"我是我，却又希望不是我。"他的自我意识很强烈，这也让他很痛苦。每一次他发现自己是在平视，而不是俯视着德尔塔的脸时便会感到受了侮辱。那家伙会不会以对待我的种姓应有的尊重对待我？他常常想着这个问题。他这样想并非没有道理，因为那些伽马、德尔塔和爱普西隆经过一定程度的条件反射设置，总是把身体的大小和社会地位的优越性联系在一起。实际上，由于睡眠教育，认为大个子有优势的偏见普遍存在。因此他追求的女人嘲笑他，和他同一种姓的男人取笑他，这些都让他觉得自己是个局外人，而且他越这么想，他的行为举止也就越发像个局外人了。于是，别人对他的偏见越来越深，也越来越看不起他的身体缺陷，甚至表现出敌意，这又反过来加深了他的疏离感和孤独感。因为长期害怕被人轻视，他养成了回避同种姓人的习惯，在面对下级时会产生很强烈的自尊意识。他多么妒忌亨利·福斯特和本尼托·胡佛呀！那些人要一个爱普西隆服从时根本不需要大喊大叫，他们把自己的地位看作理所当然的，他们在种姓制度里如鱼得水，轻松自如，对于自己的身份以及所处环境的优越性和舒适度都毫无意识。

他觉得那两个随从把他的飞机推上屋顶时动作慢吞吞的，好像不大情愿似的。

"快点！"伯纳生气地说。其中有一个随从瞟了他一眼，他在那双茫然的灰色眼睛里看到了一丝东西，那是轻蔑的嘲笑吗？"快点！"他更大声地叫起来，声音尖厉刺耳。

他爬上飞机，一分钟后已向南边的河流飞去。

几个宣传局和情绪工程学院都在舰队街[1]的一幢60层的大楼里。那楼的地下室和下面几层是伦敦三大报纸的印刷厂和办公室，这三大报纸分别是《每小时广播》（一种供高种姓人阅读的报纸）、浅绿色的《伽马杂志》和咖啡色的只使用单音节词的《德尔塔镜报》。中间的楼层是几个宣传局，分别隶属于电视台、

---

1 舰队街是英国伦敦市内一条著名的街道，以邻近的舰队河命名。一直到二十世纪八十年代，舰队街都是传统上英国媒体的总部，因此被称为英国报纸的老家。

感官电影局和合成声乐局，一共占了22层。再往上是实验室和铺着地毯的房间，这是供录音写作的作家和合成音乐的作曲家精心工作的地方。最上面的18层楼全部由情绪工程学院占用。

伯纳的飞机在宣传局的楼顶降落，他下了飞机。

"给楼下赫姆霍尔兹·华生先生打个电话，"他命令门房的超伽马人，"告诉他伯纳·马克斯先生在屋顶上等他。"

他坐下来点燃了一支香烟。

接到电话时，赫姆霍尔兹·华生先生正在写作。

"告诉他我马上就到，"说完他挂了电话，然后转身对秘书说，"我的东西就交给你收拾了。"他用公事公办的口气说着话，丝毫不理睬她那妩媚的微笑。他站起身来，迅速地朝门边走去。

赫姆霍尔兹·华生先生高大强壮，长着厚实的胸膛和宽阔的肩膀，他行动迅速，步履矫健而且富于弹性。他的脖子像一根结实的圆柱，托着轮廓优美的头颅，他长着一头深色的鬈发，五官棱角分明，实在是帅极了。他的秘书总是不厌其烦地说，他身上无处不透着超阿尔法的气度。他是情绪工程学院写作系的讲师，在教学之余，他是一个具有执业资格的情绪工程师。他定期为《每小时广播》写稿，写感官片脚本，尤其擅长写口号和用于睡眠教学的顺口溜。

他的上司对他的评价是"能干"。"但是，也许太能干了。"说这话时，他们会摇摇头，意味深长地压低嗓门。

是的，太能干了一点，他们没有错。智力过高对于赫姆霍尔兹·华生所产生的后果与生理缺陷对于伯纳·马克斯所产生的后果极为相似。让伯纳和他的伙伴们疏远的是他的矮小瘦弱，而华生那种超乎任何标准的过高智力水平使他和别人更为疏远。赫姆霍尔兹的过分能干让他极不愉快地意识到自己和别人不同，因此也感到格外孤独。这两个人都意识到自己是和别人不同的个体，这是他们的共同之处，但伯纳生来就因为生理缺陷而感到孤独，而赫姆霍尔兹·华生只是最近才意识到自己智力过高，发现自己和周围的人格格不入。这位自动扶梯网球冠军，这位精力旺盛的情人（据说他4年不到就有过640个女朋友），这位可敬的委员会委员和交际能手最近突然悟出了一个道理：运动、女人、社交活动对他来说都是次要的，在他内心深处，他感兴趣的是别的东西，是什么呢？到底是什么呢？那正是伯纳要来和他讨论的问题，或者说，是需要他来倾听的问题，因为每次谈话总是赫姆霍尔兹一个人在说。

赫姆霍尔兹刚跨出电梯，三个在合成声音宣传局工作的漂亮姑娘就把他拦住了。

"哦，赫姆霍尔兹，亲爱的，和我们一起到埃克斯穆尔荒原去野餐吧。"她们围着他，不放他走。

他摇摇头，从姑娘们的包围中抽身出来。"不行，不行。"

"别的男人我们一个都不请。"

可是就连这样动人的承诺也无法打动赫姆霍尔兹。"不行，"他又说了一遍，"我有事。"说完便很坚决地走掉。姑娘们一直追着，直到赫姆霍尔兹上了伯纳的飞机，"砰"的一声关上了门，她们才作罢。她们非常不满。

"这些女人！"赫姆霍尔兹咕哝了一声，这时飞机已经升上了天空。"这些女人！真是讨厌！"他摇着头，皱起眉头。伯纳假惺惺地表示同意，嘴里虽然这么说，心里却巴不得像赫姆霍尔兹一样能够多些姑娘，少些烦恼。突然，他觉得有一种炫耀的冲动，"我要带列宁娜·克朗到新墨西哥州去。"他竭力用一种漫不经心的语调说。

"是吗？"赫姆霍尔兹问了一句，显然毫无兴趣，稍稍停了一下之后他接着说，"前一两个星期我拒绝参加任何委员会会议，也拒绝和任何姑娘约会，她们为了这个还在学院里大吵大闹，那场面你简直难以想象。不过，我这么做还是值得的。结果……"他犹豫了一下，"总之，她们很奇怪，非常奇怪。"

生理上的缺陷可能造成智力水平过高，这个过程反过来也似乎可行。为了达到某种目的，智力水平过高的人可以有意选择独处，让自己处于耳聋眼瞎的状态，造成禁欲者那种人为的性无能。

在之后短暂的飞行中，他们俩都没有说话。到达伯纳的房间之后，他们在气垫沙发上舒舒服服地坐下来，赫姆霍尔兹又开口了。

他慢悠悠地说着："你有没有觉得你身子里好像有种什么东西，一直等着你给它机会宣泄出来？某种你用不上的过剩精力，你知道，就像那些没有用来推动汽轮机而只是像瀑布一样倾泻而下的水，你有过这种感觉吗?"他用询问的眼神望着伯纳。

"你是指那些情况发生变化时人们会产生的感情吗?"

赫姆霍尔兹摇摇头。"不完全是,我指的是我有时候产生的一种奇怪感觉,我觉得我有很重要的话要说,也有表达的力量,可是我却不知道到底要说什么,也不知道该怎样发挥那种力量。如果可以用不同的方法写作……或者,可以写一些不同的东西……"他沉默了一会儿,又接着说,"你知道,我很擅长写作,我写的那些话会让你激动得蹦起来,就好像坐到了针尖上。即使我写的那些话只是一些用于睡眠教育的浅显道理,但似乎总是那么新颖,那么让人激动。可那似乎还不够,光是写得好是不够的,你还得让它们派上用场。"

"可是你写的东西都很有用,赫姆霍尔兹。"

"哦,马马虎虎吧。"赫姆霍尔兹耸了耸肩,"可是还远远不够,它们还不够重要,我觉得我还可以做更重要的事,是的,那些更惊心动魄更惊天动地的事。可是,到底是什么呢?到底有什么更重要的东西可以说呢?一个人写出来的东西怎样才能让人惊心动魄呢?文字就像 X 光,使用得当就能穿透一切,你读了这样的文字，你的心就能够被打动。那是我努力教给学生的东西之一——怎样写出打动人心的东西。可是被一篇讨论兄弟会或是写香味乐器最新进展的文章打动又有什么意思！而且，写那些玩意，你的文章能打动人心吗？能像最强烈的 X 光吗？没有意义的东西你能写出意义来？这就是我想说的，我不停地努力……"

"嘘！"伯纳突然伸出一个指头警告，两人仔细听了听。"门口肯定有人。"他低声说。

赫姆霍尔兹站起来，踮起脚尖穿过房间，用力把门打开。当然没有人。

"对不起。"伯纳感到很难堪，满脸尴尬。"我大概是神经太紧张了，如果别人怀疑你，你也就会怀疑别人了。"

他用手擦了擦眼睛，叹了一口气，声音很悲伤。他为自己辩解道，"你要知道，我最近压力很大。"他几乎要哭出来了，自怜之情就像喷泉一样突然喷涌而出。"你要是能理解就好了！"

赫姆霍尔兹·华生听着这些话，感到很不舒服。"可怜的小伯纳！"他心里想着，同时也在为他的朋友感到羞愧。他希望伯纳能表现出更多的自尊。

第五章

1

8点钟,天色渐暗,斯托克波吉俱乐部大楼里的扩音器开始宣布游戏结束,那声音比男高音还要高。列宁娜和亨利停下手头的游戏,回到俱乐部里。内外分泌物托拉斯的牧场上传来数千头牛的哞哞叫声,它们的荷尔蒙和牛奶被运到法汉姆一家大型工厂当原料。

暮色中到处都是直升机连续不断的嗡嗡声。每隔两分半钟就有铃声和汽笛声宣布又一列轻便单轨火车开出,这些火车把低种姓的球客们从各个高尔夫球场运回到都市中去。

列宁娜和亨利爬上飞机出发了。亨利在800英尺高处放慢了直升机的螺旋桨,下面的景物已经看不清了，他们的飞机保持平衡停了一两分钟。贝恩汉的山毛榉林犹如一片巨大的黑潭，往西天明亮的地方伸展。地平线上一片通红，最后一抹夕阳渐渐淡去，先是变成橘色，然后变成黄色，最后成了淡淡的湖绿色。往北望去，在森林之外，20层楼的内外分泌物工厂的所有窗户都亮着明晃晃的电灯。高楼下面是高尔夫俱乐部大楼，这也是低种姓人的巨大营房。隔离墙那边是专门留给阿尔法和贝塔们使用的小屋。通向单轨火车的路上黑压压挤满了像蚂蚁一样的低种姓人，一列亮着灯的火车从玻璃拱门下开进了露天。两人的目光随着向东南方向行驶的火车掠过黑暗的平原，被斯劳火葬场高耸的大楼吸引住了。为了夜间飞行的安全，火葬场四个高高的烟囱都灯火通明，顶上还装有红色的警灯。这是一个重要的标志性建筑。

"烟囱周围为什么有阳台一样的东西？"列宁娜问。

"磷回收，"亨利简短地说，"气体在升上烟囱时要经过四道不同的工序。过去五氧化二磷在人体火化时就流失了，现在其中的98%都能回收。一个成年人的尸体能回收到1.5公斤以上呢，光是在英国每年回收的磷就多达400吨。"亨利很骄傲地说，为取得这样的成就感到由衷的自豪，仿佛那是他自己的成就。"想到我们死了以后还能继续为社会做贡献，帮助植物生长，真是太好了！"

亨利说话时，列宁娜的目光已经从烟囱转向别处，她俯瞰着正下方的单轨火车站。"是挺好，"她表示同意，"可是，阿尔法和贝塔们死后为什么不能比低种姓的伽马、德尔塔和爱普西隆为植物提供更多的养分呢？这真奇怪！"

"从物理化学角度来说，所有的人都天生平等，"亨利言简意赅地说，"而且，即使是爱普西隆的贡献也是必不可少的。"

"即使是爱普西隆……"列宁娜突然想起了一件事。那时她还是一个在学校里读书的小姑娘，有一天半夜她醒过来，第一次听到了那种在她每天睡觉时不断在她耳边重复的低语声。她看见了月光，看见了那一排小白床，听见了那轻轻的、轻轻的低语声（经过了那么多次彻夜的重复，那些话她没有忘记，也无法忘记）："人人为我，我为人人，少了谁都不行，即使是爱普西隆也有用处，我们不能没有爱普西隆。人人为我，我为人人，少了谁都不行……"列宁娜还记得她第一次听到这些话时的惊讶和恐惧,她翻来覆去想了半个小时,怎么也睡不着。然后,那些不断重复的话语让她的心渐渐平静下来,平静下来,最后,睡意悄悄袭来。

"我想爱普西隆们应该不会在乎当爱普西隆。"她大声说道。

"他们当然不在乎。他们怎么会在乎呢?他们并不知道做其他种姓的人是什么感觉,而我们当然是会在乎的。我们接受了不同的条件反射设置,何况我们的遗传基因也完全不同。"

"还好我不是个爱普西隆。"列宁娜很肯定地说。

"可如果你是个爱普西隆,"亨利说,"你的条件反射设置也会让你像贝塔和阿尔法一样对造物主充满感激之情的。"他开动螺旋桨,飞机朝伦敦城方向飞去。在他们身后,西边的深红与橘红几乎全部淡去,一团乌云不知什么时候出现在了天际。飞过火葬场时,从烟囱里出来的热气流把飞机抬升了起来,等飞到别处的冷空气里又突然下降。

"多么刺激的过山车!"列宁娜快活地笑了。

可是亨利的声音却一下子忧伤起来。"你知道那上升的气流意味着什么吗?"他说,"那意味着一个人最终消失了,彻彻底底地消失了,化作了一股热气升上天空。我真想知道那到底是什么人,是男人,还是女人?是阿尔法,还是爱普西隆?……"他叹了口气,然后换了一种开心的声音很坚决地说道:"不管怎么样,有一点我们可以肯定,不管他原来是什么,他活着的时候是幸福的。现在每个人都很幸福。"

"是的,现在每个人都很幸福。"列宁娜附和着。这样的话他们已经听了12年,12年里每天晚上都要重复150次。

亨利的公寓在威斯敏斯特一幢40层高的大楼里,他们把飞机降落在楼顶上,径直去了餐厅。餐厅里人声鼎沸,大家有说有笑,他俩在那儿吃了一顿可口的晚餐。索麻和咖啡同时送上。列宁娜吃了两颗半克的索麻,亨利吃了三颗。9点20分时,两人穿过大街,来到新开的威斯敏斯特歌舞餐厅。这是一个没有云彩也没有月亮的夜晚,只有星星,幸好列宁娜和亨利都没有注意到这令人沮丧的事情。夜空中的照明灯把黑暗挡在了远处。"加尔文·司徒普率16位色克斯风手[1]演出。伦敦最佳色香乐队演奏最新合成音乐。"巨大的字体在歌舞厅的正面墙上发着诱人的光。

两人进了歌舞厅。龙涎香和檀香的气味让空气变得又热又闷，让人几乎透不过气来。色光机在大厅的圆拱形天花板上画出了一幅赤道落日的景象。16位色克斯风手正演奏着一支深受人们喜爱的老曲子——《世上没有一个瓶子比我这个小瓶子更可爱》。400对舞伴在锃亮的地板上跳着五步舞，列宁娜和亨利很快就成了第401对舞伴。色克斯风时而发出尖厉刺耳的声音，就像一群猫在月光下叫春，时而中音和高音交替着发出呻吟的声音，好像要断气了似的。在丰富的和声中，它们颤抖的声音越升越高，逐渐达到高潮，最后，指挥一挥手，那让人销魂的仙乐音符流淌了出来，让那16个凡身肉体的色克斯风手完全忘情其中。降A大调如雷霆怒吼，然后，在一片寂静中，在一片黑暗中，调子渐渐降下，以1/4符的梯级逐渐下降，下降，变成了轻柔的主和弦，那和弦持续了一会儿（四

---

1 本应是 saxphone（萨克斯风），这里变成了 sexphone，与色情有关，所以译成色克斯风。

五拍子的节奏清晰可辨），让黑暗中的每一秒都充满了紧张的期待，终于，期待实现了。旭日喷薄而出，16个声音同时开始歌唱：

我的瓶子呀，我永远渴望得到你！
我的瓶子呀，我为何要在瓶子里出生？
在你的怀里呀，天空一片蔚蓝，
在你的怀里呀，永远风和日丽；
因为
世上没有一个瓶子
比我这个小瓶子更可爱。

列宁娜和亨利跟其他400对舞伴一起在威斯敏斯特歌舞厅里一圈圈地跳着五步舞，他们已经进入了另一个世界，那是索麻给他们带来的温馨友爱、色彩绚丽的假日世界，每个人都那么善良，那么漂亮，那么快乐风趣。"我的瓶子呀，我永远渴望得到你……"列宁娜和亨利已经得到了他们所需要的东西……他们此时此刻已经安然地待在瓶子里，那里风和日丽，天空一片蔚蓝。过了一会儿，16个色克斯风手筋疲力尽，他们放下手中的色克斯风，取而代之的是合成乐音箱里传出的最新的马尔萨斯蓝调。列宁娜和亨利就像一对孪生的胚胎，在代血剂的海洋中轻轻地摇晃。

"晚安，亲爱的朋友们。晚安，亲爱的朋友们。"大喇叭用亲切悦耳的声音礼貌地传达着命令。"晚安，亲爱的朋友们……"

列宁娜和亨利按要求跟着大家一起离开了大楼，天上的星星不知什么时候已经挪了位置。尽管天空中那些把黑暗挡在天边的照明灯已经暗了下来，这两个年轻人仍然沉浸在欢乐之中，完全没有意识到黑夜已经降临。

他们在舞会结束前半小时第二次吞下了索麻，这在现实世界和他们的内心之间竖起了一道无法穿透的墙壁。在索麻营造的世界里，他俩穿过了街道，乘电梯来到了28楼亨利的房间。可是，虽然吞了两次索麻，飘飘欲仙，列宁娜并没有忘记按照规定采取避孕措施，多年来的强化睡眠教育以及从12岁到17岁每周三次的避孕操，已经让这种事情变得像眨眼睛一样司空见惯了。

"哦，我想起来了，"列宁娜从浴室里出来的时候说，"芳妮·克朗想知道，你给我的那条可爱的绿色人造皮药囊带是从什么地方弄到的。"

2

每隔一周的星期四是伯纳的团结礼拜日。他在爱神馆（最近赫姆霍尔兹依据选拔条件的第二条成为该馆成员）早早地吃了晚饭，然后告别了朋友，在房顶上叫了一部出租直升机，让驾驶员飞到福特森社区歌厅。飞机在空中上升了约200米后转向东方，一转弯，伯纳的眼前就出现了那幢雄伟壮丽的歌厅大楼。320米高的大楼灯火通明，整幢大楼都用人造白色大理石建成，发出耀眼的光芒，高耸于路德门山之上。大楼直升机降落台的四角各有一个巨大的 T 字架，在夜空中闪着红光，24 支金色大喇叭里传出庄严的合成音乐。

"糟糕，迟到了。"伯纳一看见歌厅大钟"大亨利"就自言自语地嘀咕了一声。确实，在他付出租飞机费时"大亨利"已经敲响。"福特，福特，福特……"所有的金色喇叭同时发出低沉的声音，重复了九下。伯纳直奔电梯而去。

福特纪念日的庆祝活动以及其他集体聚会都是在大楼底层的大礼堂举行的。上面是7000间房，每层100间，团结小组每两周在这里聚会一次。伯纳下到第33层，匆忙穿过走廊，在3210房间门口迟疑了一会儿，定了定神，推开门走了进去。

感谢福特！他还不是最后一个。圆桌四周一共有12把椅子，还有3把空着。他悄悄地坐在最近的一把椅子上，尽可能不引起别人注意，心里想着怎么给后面迟到的人脸色看。

"你今天下午玩的是什么？"他左边的一个姑娘转身问他，"障碍高尔夫还是电磁高尔夫？"

伯纳看了她一眼（福特哪！是摩根娜·罗斯柴尔德），红着脸承认他什么也没有玩。摩根娜惊讶地盯着他，一时间两人都无话可说，很是尴尬。

她毫不客气地转过身，跟她左边那个看上去更有运动细胞的人谈话去了。

"这个团结祈祷仪式真是开了个好头。"伯纳痛苦地想着，预感到自己期望得到救赎的计划又要泡汤了。他要是没有匆匆去抢最近的座位，而是先打量打量周围的人就好了！那样他就可能坐在菲菲·布莱德拉芙和乔安娜·狄塞尔之间了。而现在，他却糊里糊涂地坐在了摩根娜旁边。**摩根娜！我主福特啊！**她那两道眉毛！还不如说是一道眉毛，因为两边的眉毛在鼻梁上方连在了一起。他的右边是克拉拉·笛特丁，没错，笛特丁的两道眉毛倒没有连在一起，可她实在**太丰满**了。菲菲和乔安娜倒是恰到好处，丰满，金发，块头不大……可是那个大蠢蛋川口却坐在了她俩之间。

最后到的是萨柔季妮·恩格斯。

"你迟到了，"交流会主席严厉地批评，"以后不可以这样了。"

萨柔季妮赶紧道歉，溜到吉姆·波坎诺夫斯基和赫伯特·巴枯宁之间的座位上坐好。全组的人都到齐了，这个情感交流的圆圈完美无缺。一男，一女，一男，一女……男女相隔围坐在桌前。12个人做好准备要融为一体，让自己独立的存在消失在那个融合后的生命中。

主席起立，在胸前画了个 T 字，打开合成音乐，房间里响起轻柔的鼓声以及管乐和弦乐的合奏，《团结会圣歌》的简短乐曲一遍一遍不断地重复着，在耳边萦绕着，让人无处可逃。一遍，又一遍，听见那搏动着的节奏的不再是耳朵，而是肚子；那旋律里的人声和乐器声打动的不是心灵，而是充满欲望的五脏六腑。

主席又画了一个 T 字，坐了下来。仪式已经开始，神圣的索麻片放在桌子当中。草莓冰激凌索麻的爱之杯从一个人传到另一个人，每个人嘴里都说着"为了我的消失干杯"，每人干杯 12 次。然后，在合成乐队的伴奏之下，大家一起唱起了《团结会圣歌》第一章。

> 福特啊，让我们十二人融为一体吧，
>
> 就像水滴融入社会之河；
>
> 啊，让我们一起前进吧，
>
> 像您铮亮的轿车一样疾驰。

充满渴望的圣歌重复了 12 遍之后，爱之杯第二次传递。这一次的口号是"为更伟大的存在干杯"。每个人都干了杯，音乐不知疲倦地演奏着，鼓声不断，乐曲里的叫声与敲击声让人销魂。《团结会圣歌》第二章开始响起。

> 来吧，我的朋友，更伟大的存在，

让十二个生命成为一体!

我们渴望死亡,生命终结

标志着伟大新生命的到来。

又重复了12遍。这时索麻已开始发挥作用,两眼放光,面颊泛红,内心的博爱之光闪耀在每一张脸上,绽放出幸福友好的微笑,就连伯纳也觉得自己多少受到了感动。摩根娜·罗斯柴尔德回头对他笑的时候,他也尽可能报以微笑。可是那眉毛,那合二为一的黑色眉毛还在那里,唉!他不能视而不见,无论他怎么努力也无法视而不见。可能是他还没有完全融入其中吧!如果他坐在了菲菲和乔安娜之间,说不定就……爱之杯开始第三次传递。这次轮到摩根娜·罗斯柴尔德启动传杯仪式,她带头说"为伟大的生命来临干杯",她的声音高亢而欢欣。她喝了一口,把杯子递给伯纳。"为伟大的生命来临干杯。"伯纳重复着她的话,真心希望能感觉到伟大的生命即将来临,但那一道眉毛仍然挥之不去,对伯纳来说,伟大生命的来临还无比遥远。他喝了一口,把杯子传给克拉拉·笛特丁。"看来这一次又要失败了,"他心想,"我知道会失败的。"可是他仍然强颜欢笑。

这一轮爱之杯传递完毕后，主席举手发出信号，《团结会圣歌》第三章喷涌而出：

体会吧，伟大的生命如何降临！

欢乐吧，我们在欢乐之中死去！

让我们融化在这阵阵鼓乐中！

因为你就是我，我就是你！

歌声一遍又一遍地重复着，越来越激动，越来越高昂。伟大生命即将来临的紧张之感就像空中积蓄的雷电。主席关掉了音乐，随着最后一支乐曲的最后一个音符消失，房间里出现了死一般的静寂，那是长久期盼之后的静寂，像是一个被雷电击中的生命，颤抖着，爬行着。主席伸出了一只手，突然，一个声音，一个深沉雄浑的声音，一个比人世间任何声音都更悦耳、更丰富、更温暖、更充满爱意和同情的声音，一个美妙的、神秘的、超自然的声音在人们的头顶上响起。"哦，福特，福特，福特。"那声音缓缓的，越来越轻，越来越轻。一阵暖意从听众的太阳神经丛辐射到他们身上的每一个极点，让他们心潮澎湃，热泪盈眶，他们的心、他们的五脏六腑都仿佛随着各自独立的生命在悸动。"福特！"他们的心被融化了，"福特！"他们感觉自己的身体也在融化，在消失。然后，那声音又突然换了一种调子，令人震惊地呼叫起来，"听呀！"那声音大声说，"听呀！"他们听着。过了一会儿，那声音又变成了低语，可那低语却比最高亢的声音还要动人心魄。"那伟大生命的脚步，"那低语重复着，"那伟大生命的脚步。"那低语几乎听不见了。"那伟大生命的脚步已经来到了楼梯上。"房间里又一次出现了死一般的静寂。那暂时松懈的期盼又绷紧了，而且越来越紧，越来越紧，几乎到了要绷断的边缘。那伟大生命的脚步——哦，他们听见了，听见了，正从楼梯上缓缓地走下来，从看不见的楼梯上走下来，越走越近。伟大生命的脚步啊！突然，爆发的时刻终于到了，摩根娜·罗斯柴尔德瞪大眼睛，张大嘴巴，跳了起来。

"我听见了，"她叫道，"我听见他了。"

"他来了。"萨柔季妮·恩格斯叫了起来。

"是的，他来了，我听见他的声音了。"菲菲·布莱德拉芙和汤姆·川口同时站了起来。

"哦，哦，哦！"乔安娜语无伦次地想证明自己也听到了。

"他来了！"吉姆·波坎诺夫斯基大叫着。

主席身子前倾，按了一下开关，顿时响起一片铙钹、铜管和手鼓的急响。

"啊，他来了！"克拉拉·笛特丁尖叫起来。"啊呀——！"那声音听上去就好像有人割了她的喉咙。

伯纳觉得该是他有所动作的时候了，于是也跳了起来叫道："我听见了，他来了。"可是他其实是在撒谎，他什么也没听见，也没觉得有谁到来，谁也没来，只有那音乐，只有那些越来越激动的同伴。他挥舞着手臂，跟着他们中最激动的人一起大喊大叫。别人开始手舞足蹈地乱蹦，他也跟着手舞足蹈地乱蹦。

他们围成一圈，转着圈子跳起舞来，每个人的手都搭在前面那个人的屁股上。他们一圈又一圈地跳着，齐声呼喊着，脚下踏着音乐的节拍，然后用手拍打着前面人的屁股；12双手整齐划一地拍打着，拍得12个屁股啪啪作响。12个人变成了一个人，12个人合为一体。"我听见了，我听见他来了。"音乐加快了，脚步加快了，拍屁股的节奏也加快了。突然，一个合成低音发出了低沉的声音，宣布他们的灵魂得到了救赎，他们团结在了一起，他们12个人已经合为一体，变成了一个更加伟大的生命。那声音唱道："让我们纵情吧。"手鼓继续嘭嘭地敲打出狂热的节奏：

让我们纵情吧，福特，

亲吻姑娘们，让她们融化，

小伙子和姑娘合为一体，

让我们纵情吧，无比痛快。

"让我们纵情吧，"手舞足蹈的人们跟着唱了起来，"让我们纵情吧，福特，亲吻姑娘们……"唱着唱着，灯光渐渐暗去，暗去，变得温暖柔和起来，灯色越来越红，最后变成了胚胎库里那种幽暗的深红。"让我们纵情吧……"大家仍在舞动着，在血红色的如胚胎般黑暗的房间里继续转着圈，不知疲倦地敲打着节奏。"让我们纵情吧……"终于，那圆圈动摇了，解散了，一对对地躺到了周围的沙发上，椅子围着桌子，沙发围着椅子，一圈又一圈。"让我们纵情吧……"那深沉的声音温柔地低吟着，细语着。在昏暗的红色中，仿佛有一只巨大的黑鸽子充满爱意地盘旋在那些在沙发上纵情的人身上。

他们站在屋顶上，"大亨利"刚刚敲过11点。夜晚平静而温暖。

"太美妙了！"菲菲·布莱德拉芙说，"你是不是觉得很美妙？"她一脸喜悦地望着伯纳，但是那喜悦里没有丝毫激动或兴奋的痕迹，因为兴奋意味着愿望没有得到满足，而她得到的是心满意足的快乐和平静，那种平静不是空洞的满足与无聊，而是一种生命的平衡，能量处于休息和宁静之中，是一种丰富而生动的平静。团结会活动的目的既是索取也是给予，失去了就会得到补偿。菲菲充实了，菲菲完美了，她已经不仅仅是她自己。"你不觉得很美妙吗？"她盯着伯纳的脸追问着，眼睛里闪耀着超自然的光。

"美妙，我觉得很美妙。"他撒了个谎，避开了菲菲的眼睛。她兴奋的表情让他自责，也让他想起了自己的格格不入。他现在仍感觉到痛苦的孤独，跟团结会仪式开始之前没有任何区别，甚至因为他那无法填补的空虚和枯死的欲望而更加孤独。当别人融合到那个伟大生命中去时,他却感觉被排除在外,没有得到救赎。即使是在摩根娜的怀抱里他也感到孤独,甚至更孤独,比他以往生命中的任何时候都感到绝望和孤独。他越来越清楚地意识到这一点,这让他的痛苦达到了顶峰。这时,他已经走出了原来猩红的昏暗,走进普通的电灯光里。他痛苦极了,也许,也许这都得怪他自己(她那闪亮的眼睛让他感到自责)。"很美妙。"他重复道,可是他唯一能够想起的却是摩根娜的那一道眉毛。

第六章

1

古怪，古怪，**太古怪了**，这是列宁娜对伯纳·马克斯的评语。她觉得他实在太古怪了，之后的几个星期里，她曾不止一次地考虑是不是要取消和他一起到新墨西哥州度假的计划，重新选择跟本尼托·胡佛一起到北极去。问题是她已经去过北极，去年夏天才跟乔治·埃泽尔去过，而且更糟糕的是，她觉得那里环境太恶劣。无事可做，旅馆又老土得让人难以接受——卧室里没有电视，没有香味乐器，只有最讨厌的合成音乐，200多客人却只配有25个装着自动扶梯的网球场。不行，她绝对不能再去北极。何况她还只去过美国一次，而且一点不尽兴！只在纽约过了一个廉价的周末，是跟让·雅克·哈比布拉还是跟波坎诺夫斯基·琼斯去的？她已经不记得了，不过这都无关紧要。能再飞到西方，并且整整待上一个礼拜，这对她来说还是很有吸引力的，何况其中至少可以有三天待在野蛮人保留地。到目前为止，整个伦敦中央孵化和条件反射设置中心只有六七个人去过那里。伯纳是个超阿尔法的心理学家，是她知道的极少数可以获得拜访野蛮人保留地的人之一。对她说来，这是个独一无二的机会，但伯纳的古怪也是无人能比，所以她犹豫着要不要和他一起去，事实上她考虑过冒一冒险，和有趣的老本尼托再去一趟北极。本尼托至少是正常的，而伯纳却……

芳妮总是以"代血剂里的酒精"来解释各种怪脾气。但是，有一天晚上列宁娜和亨利躺在床上时，她忍不住谈起了她那新情人，结果亨利把可怜的伯纳比作了一头犀牛。

"你不可能教犀牛玩什么花样，"他说话的风格总是那么简短有力，"有些人简直跟犀牛差不多，没法对身份预设做出正常反应。那些可怜的怪物！伯纳就是一个。幸好他工作干得不错，否则主任早就开除他了。

不过，"他安慰地补充了一句，"我觉得他这个人没什么恶意。"

没什么恶意，也许吧，可是他也让人感觉不安。比如说吧，他那老喜欢私下里做事的怪癖，其实，也就是什么事也不干。一个人私下里能有什么事可干？（当然，除了上床之外，可人总不能老上床啊。）是啊，能干什么呢？几乎没什么可干的。他们俩第一次出去的那个下午天气特别好，列宁娜建议先去牛津联合会吃饭，然后到托基乡村俱乐部游泳，可是伯纳嫌那儿人多。那么到圣安德鲁司去打电磁高尔夫呢？他还是不同意，觉得玩电磁高尔夫是浪费时间。

"那时间是拿来干什么的呢？"列宁娜有点吃惊地问。

显然，时间是拿来到湖区散步的，因为这正是他现在提出的建议。爬到斯基多峰的山顶，在石楠丛中走上一两个小时。"和你单独在一起，列宁娜。"

"可是，伯纳，我们整个晚上都要单独在一起的。"

伯纳红了脸，视线移到别处。"我的意思是，单独在一起聊聊。"他嘟哝着。

"聊聊？可是能聊什么呢？"用散步聊天来消磨一

个下午似乎是一种非常奇怪的生活方式。

最后，费了很多口舌之后，他总算勉强答应坐飞机到阿姆斯特丹去看女子重量级摔跤比赛的1/4决赛。

"还是那么多人，"他一肚子不高兴，"跟平常没什么两样。"整个下午他都一直闷闷不乐，不肯和列宁娜的朋友说话（在摔跤比赛中场休息时，他们在索麻冰激凌店里遇见好几十个她的朋友）。尽管他很不开心，他还是坚决拒绝她硬塞给他的半克覆盆子索麻圣代。"我不想改变自己，"他说，"就算遭人厌，我也要做我自己，我不想变成别人，不管他们有多快活。"

"及时一克胜九克。"列宁娜拿出了睡眠教育中学到的法宝。伯纳不耐烦地推开了她递过来的杯子。

"现在可别发脾气，"她说，"记住，小小一片药，烦恼都忘掉。"

"好了，看在福特的份上，别闹了。"他叫了起来。

列宁娜耸了耸肩。"一克索麻下肚，绝无牢骚满腹。"她不失尊严地下了结论，自己吃掉了那个圣代。

他们俩回来路过英吉利海峡的时候，伯纳执意要关掉螺旋桨，靠惯性盘旋在海浪上空100英尺的地方。天气在变坏，刮起了西南风，天空中布满了乌云。

"快看。"他命令道。

"太可怕了。"列宁娜说，把头从窗口缩了回来。夜色突然变得无比空旷，他们下方的海水飞溅起黑色的浪花，月亮在涌动的云层中显得格外苍白，像是一张憔悴忧虑的脸，这些都让她心惊胆战。"我们打开收音机吧，快！"她伸手去找仪表盘上的旋钮，随便找了个频道。

"……在你的怀里呀，天空一片蔚蓝，"16个颤声用假嗓子唱着，"在你的怀里呀，永远风和日丽……"

那声音打了一个嗝，然后就没声了。伯纳关掉了电源。

"我想静静地看看海，"他说，"老听着那讨厌的声音根本没法看。"

"可音乐很好听，而且我也不想看海。"

"可是我想看。"他不肯让步，"看着海让我感觉好像……"他犹豫了一下，想找到合适的语言表达自己的意思，"更像是我自己了，我不知道你能不能明白。我感觉自己是主人，而不是别的什么东西的一部分，不仅仅是社会的一个细胞。你有这种感觉吗，列宁娜？"

这时，列宁娜叫了起来。"太可怕了，太可怕了！"她不停地叫着，"你怎么可以说不愿意成为社会的一分子呢？我们不是说人人为我，我为人人吗？我们谁也离不了谁。即使是爱普西隆……"

"我知道。"伯纳嘲讽地说，"'即使是爱普西隆也有用处'，我也有用处。可我他妈的希望自己没有用处！"

他这番亵渎的话让列宁娜大吃一惊。"伯纳！你怎么可以这样讲话？"她很不满地说，声音里充满了惊恐和痛苦。

"我为什么不能这样讲话？"他换了一种语气，若有所思地说，"对，真正的问题是：我为什么就不能讲？或者不如说，我非常清楚我为什么不能讲。我如果能讲又会怎么样呢？如果我是自由的，如果我没有成为条件反射技术的奴隶，那又会怎么样呢？"

"伯纳，你说的话太吓人了。"

"你难道不希望自己是自由的吗，列宁娜？"

"我不明白你的意思，我本来就是自由的，我可以痛痛快快地享受。现在每个人都很幸福。"

他哈哈大笑起来。"是的，'现在每个人都很幸福'，我们从孩子5岁时就开始这样教育他们。可是，列宁娜，难道你就不想用别的方式享受自由和幸福吗？比方说，用你自己的方式，而不是其他任何人的方式。"

"我不明白你的意思。"她又说了一遍，转过身子求他，"哦，我们回去吧，伯纳，我一点儿都不喜欢这个地方。"

"你不是喜欢和我在一起吗？"

"当然喜欢，伯纳。可是我不喜欢这个讨厌的地方。"

"我还以为我们在这儿彼此能够更接近呢——这里除了大海和月亮什么都没有。我们比在人群里更接近，甚至比在我屋里更接近。你明白我的意思吗？"

"我什么都不明白。"她毫不犹豫地说，决心让自己糊涂到底。"我什么都不明白，一点儿也不明白。"她换了个语气说下去，"你心里有那些可怕的想法时为什么不吃点索麻呢？那样你就会把它们全忘掉，你就会很快活，不会痛苦了。非常快活。"她又强调了一遍，微笑着，她想通过自己的魅力和美貌来哄他高兴，但眼睛里还是流露出了困惑和焦虑。

他一声不响地盯着她，表情非常严肃，没有任何反应。几秒钟之后列宁娜的视线躲开了，很紧张地笑了笑，想找点儿话说，却又不知道该说什么。他们继续沉默着。

最后，伯纳终于说话了，声音低沉而疲倦。"好吧，我们回去吧。"他猛踩加速器，飞机迅速升上了天空，在4000米高度时他开动了螺旋桨。两人一声不响地在天上飞了一两分钟，然后，伯纳突然哈哈大笑起来。真是个怪人，列宁娜心想，不过毕竟他是在笑。

"觉得好些了吗？"她鼓起勇气问道。

作为回答，他的一只手离开了操纵系统，搂住了她，开始抚弄她的乳房。

"感谢福特，"她心想，"他总算恢复正常了。"

半小时之后他俩回到了伯纳的屋子里。伯纳一口吞下了四片索麻，打开收音机和电视，开始脱衣服。

"嘿，"两人第二天下午在屋顶上见面时，列宁娜故作调皮地问道，"你觉得昨天好玩吗？"

伯纳点点头。两人爬上飞机，机身抖动了一下，他们出发了。

"大家都说我非常丰满。"列宁娜拍着自己的双腿，若有所思地说。

"非常丰满，"伯纳的眼里满是痛苦的表情，"像一堆肉。"他心里想着。

她带着几分焦虑地抬头看他。"不过你不会认为我太胖吧？"

他摇摇头，就像一大堆的肉。

"你觉得我漂亮吗？"伯纳点点头。

"每个地方都漂亮？"

"简直是完美。"他大声说，但心里却在想，"她自以为很漂亮呢，她根本不在乎被当作一堆肉。"

列宁娜露出了胜利者的微笑，但她高兴得太早了。

"不管怎么样，"伯纳稍停了一下，接着说，"我仍然很希望我们能换个方式来结束这次出行。"

"换个方式？还能有什么别的方式吗？"

"我不希望以我们俩上床的方式结束。"他解释道。

列宁娜大吃一惊。

"不是马上上床，不是第一天就上床。"

"那该怎么……"

他开始讲那些让列宁娜听不懂的可怕的胡言乱

语。列宁娜努力不让自己去听，可时不时地总有些话会钻进她的耳朵，"……看看克制我的冲动以后会怎么样。"她听见他这么说，这些话仿佛拨动了她心里的一根弦。

"今朝有酒今朝醉，不要等到明天，"她很严肃地说。

"这种话从14岁到16岁半，一周两次，每次重复200遍。"这是他的回答。说完这话，他又开始胡言乱语起来，"我想知道什么是激情，我想要体会一次强烈的感情。"

"个人一动感情，社会就难稳定。"列宁娜很肯定地说。

"可是，让社会摇晃一下有什么不可以？"

"伯纳！"

可是伯纳仍然不觉得羞耻。

"智力上是成年人，工作时也是成年人，"他继续说，"可一谈到感情或者欲望时就变成了婴儿。"

"我们的福特喜欢婴儿。"

他没有理会她的话。"那天我突然想到，"他继续说，"要一直当个成年人还是可能的。"

"我不明白你的意思。"列宁娜的语气很干脆。

"我知道你不会明白，所以我们昨天才会上床，就像婴儿一样，而不会像成年人那样能够等待。"

"可我们不是很开心吗？"列宁娜还是不肯让步。

"哦，是很开心。"他回答，但那声音却非常忧伤，表情里有深深的痛苦。突然，列宁娜觉得她的胜利烟消云散。说到底，他也许还是嫌她太胖吧。

"我早就告诉过你，这全是因为他的代血剂里掺入了酒精。"后来列宁娜去找芳妮倾诉心事，芳妮就这么告诉她。

"管他呢。"列宁娜很坚决，"我就是喜欢他，他的手长得很好看，还有他晃动肩头的样子，太有魅力了。"她叹了一口气，"不过我真希望他不要那么古怪。"

2

伯纳在主任办公室门口站了一会儿，深吸了一口气，挺起胸脯，他知道进去后一定会遭遇冷面孔，但他还是得鼓足勇气进去。他敲了敲门，走了进去。

"主任，请您签字批准。"他故作轻松地说，把通行证放到写字台上。

主任不高兴地瞟了他一眼。但是申请书的上方已经盖上了世界统制官办公室的大印，底下是穆斯塔法·蒙德的亲笔签名，字体粗黑，横贯全页，手续齐备，他别无选择。他用铅笔签上了他的姓名的首字母，两个可怜巴巴的小字母签在"穆斯塔法·蒙德"下面。他打算不发表任何评论，也不说"福特保佑"就把通行证还给他，突然，他看到了通行证正文里的几句话。

"你要去新墨西哥保留地？"他问道，说话的口气以及朝向伯纳的面孔都表现出激动和惊讶。

他的惊讶使伯纳吃了一惊，伯纳点了点头，两人都沉默了。

主任靠在椅子上，皱着眉头。"那是多久以前的事了？"他看上去是在和伯纳说话，其实是在自言自语。"我想有20年了吧，差不多25年了。我那时就是你现在这个年龄……"他叹了口气，摇了摇头。

伯纳觉得浑身不自在起来。像主任那样循规蹈矩、从不犯错的人竟然会如此失态！他真想捂住自己的脸，跑出屋去。倒不是他觉得谈论遥远的过去在本质上是件令人厌恶的事情，那是睡眠教育的偏见，他自以为早已经完全摆脱了这种偏见。让他感到难为情的是他知道主任很反对谈论往事，既然反对，为什么又会违反规则去干禁止的事呢？是受到什么内在压力了吗？伯纳尽管感觉很别扭，但还是很想知道到底是怎么回事。

"那时我和你的想法一样，"主任说，"想去看看野蛮人。我弄到了去新墨西哥的通行证，打算到那儿去过暑假，和我当时的女朋友一起，她是一个次贝塔。我记得，"（他闭上了眼睛）"我记得她的头发是黄色的，很丰满，非常丰满，这我记得。结果，我们去了那里，看见了野蛮人，骑着马到处溜达。可是，差不多就在我们假期的最后一天……唉，她失踪了。我们俩骑马上了那些讨厌的山，天热极了，闷得让人喘不过气来。午饭后我们睡了一觉，至少我是睡了。她肯定是一个人去散步了。总之，我醒过来时她已经不在那儿。那一天我遭遇了最可怕的暴风雨，大雨倾盆，电闪雷鸣。我们骑的马挣脱缰绳逃掉了，我想抓住它，却摔倒了，伤了膝盖，几乎不能走路。我还是一边喊一边找，一边喊一边找，可还是不见她的踪影。我猜想她可能是一个人回住处了，所以又沿着来时的路爬下山谷。我的膝盖痛得要命，而且还弄丢了索麻。我走了好几个小时，直到半夜才回到住处，可是她不在那里，她不在那里。"主任重复着，沉默了一会儿后接着说，"第二天我又去找，还是没找到。她一定是在什么地方摔下了山沟，或是被山上的狮子吃了，只有福特知道！总之，那是很可怕的，我心里难过极了，我不应该那么难过，毕竟那样的意外可能发生在任何人身上。我知道，虽然构成社会的细胞可能变化，但社会不会有任何改变。"但是这种从睡眠教育里学到的安慰话似乎不大起作用，他摇摇头，"实际上我有时候还会梦见这事。"他的语气很低沉，"梦见自己被隆隆的雷声惊醒，发现她不见了；梦见自己在树下找呀，找呀。"他沉默了，陷入了回忆之中。

"你肯定吓坏了。"伯纳几乎是羡慕地说。

听见他的声音，主任猛然一惊，回到了现实当中，开始不安起来。他瞥了伯纳一眼，没敢看他的眼睛，阴沉的脸涨得通红。过了一会儿，他又转过来看伯纳，一半是出于疑心，一半是恼羞成怒。"别胡思乱想，"他说，"别以为我和那姑娘有什么不正当的关系。我们没有感情，没有拖泥带水，完全是健康的、正常的。"

他把通行证递给伯纳："我真不知道自己为什么要把这些无聊的琐事告诉你。"他因为透露了一个不光彩的秘密生自己的气，却又把怒气发泄到伯纳身上。现在他的眼神已经带着明显的恶意。"马克斯先生，我想利用这个机会告诉你，我收到一些有关你在工作之余的行为的报告，我很不满意。你也许认为这不关我的事，但是，我还是得管，我得考虑本中心的名声。我的工作人员绝不能受到质疑，特别是最高种姓的人。阿尔法所接受的条件反射设置条件是：他们的情感行为不必一定要像婴儿，但是，正因如此，他们就应该更加努力地让自己的情感行为接近婴儿。他们有责任让自己像婴儿，即使不愿意也得像。因此，马克斯先生，我给你一个严正的警告。"主任的声音因为气愤而颤抖起来，他的愤怒已经不是因为个人感情，而是出于正义，代表的是社会的不满。"如果我再听见你违背正常得体的婴儿行为规范，我就要把你调到下级中心去——很有可能是冰岛。再见。"他坐在椅子上转了一圈，然后抓起笔开始写东西。

"这可以给他个教训。"他心想。但是他错了，因为伯纳是大摇大摆离开他的办公室的，一副胜利者的模样，他"砰"的一声关上门，甩手而去。他觉得自己是在单枪匹马地和现行的秩序作斗争，他为自己个人的重要价值感到激动，甚至陶醉。即使想到要受到迫害也满不在乎，他非但没有感到沮丧，反而更加振奋了。他觉得自己有足够的力量去面对痛苦，战胜痛苦，甚至可以面对冰岛。他根本不相信自己会真的被发配到冰岛去，所以更是无所畏惧。没有人会因为那样的理由被调职的。冰岛只不过是一种威胁，一种刺激的、令人激动的威胁。他走在走廊上，居然吹起了口哨。

他向赫姆霍尔兹·华生描述了那天晚上跟主任的会见，简直就像是在叙述什么英雄事迹。最后他说："我叫他滚回到过去的无底深渊里，然后就大步走出了他的办公室。情况就是这样。"他期待地望着赫姆霍尔兹，等着他回应以同情、鼓励和钦佩，可是赫姆霍尔兹什么也没说，只是默默地望着地板。

赫姆霍尔兹喜欢伯纳。他感谢伯纳，因为在他认识的所有人中，伯纳是唯一可以和他讨论一些重要话题的人。不过伯纳身上也有他讨厌的东西，比如他喜欢吹牛，有时又会表现出一种卑贱的自怜，还有他那讨厌的"有事就逃,无事逞能"的毛病。赫姆霍尔兹讨厌这些东西——只是因为他喜欢伯纳。时间一秒一秒地过去了,赫姆霍尔兹还是盯着地板。突然,伯纳脸一红,扭开了头。

3

旅途一切顺利。蓝太平洋火箭在新奥尔良提前2.5分钟出发,在得克萨斯州上空遇上龙卷风,耽误了4分钟,但到西经95度时遇到一股顺流,这让他们到达圣塔菲时只晚点了40秒钟。

"6.5小时的飞行只迟到40秒,不算糟糕。"列宁娜不得不承认。

那天晚上他们在圣塔菲过夜。旅馆是一流的,和去年夏天列宁娜住过的那个可怕的北风宫相比简直是天壤之别,列宁娜在那个鬼地方受了不少苦。这儿有清新的空气,有电视机、真空振动按摩器、收音机、滚烫的咖啡因溶液和销魂的避孕用品,每间卧室里都摆着八种不同的香水;他们走进大堂时,音箱里正播放着合成音乐;一切都完美无瑕。电梯里贴着一张告示,上面写着，旅馆里有60个装着自动扶梯的网球场，公园里可以玩障碍高尔夫和电磁高尔夫。

"这个地方真是太可爱了，"列宁娜叫起来，"我真希望可以一直待在这里。60个带自动扶梯的网球场……"

"到了保留地可就什么都没有了，"伯纳警告她，"没有香水，没有电视机，甚至没有热水。你要是怕受不了，就留在这儿等我回来吧。"

列宁娜很生气。"我当然受得了。我只不过是说这个地方很可爱，因为……因为进步让人快乐，对不对？"

"从13岁到17岁，每周重复500次。"伯纳厌倦地说，仿佛是在自言自语。

"你说什么？"

"我是说进步让人快乐，所以如果你不是真的想去保留地，你就不必去。"

"可是我真的想去。"

"那好吧。"伯纳说，这话已经有点威胁的味道了。

他们的通行证需要保留地总管签字，两人第二天早上就来到了总管的办公室。一个超爱普西隆黑人门房把伯纳的名片送了进去，他们很快就受到了接待。总管是个长着宽扁头的次阿尔法，金头发，矮个儿，脸庞圆满红润，肩膀宽阔，声音高亢雄浑，和睡眠教育用的声音非常相像。他脑子里全是一些乱七八糟的信息和没人要听的忠告。话匣子一打开，就没完没了，声音洪亮。

"……56万平方公里，划分为4个不同的二级居留区，每个区都用高压电网隔离。"

这时，不知道为什么，伯纳想起了他浴室里的古龙香水龙头没关，香水在不停地流。

"……高压电是由大峡谷水电站供应的。"

"等我回去时恐怕已经滴掉好多钱了，"他想象着那香水龙头上的指针一圈一圈不知疲倦地转着，像蚂蚁一样，"赶快给赫姆霍尔兹·华生打个电话。"

"……5000多公里的电网，电压6000伏特。"

"真的吗？"列宁娜很有礼貌地问。她其实一点都没听懂总管说的是什么，只是根据他那戏剧性的停顿做出相应的反应。她在总管的大嗓门开始讲话时就已经悄悄地吞服了半克索麻，现在可以安静地坐着什么也不听，什么也不想，只是用她那双蓝色的大眼睛很入神地盯着总管的脸。

"只要一碰到电网就必死无疑。"总管很严肃地宣布，"要想从保留地逃出去是绝对不可能的。"

"逃"这个字很具有暗示性，"也许，"伯纳欠起身子，"我们应该考虑告辞了。"香水龙头上的小黑针在飞转，那是一只虫子，吞噬着时间，吞噬着他的钱。

"逃出去是绝对不可能的。"总管又重复了一遍，挥手让他坐回椅子。通行证还没有签字，伯纳只好乖乖地坐回去。"那些在保留地里出生的人，记住，亲爱的小姐，"他色眯眯地瞥了列宁娜一眼，用一种很暧昧的声音低声说，"记住，在保留地，孩子还是生出来的，是的，虽然这叫人恶心，但真的还是生出来的……"（他希望提起这个可耻的话题会让列宁娜脸红，可她只是故作聪明地微笑着说："真的吗?"总管很失望，只能接着说下去。）"在保留地出生的人都注定要死在那里。"

注定要死……一分钟 0.1 公升古龙香水，一小时 6公升。"也许，"伯纳再一次努力，"我们应该……"

总管身体前倾，用食指敲着桌子。"你要是问我有多少人生活在保留地，我的回答是，"他很得意地说，

"我的回答是不知道。我们只能猜测。"

"真的吗？"

"我亲爱的小姐，当然是真的。"

6公升乘以24小时——天哪，现在差不多已经是6乘以36了。伯纳脸色煞白，焦急得发抖，可是那个大嗓门还在喋喋不休地说话。

"……大约有6万印第安人和混血儿……绝对的野蛮人……我们的视察官有时会去视察……否则，他们和文明世界就没有任何往来……还保留着他们那些令人厌恶的习惯和风俗……婚姻，如果你知道那是什么的话，亲爱的小姐；家庭……没有条件反射设置……可怕的迷信……基督教、图腾崇拜，还有祖先崇拜……灭绝的语言，比如祖尼语和西班牙语、阿塔帕斯坎语……美洲豹、箭猪和其他的凶猛动物……传染病……牧师……毒蜥蜴……"

"真的吗？"

他们终于从那里脱身了。伯纳冲到电话面前。快，快，可是光接通赫姆霍尔兹的电话就几乎花了他3分钟时间。"我们已经好像在野蛮人中了，"他抱怨着，"一点没有效率，他妈的！"

"来1克索麻吧。"列宁娜向他建议。

他拒绝了，宁可生气。最后，感谢福特，电话接通了，是赫姆霍尔兹。他向赫姆霍尔兹解释了已经发生的事，赫姆霍尔兹答应马上去关掉龙头，马上去，是的，马上去，但是赫姆霍尔兹还是抓住机会告诉了伯纳昨天晚上主任当众说的一些话……

"什么？他在找人取代我？"伯纳的声音很痛苦。"这么说已经决定了？他有没有提冰岛？你是说他提了？福特呀！冰岛……"他挂上听筒转身对着列宁娜，面孔苍白，满脸沮丧。

"出什么事了？"她问。

"什么事？"他重重地跌倒在椅子里。"我要被调到冰岛去了。"

他以前常常想象，如果不靠索麻，而全靠自己的精神力量来接受某种严峻的考验，体验某种痛苦或迫害会是怎么回事，他甚至渴望过苦难。就在一周以前，在主任的办公室里他还曾想象自己做了英勇的反抗，从容不迫地默默承受着苦难。主任的威胁当时只是让他很得意，让他觉得自己一下子高大起来。可他现在才明白，他当时那么想是因为他根本没把主任的威胁当回事。他不相信主任会真的采取任何行动。可现在看来那威胁好像是真的。伯纳吓坏了。他想象中的从容不迫和理论上的勇气一下子消失得无影无踪。

他生自己的气，真是一个傻瓜！他生主任的气，竟然不给他别的机会，别的他一直想得到的机会，这是多么不公平啊。可是冰岛，冰岛……

列宁娜摇摇头。"过去和未来叫我心烦，"她引用了一句睡眠教育中的话，"吞下索麻享受今天。"

最后她说服他吞下了4克索麻。5分钟后，对于过去和未来的担忧全部消失，只剩下美好的当下如花朵一般绽放。服务员传来消息，按照总管的命令，一个保留地保安已开来一部飞机，在宾馆的屋顶待命。他们马上去了屋顶，一个穿伽马绿制服的八分之一混血儿敬了个礼，开始报告早上的行程安排。

他们先要在空中鸟瞰十来个主要的印第安村庄，然后在马尔佩斯谷降落吃午饭。那里的宾馆会很舒服。那里附近的印第安村庄里的野蛮人可能要庆祝夏令节，在那儿过夜最好。

他们上了飞机出发，几分钟之后已经跨过了文明与野蛮的边界。他们时高时低地飞着，飞过盐漠和沙漠，穿过森林，飞进大峡谷紫罗兰色的深处，越过峭壁、山峰和石头山。电网连绵不断，是一条一望无垠的直线，象征着人类意志的胜利。在电网之下，黄褐色的土地上散落着白色尸骨和还没有完全腐烂的黑色尸体。这些都是受到腐肉气味引诱而来的鹿、小公牛、美洲豹、箭猪、郊狼或是贪婪的兀鹰，它们太靠近那些致命的电网，仿佛是遭到报应，命丧荒野。

"它们从来不会吸取教训，"穿绿色制服的驾驶员指着地面上的累累白骨说，"它们也从来不打算吸取教训。"他又加上一句，笑了起来，仿佛是他自己打败了那些被电死的动物似的。

伯纳也笑了，吞过两克索麻之后那玩笑不知为什么似乎变得有趣起来。他笑啊笑，没过多久，很快睡着了。在睡梦中他飞过了陶斯、特苏克，飞过了南贝、皮库里斯和泊瓦克，飞过了西雅和克奇蒂，飞过了拉古纳、阿科马和梅沙，飞过了祖尼、奇拨拉和奥荷卡林特[1]。等他一觉醒来，发现飞机已在地面降落，列宁娜正把行李箱提到一间方形的小屋里去，那穿伽马绿

1　上述地名均为新墨西哥州的印第安人居住地。

制服的八分之一混血儿正和一个年轻的印第安人用他们听不懂的话交谈。

"这里就是马尔佩斯。"伯纳下飞机时,驾驶员解释道,"这就是宾馆。今天下午在印第安村落有一场舞蹈,他会带你们去。"他指着那个愁容满面的年轻野蛮人说:"肯定会很好玩。"驾驶员咧开嘴笑了:"他们干的事都很好玩。"说完他便爬上飞机,发动了引擎。"我明天回来接你们,记住,"他向列宁娜保证说,"野蛮人都非常温驯,他们绝对不会伤害你们,他们有过太多挨毒气弹的经验,绝对不敢耍任何花招。"他仍然笑着,发动了直升机螺旋桨,一踩加速器飞走了。

第七章

石头山像一艘静静停泊在黄色峡谷里的船。峡谷迤逦在陡峭的两岸之间，谷底露出一片绿色——那是河流和田野。峡谷当中的那艘石头船前方，有一大块光溜溜的整齐的岩石，那是石头船的一部分，印第安人的马尔佩斯村就在那里。房子一层层地伸向蓝天，每高一层就小一点，就像是有台阶的被砍了尖角的金字塔，高房子的脚下是一些七零八落的矮屋。悬崖峭壁的三面都面朝平原。几缕炊烟垂直升入无风的空中，然后消失不见。

"真是奇怪，"列宁娜说，"太奇怪了。"这是她表示谴责时常用的口头禅。"我不喜欢这个地方，我也不喜欢那个人。"她指着那个被派来带他们去印第安村落的印第安向导。这种情绪显然是互相的，那个走在他

159

们前面的人就连背影也带着敌意，透着轻蔑。

"而且，"她压低嗓门说，"他有臭味。"

伯纳没有打算反对。他们继续往前走。

突然，整个空气似乎都活了起来，随着血液不知疲倦地奔涌沸腾起来。在他们的上方，在马尔佩斯，有人在打鼓。他们踏着那神秘的心跳的节拍加快了步伐，来到了悬崖底下。那巨大的石头船的峭壁高耸在他们头上，距地面足有300米高。

"我真希望我们是坐飞机来的，"列宁娜气恼地抬头望着那高耸的绝壁，"我讨厌走路。而且，站在山脚下，人感觉自己这么渺小。"

他们在峭壁的阴影里走过一段路，绕过一道突岩，被河水冲刷出来的峡谷中有一条通向石船后部的路。他们开始爬山。山道陡峭，在山谷间拐来拐去。有时候鼓点声几乎听不见，有时又仿佛就在身边。

他们爬到半山时，一只苍鹰飞过，因为离得近，翅膀扇来的寒风吹到他们脸上。岩石的缝隙里躺着一堆白骨。一切都奇怪得让人压抑，那个印第安人身上的气味越来越浓。他们终于走出了峡谷，走进了阳光。石头山的顶是一大块平坦的岩石。

"跟查令T字大楼一样。"列宁娜评论道。她还没有来得及尽情欣赏这个令她欣慰的发现，一阵轻软的脚步声让他们转过了身。两个印第安人朝他们跑来，从喉咙到肚脐一丝不挂，黑褐色的身上画着白色条纹（列宁娜后来说"就像铺了沥青的网球场"），他们的脸上涂着红、黑和褐三种颜色，完全看不出原来的样子。他们的黑头发用狐狸毛和红色的法兰绒编成辫子，肩上披着火鸡毛，头上顶着巨大的颜色鲜艳的羽毛帽子，银手镯、骨质项链和绿松石珠子随着他们的脚步叮当作响。他们不发一言，脚上的鹿皮靴跑起来没有一点声音。其中一个手上拿了一把羽毛掸子，另一个两只手各抓了三四条远看像是粗绳的东西，其中一条绳子很不舒服地扭动着，列宁娜突然发现原来那些都是蛇。

那两个印第安人越走越近，他们的黑眼睛望着她，却好像没看见她，甚至根本没有意识到她的存在。那扭动的蛇和别的蛇一样耷拉了下来。两人走了过去。

"我讨厌这里，"列宁娜说，"我讨厌这里。"

到了村落口，向导把他们俩扔在那里等着，自己进去接受指示了。眼前的一切让她更加讨厌：到处是烂泥，还有垃圾堆、灰尘、狗和苍蝇。她的脸皱成一团，满脸厌恶，掏出手绢捂住了鼻子。

"他们怎么能这样生活呢?"她感到难以置信，非常气愤地嚷起来。(太不像话了!)

伯纳像洞察一切似的耸了耸肩:"不管怎么样，他们已经这样生活了五六千年，所以我估计他们现在早已习惯了。"

"但是清洁卫生是福特精神之本。"她坚持说。

"没错，文明卫生就是杀菌消毒，"伯纳接了下去，用讽刺的口吻重复着睡眠教育里卫生基础知识第二课的内容，"可是这些人从来没有听说过我们的福特，他们不是文明人，所以说这话毫无……"

"天哪!"列宁娜抓住他的胳臂，"你看!"

一个几乎全身赤裸的印第安人正从旁边一幢房子的二楼顺着楼梯非常缓慢地往下爬，他已经很老了，所以爬起来特别小心。他的脸很黑，皱巴巴的，好像戴了个黑曜石的面具。他的牙已经掉光，嘴巴瘪了下去，嘴角与下巴两侧有几根长长的胡子，在黑皮肤的衬托下，闪着几乎是白色的光。他灰白的头发没有编成辫子，披散下来，垂在脸上。他全身佝偻，瘦骨嶙峋，几乎没有一点肉。他非常缓慢地下着楼梯，每踏出一步都要停一停。

"他怎么了?"列宁娜低声地问,因为恐怖和惊讶瞪大了眼睛。

"他老了,仅此而已。"伯纳尽可能不经意地回答。其实他也很震惊,却竭力装出无动于衷的样子。

"老了?"她重复着,"可是主任也老了,许多人都老了,但都没有变成这样。"

"那是因为我们不让他们变成这个样子。我们不让他们生病,我们通过人工手段使他们的内分泌保持平衡,就像年轻人一样。我们不让他们的镁钙比值低于30岁时的指标。我们给他们输入年轻人的血液,保证他们的新陈代谢永远活跃。所以,他们当然不会变成这个样子。还有,"他补充说,"大部分人没活到这个老家伙的年龄就死了。一直到60岁,他们都可以保持青春,然后,呼!结束了。"

可是列宁娜没有听他讲话,她在看着那老头。他非常非常缓慢地往下爬着,脚踩到地上后,转过了身子。他那深陷在眼窝里的眼睛异常明亮,面无表情地望了她许久,并不惊讶,就好像她根本不存在,然后,他躬着背,从他们身边蹒跚地走过。

"这太可怕了，"列宁娜低声说，"太可怕了，我们真不该来这里。"她把手伸到口袋里去摸索麻，结果发现由于前所未有的粗心，她竟然把装索麻的瓶子忘在了宾馆里。伯纳的口袋也是空的。

列宁娜只能无可奈何地面对马尔佩斯的各种可怕的事，这些可怕的事一件接一件地出现在她面前。她看见两个年轻妇女给孩子喂奶，羞得她涨红了脸，赶紧别过头去。她一辈子也没有见过这么恶心的事。更糟糕的是，伯纳对这令人作呕的场面不但没有想办法避开，反倒毫不隐瞒地发表起了意见。索麻的药效已经过去，他开始为早上在宾馆的软弱表现感到羞耻，所以故意表现自己的坚强和叛逆。

"多么美妙的亲密关系呀！"他故意表现出一副恬不知耻的样子，"它会激发出多么深厚的感情呀！我常常想，因为没有母亲，我们可能失去了一些东西，而你因为没有做过母亲，也可能失去一些东西，列宁娜。想象一下吧，你坐在那儿喂着自己的婴儿……"

"伯纳！你怎么能说这种话?"一个患结膜炎和皮肤病的老年妇女从他们面前走开，让她一时忘记了气愤。

"咱们走吧,"列宁娜求他,"我不喜欢这儿。"

但是这时他们的向导回来了,他让他们跟在身后,领着他们沿着房屋之间的狭窄街道走去,绕过了一个街角。一条死狗躺在垃圾堆上,一个得大脖子病的妇女正在一个小姑娘的头发里捉虱子。向导在一个梯子旁边停住了,竖起手,然后向水平方向一挥。他们按照他无声的指示去做——爬上梯子,进了一个狭长的房间。房间里黑乎乎的,散发着烟味、饭菜的油腻味、穿了很久没洗的衣服臭味。房间的尽头是另一道门,阳光与鼓声便是从那里传来的,鼓声很响亮,感觉很近。

他们跨过门槛,发现自己来到了一片宽阔的平台上,下面就是村里的广场。广场被高高的房子围在中间,挤满了印第安人。他们身上披着颜色鲜艳的毯子,黑发上插着鸟翎,脖子上的绿松石闪闪发光,黑皮肤因为炎热变得油光发亮。列宁娜又拿手绢捂住了鼻子。广场正中的空地上有两个圆形的台子,是用石头和夯实的泥土砌成的,显然下面是地下室,因为在每个台子正中都有一个楼梯口,架着梯子,通向暗处。地下隐隐地有笛声传来,却消失在持续不断的响亮的鼓点里。

列宁娜喜欢那种鼓声。她闭上眼睛，听任自己被那低沉的持续不断的声音所左右，听任它越来越完全地侵入她的意识，最后，除了那深沉的鼓声，这个世界上仿佛一切都不存在了。那声音让她想起团结会祈祷和福特日庆祝活动时的合成音乐。"让我们纵情吧。"她低声自语着。那鼓点敲出的是同样的节奏。

突然，耳边响起一阵震撼人心的歌声——几百个男人一起发出了刺耳的金属般的声音，长长的几个音符之后静了下来，接着雷鸣般的鼓点也静了下来。然后，是女人们的应和，声音尖利得像马的嘶鸣。过了一会儿，鼓点再次响起，男人们再一次用深沉的充满野性的声音证实了他们的男子汉气概。

奇怪，太奇怪了。地方怪，音乐也怪，衣服、大脖子病、皮肤病，还有那些老人都很怪。但是那些表演，却似乎并不特别怪。

"这让我想起了低种姓人的集体合唱。"她对伯纳说。

可是没过一会儿，那合唱让她想起的就不是那种平静的场面了。突然，一群面目狰狞的魔鬼突然从那圆形的地下室里冒了出来，他们戴着可怕的面具，脸上画得没有人样，他们绕着广场跳着一种奇怪的瘸腿舞。他们又唱又跳，一圈又一圈地转着，一圈比一圈快。鼓声变了，节奏加快了，听上去好像发烧时的脉搏跳动。周围的人也跟着唱了起来，声音越来越响。一个女人开始尖叫，然后一个接一个地尖叫起来，好像有人要杀她们。领舞的人离开了队伍，跑到广场尽头的一个大木柜旁边，打开盖子，抓出了两条黑蛇。人群中有人大叫了一声，其他的人全都张开双手，向他跑去。那人把蛇抛向了跑来的第一拨人，又伸手到柜子里去抓，越来越多的黑蛇、黄蛇和花蛇被扔了出去。舞蹈以另一种节奏重新开始，人们抓住蛇一圈又一圈地跳着，膝盖和臀部像蛇一样柔和地扭动着。这时，领舞人发出信号，人们又把蛇一条又一条扔向广场中心。一个老头从地下室走出来，把玉米片撒到蛇身上；一个妇女从另一个地下室里钻了出来，用一个黑罐子把水洒到蛇身上。然后老头举起双手，意想不到的寂静出现了，静得让人害怕。鼓声停止了，生命也似乎停止了。老头用手指了指两个通向地下的洞口，这时从一个洞口中出现了一张鹰的画像，像是被一只无形的手托举着，另一个洞口出现了一个钉在十字架上的赤裸的人的画像。两幅画悬在空中，好像是靠自己的力量支撑着，在打量着人群。老人拍拍手，一个18岁左右的小伙子走出人群。他除了腰上系着一块白棉布，全身一丝不挂。小伙子在胸前交叉了两手，低头站到老人面前。老人在他头上画了一个十字，转过身子。小伙子绕着那堆扭来扭去的蛇慢吞吞地转起圈来。第一圈转完，第二圈转了一半时，一个戴着郊狼面具的高个子男人走出了跳舞的人群，他手上拿着一根皮带编成的鞭子，向小伙子走去。小伙子继续转着圈，仿佛不知道那人的存在。戴郊狼面具的人举起鞭子，等了许久，然后猛地一挥，只听到"嗖"的一声，鞭子响亮地抽打在皮肉上。小伙子身子一抖，却没有出声，继续用同样缓慢不变的步伐转着圈。郊狼一鞭又一鞭地抽着，他每抽一鞭，人群先屏住呼吸，然后发出低沉的呻吟。小伙子继续走，一圈，两圈，三圈，四圈，他身上开始流血。五圈，六圈。列宁娜突然用手捂住脸，哭了起来。"天哪，叫他们别打了，别打了！"她哀求道。但是鞭子一鞭又一鞭无情地抽打着。七圈。小伙子突然打了一个趔趄，仍然没有出声，只是朝前扑倒在地。老头弯下腰,用一根白色的长羽毛在他背上蘸了蘸,举起来让人们看,鲜红鲜红的。然后他在蛇堆上晃了三晃,几滴血滴落下来。鼓声突然急促地响了起来,人们随之大叫。舞动的人们向前扑去,抓起蛇跑出了广场。男人、女人、孩子都跟着,一窝蜂全跑掉了。不一会儿工夫,广场已经空了,只剩下了那小伙子还趴在倒下的地方,一动不动。三个老女人从一间屋里走了出来,很费力地把他扶起来,搀进了屋子。那画上的鹰和十字架上的人还悬在空中守护着空荡荡的印第安村庄,一会儿之后,他们好像是看够了,从洞口慢慢沉入地下,看不见了。

列宁娜还在抽泣。"太可怕了!"她不断地重复,伯纳的一切安慰都没有用。"太可怕了,那血!"她毛骨悚然,"噢,我真希望我带着我的索麻。"

这时从里面的房间传来了脚步声。

列宁娜没动,用手捂住了脸,坐在一边不看,只有伯纳转过了身子。

那个走到平台上的小伙子穿着印第安人的衣服,但是他那编了辫子的头发却是浅黄色的,眼睛是淡蓝色的,看得出晒成古铜色的皮肤原来是白色的。

"你们好，"陌生人用没有错误但很特别的英语说，"你们是文明人吗？是从那边，从保留地外面来的吗？"

"你是？"伯纳很吃惊地问。

小伙子叹了口气，摇摇头。"一个最不幸的男人。"[1]他指着广场中央的血迹说，"看见那该死的地方了吗？"他的声音因为激动在发抖。

"1克索麻下肚，绝无牢骚满腹。"列宁娜捂住脸，机械地说着，"我真希望带着我的索麻。"

"在那儿的应该是我，"年轻人继续说，"他们为什么不让我去当祭品？我可以走10圈，走12圈，15圈。帕罗提瓦只走了7圈。他们可以从我身上得到两倍的血，把无边的大海染成一片殷红。"他挥动双臂夸张地做了个手势，然后绝望地放了下来。"可是他们不让我去，他们因为我的肤色不喜欢我，一直是这样，一直是。"小伙子的眼里噙满了泪水，他感到不好意思，转过身去。

惊讶让列宁娜一时忘了自己没带索麻的事。她不

1　此话出自莎士比亚戏剧《维洛纳二绅士》。

再用手捂着脸，第一次看着那年轻人。"你是说你想要去挨鞭子吗？"

年轻人仍然没有正面看她，但做了个表示肯定回答的动作。"为了我们这个村子，为了求雨，为了庄稼生长，为了让雨神和耶稣高兴，也为了证明我能够不哭不叫地忍受痛苦，是的！"他的声音突然响亮了起来，挺直腰板，骄傲而勇敢地扬起下巴，"为了证明我是个男子汉……啊！"他突然惊叹了一下，张着嘴，一时说不出话来。他平生第一次见到这样的姑娘：面庞既不是巧克力色也不是狗皮色，红褐色的头发是鬈曲的，脸上的表情友好而关切（真是稀奇！）。列宁娜对他笑着，心里在想：这小伙子长得真好看，身材也很漂亮。血涌上了小伙子的脸，他低下头，过了好一会儿才抬起来，发现她还在对着自己笑。他难以掩饰自己内心的激动，只好转过头去，假装专心地看着广场另一端的什么东西。

伯纳问的几个问题替他解了围，伯纳问他是什么人？怎么来的？什么时候来的？从哪儿来？小伙子的眼睛盯着伯纳的脸（他多么想看那姑娘的微笑，可是又不敢看她），他努力想把自己的情况说清楚。琳达和他——琳达是他妈妈（这个字眼让列宁娜感觉很不舒服）不是保留地的原居民。很久以前，琳达跟一个男人从"另一个地方"来，那时他还没有出生，那个男人就是他的父亲。（伯纳竖起耳朵。）琳达独自一人在那边的山里往北方走，不小心掉下了悬崖，脑袋受了伤。（"接着说，接着说。"伯纳很激动。）几个从马尔佩斯去的猎人发现了她，把她带回了村子。至于那个是他父亲的男人，琳达从此再也没有见过。那人的名字叫汤玛金（没错，主任的名字叫汤玛士）。他一定是飞走了，飞回了"另一个地方"，把她一个人丢在这里。那个狠心的、没有人情的大坏蛋！

"就这样我出生在马尔佩斯。"他讲完了自己的故事，摇了摇头。

村庄外围的那间小屋可真脏！

一片满是尘土和垃圾的空地把这小屋和村子分了开来。两条饿极了的小狗在屋前令人恶心的垃圾堆里拱着。他们走进屋里，里面黑乎乎的，发出臭味，苍蝇在嗡嗡地飞着。

"琳达！"年轻人叫道。

"来了。"从里面的房间传来一个嘶哑的女声。

他们等着。地上的几个碗里有吃剩的饭，说不定已经是好几天前的剩饭了。

门开了。一个粗壮的金发印第安女人跨过门槛，张大了嘴巴，站在那儿望着这两个陌生人，一脸的惊讶。列宁娜注意到，她已经掉了两颗门牙，还没有掉的那些牙的颜色……她心里一阵恶心，身上起了鸡皮疙瘩。她比刚才那老头子还糟糕。那么胖，脸上全是褶子，身上的肉耷拉着。她不仅满脸皱纹，上面还有好多浅紫色的疙瘩。她的鼻子上全是红色的血管，眼睛里布满了血丝。还有她那脖子——那是什么脖子哟！她的头上裹着一块毛毯，又破又脏。在那棕色的像个大口袋一样的短衫下，她硕大的乳房、肚子，还有腰都向外凸出。啊，比那老头糟糕多了，糟糕多了！突然，那个女人叽里呱啦地说起话来，张开双臂朝他们跑来——福特啊！福特啊！那个女人竟然搂住了列宁娜，把她紧紧地挤压在她那肥硕的身体上，然后开始亲吻她。太恶心了，再这样下去她就要吐了。福特啊！那女人满嘴口水地亲吻着她，身上臭烘烘的，显然从来没有洗过澡，她身上还有那种放进德尔塔和爱普西隆瓶子里的东西的怪味（不，关于伯纳的传说

173

不可能是真的），那肯定是酒精的味道。列宁娜用力挣脱躲开了。

出现在她面前的是一张哭得扭曲的脸。那老女人在哭。

"哦，亲爱的，亲爱的。"她一边哭，一边喋喋不休地说着话。"你知道我有多高兴吗？过了这么多年，我终于见到了一张文明人的面孔，还有，文明人的衣服。我以为我再也见不到真正的人造丝衣服了呢，"她用手捻着列宁娜的衬衫袖子，她的指甲黑乎乎的，"还有这可爱的人造天鹅绒短裤！你知道吗，亲爱的，我还留着以前的那些衣服，那些我来这里时穿的衣服，我把它们保存在一个箱子里，以后给你们看，不过那些人造丝都已经破得全是洞洞眼了。还有那条非常可爱的白皮带，但是我得承认你这条人造绿皮带更好。我那条白皮带可没给我带来什么好处。"她又开始流泪了，"我估计约翰已经告诉你了，我受过许多苦，而且一点索麻都没有，只能偶尔喝一点波培带来的龙舌兰。波培是我以前认识的一个小伙子。但是喝过之后人会感觉非常难受，龙舌兰就是这样。吃佩奥特仙人掌[1]让人恶心，而且第二天总是会让人感觉更加丢脸，那种感觉真糟糕。我觉得很丢脸。你想想看，我，一个贝塔，竟然生了个孩子，你设身处地帮我想想看。"（光听她这么说就已经让列宁娜浑身发抖了。）"虽然那不是我的错，我可以发誓，因为我到现在都还不知道是怎么回事，所有的避孕操我都做了，一套套地按顺序做，一、二、三、四全做了，我发誓。可照样出了事，当然，这儿是不会有人流中心的。顺便问一句，人流中心还在切尔西吗？"她问道，列宁娜点点头。"星期二和星期五还有泛光照明吗？"列宁娜又点了点头。"那可爱的粉色玻璃大楼呀！"可怜的琳达扬起脸，闭上眼睛，尽情地想象着那记忆中的灿烂景象。"还有夜晚的河流。"她低语着，大颗大颗的泪珠从她紧闭的眼睑后缓缓流出。"晚上从斯托克波吉飞回去，洗一个热水澡，做一次真空振动按摩……啊！"她深深地吸了一口气，摇了摇头，又睁开了眼睛，吸了吸鼻子，用手指擤了擤鼻涕，揩在自己的衣服上。"哦，真是对不起。"她看见列宁娜下意识地做出厌恶的表情，连忙说："对

---

1 佩奥特仙人掌：原产于北美，因具致幻作用（主要由于一种仙人球毒碱的生物碱）而闻名。

不起，我不该这么做，可是如果没有手绢，你又能怎么办呢？我记得当初这些脏东西也让我很难受，所有的东西都没有消过毒。他们把我带到这里来时，我头上有一个可怕的伤口。你根本想象不出他们拿什么东西敷在上面。脏东西，只有脏东西。'文明卫生就是杀菌消毒，'我总是对他们这么说，我甚至对他们说顺口溜，'链球菌儿向右靠，卫生间里洗个澡。'就好像他们全是些娃娃。但是他们当然不会懂。他们怎么会懂呢？到后来我也就习惯了。何况如果没有热水，怎么可能干净得了？你看看这些衣服，这些讨厌的毛呢总也穿不破，不像人造丝。而且如果破了，你还得缝补。可我是个贝塔，原来是在授精室工作的，谁也没有教过我干这种活儿，这根本不是我分内的事。何况以前我知道根本就不应该缝补衣服。衣服破了就该扔掉，然后买新的。'缝补越多，财富越少'，这话难道不对吗？缝补是反社会的行为，可在这儿就不同了。简直像是跟疯子生活在一起，他们干的每一件事都是发疯。"她朝四周一看，见约翰和伯纳已经走开了，他们在屋子外面的土堆和垃圾中走来走去。但是，她还是神秘地压低了嗓门，朝列宁娜靠了过来，列宁娜紧张得身体僵硬，忙不迭地躲开。女人的嘴里喷出那种毒害胚胎的酒精臭味，吹动了列宁娜脸颊上的汗毛。"比如，"她用沙哑的声音低声说，"就拿他们这儿男女相处的方式来说吧。疯了，绝对是疯了。人人彼此相属，他们是这样的吗？是这样的吗？"她揪着列宁娜的袖子追问。列宁娜把头扭到一边，点了点头，呼出刚才一直屏住的一口气，然后设法吸一口不太受污染的空气。"哼，在这里，你只能属于一个男人，如果要按照正常的方式和男人交往，别人就会说你坏，说你反社会，他们会恨你，瞧不起你。有一次一大批女人来找我大闹了一场，就因为她们的男人来看我。哼，为什么不能来看我？她们朝我扑来……哦，太可怕了！我不能告诉你。"琳达用手遮住脸，浑身颤抖。"这儿的女人心里充满了仇恨，她们很疯狂，疯狂而且残忍。她们当然不懂得避孕操，也不懂培养瓶、装瓶这一类的东西。太叫人受不了了。想想看，我居然……啊，福特，福特，福特啊！不过约翰给了我很大的安慰，要是没有他，我真不知道该怎么活下去。不过，他常常因为有男人来看我而很伤心，从小就这样……有一次（那时他已经大些了），他甚至因为我常跟可怜的瓦乎西瓦睡觉，也可能是波培，就想杀死他。因为我从来无法让他懂得那是文明人应当做的事。我觉得疯狂是会传染的。反正，我感觉约翰从印第安人那里传染了疯病，当然，这是因为他和他们在一起的时间很多，尽管他们对他很凶，而且从不让他做别的小伙子可以做的事。这对我来说反而是好事，因为这样可以让我更容易地对他进行条件反射训练。你不知道那有多么困难，我不知道的东西太多了，我本来就不应该知道那些事。如果孩子问你，直升机是怎么飞的，世界是谁创造的，如果你是个一直在授精室里工作的贝塔，你该怎么回答？你该怎么回答？"

第八章

外面，在土堆和垃圾之中（现在那儿有了四条狗），伯纳和约翰在慢慢地走来走去。

"我很难明白，"伯纳说，"也很难想象。我们好像生活在不同的星球上，不同的世纪里。母亲、这脏兮兮的一切、上帝、衰老、疾病……"他摇摇头，"真的难以想象，我永远也不会明白，除非你给我解释清楚。"

"解释什么？"

"这个，"他指着印第安村庄，"还有那个。"他又指着村子外那间小屋。"这一切，你们的生活。"

"这有什么可解释的？"

"从头开始说，只要是你能想起来的。"

"只要是我能想起来的。"约翰皱起了眉头，很久没有说话。

天气很热，他们吃了很多玉米饼和甜玉米。琳达说："过来，躺在这里，小宝贝。"母子俩在大床上躺了下来。"我们来唱歌。"琳达唱起了"链球菌儿向右靠，卫生间里洗个澡"和"再见了，宝贝班亭，你马上就要装瓶"，她的声音越来越轻……

一阵响动，约翰给惊醒了，有个男人在对琳达说着什么，琳达笑了起来。她原来把毛毯一直拉到下巴那里，可那人却把它全掀开了。那人的头发像两根黑色的绳子，手臂上戴着一个可爱的银镯子，上面镶嵌着蓝色的石头。约翰很喜欢那镯子，可是他仍然感到很害怕。他把脸躲到琳达怀里，琳达搂住他，让他不再害怕。他听见琳达用他听不大懂的话说："不行，约翰在这儿。"那人看了看他，又看了看琳达，轻轻地说了几句什么。琳达说："不行。"但那人却对着大床俯下身子看着他，那脸又大又吓人，他的头发碰到了毛毯。"不行。"琳达又说了一遍，他感到她的手搂得更紧了。"不行，不行！"但是那人却抓住了他一条胳膊，抓得他生疼，他尖叫了起来。那人伸出另一只手把他抱起来。琳达仍然抱着他，嘴里仍然在说："不行，不行。"那人又气又急地说了些什么。琳达的手突然松开了。"琳达，琳达。"他又是踢腿又是挣扎。但是那人把他抱到了门边，开了门，把他放在另一间屋子当中，自己走掉，还关上了门。他爬起来跑到门边，踮起脚勉强可以够得着那巨大的木头门闩，他想推开门闩，却怎么也打不开门。

"琳达。"他大叫，但是琳达没有回答他。

他记起了一间大房间，里面很黑，房间里有些大大的木头架子，上面绕着许多线，好几个女人站在边上，琳达说她们在织毛毯。琳达让他和别的孩子一起坐在屋角，自己去帮那些女人。他跟几个小孩玩了很久。突然有人开始嚷嚷起来，有几个女人在推搡琳达，赶她出去。琳达哭着往门边走，他跟了上去，问她那些女人为什么生气。"因为我弄坏了东西。"然后她也生气了，"我们怎么会懂她们那种混账织法？"她说，"这些可恶的野蛮人。"他问她什么叫野蛮人。他们回到家时，波培已经等在门口，他跟他俩一起进了屋。波培有一个大葫芦，里面装着些像水一样的东西，不过那不是水，而是一种有臭味的东西，喝了以后嘴巴火辣辣的，还会让人咳嗽。琳达喝了一点，波培也喝了一点，琳达开始哈哈大笑，大声说话。然后她便跟波培进了另一间屋子……波培走掉以后他进了屋子，琳达躺在床上睡得很熟，他怎么叫也叫不醒她。

那时波培经常来。他说葫芦里的东西叫龙舌兰，可是琳达说那应该叫作索麻，只是喝了之后会让人不舒服。他恨波培，恨所有的人——所有来看琳达的男人。有一天下午，他一直在和别的小孩玩。他记得，那天天气很冷，山上有雪，他回到家时听到房间里有怒气冲冲的声音。那是女人的声音，说的话他听不懂，但是他知道那都是一些可怕的话。然后，突然，"叭"的一声响，是什么东西摔碎了。他听见人们跑来跑去的声音，然后又是"叭"的一声，接着是像驴子挨鞭打的声音，只是挨打的不是像驴子那么瘦的身体。琳达尖叫起来。"啊，别打了，别打了！"她哭喊着。他跑了进去，房间里有三个披着黑毯子的女人。琳达躺在床上，一个女人抓住她的手腕，另一个压坐在她的腿上，不让她踢，第三个女人正在用鞭子抽她。一鞭，两鞭，三鞭，每一鞭抽下去，琳达都痛得尖叫起来。他哭着去拉那抽鞭子的女人身上的毯子，"别打啦，别打啦。"那女人用空着的手把他推开，又抽了一鞭子，琳达又尖叫起来。他双手抓住那女人黑乎乎的大手，用尽力气咬了下去。那女人叫了起来，挣脱了手，拼命一推把他推倒在地，趁他还躺在地上时抽了他三鞭子。他从来没有那么疼过，就像是火在身上灼烧。鞭子又"嗖"的一声响，落在他身上，可这一次叫喊的是琳达。

"她们为什么要打你，琳达？"那天晚上他问她。他不停地哭着，一方面是因为背上那些红色的鞭痕还疼得厉害，另一方面是他实在不明白人们为什么那么野蛮，那么不公平。他还只是个孩子，无法反抗。琳达也在哭，她是个大人，可她只是一个人，打不过她们三个，这对她也是不公平的。"她们为什么要打你，琳达？"

"我不知道，我怎么会知道？"她的话听不清，因为她趴在床上，脸埋在枕头里。"她们说那些男人是**她们的**。"她说着话，但好像根本不是在对他讲话，而是在跟她内心的一个什么人讲话。她说了很久，可是她自己也不明白自己在说什么，最后她开始哭了，放声大哭。

"啊，别哭，琳达，别哭。"

他紧紧地贴在她身上，用手搂住她的脖子。琳达尖叫起来："哦，别碰我，我的肩膀！哦！"她使劲推开了他，他的头撞在了墙上。"小白痴！"她大叫着，然后开始打他。叭！叭！……

"琳达，"他叫了起来，"哦，妈妈。别打了！"

"我不是你妈妈。我不要做你妈妈。"

"可是，琳达……哦！"她给了他一耳光。

"你让我变成了野蛮人，"她大叫着，"像野兽一样下崽……要不是因为你我就可以去找文明世界来的视察官，就有可能离开这里，可带着孩子就不可能了，那太丢脸了。"

他见琳达又要打他，忙举起手臂护住脸："哦，琳达，别打我，求你别打我。"

"小畜生！"她拉下了他的胳膊，他的脸露了出来。

"别打了，琳达。"他闭上眼睛，等着挨打。

可是这次她没有打。过了一会儿他睁开眼睛，看见琳达正望着他。他想对琳达笑一笑，琳达突然搂住了他，对着他亲了又亲。

有时琳达几天不起床，躺在床上伤心；有时她喝波培带来的东西，傻笑一通，然后睡觉；还有的时候，她生病了，常常忘记给他洗脸洗澡，除了冷玉米饼，他没有别的任何东西可吃。他记得琳达第一次在他的头发里发现那些小虫子时，吓得尖叫个不停。

他们最快活的时候是在琳达向他讲述"另一个地方"时。"你什么时候想飞，你都可以飞，是真的吗？"

"你什么时候想飞都可以飞。"琳达告诉他那些从盒子里放出来的好听的音乐，还有那些好玩的、好吃的、好喝的东西。按一下墙上的那个小东西，就会发出亮光。还有图画，不光看得见，而且还听得见、摸得着、闻得到。还有一种盒子，能够发出好闻的香味。还有像山那么高的房子，粉红色的、绿色的、蓝色的、银灰色的。每个人都很开心，没有人会伤心或者生气，每个人都彼此相属。还有那些匣子，在那儿你可以看见听见世界另一边发生的事情，还有那些干净的可爱的瓶子里的小婴儿——一切都那么干净，没有臭味，没有肮脏，人们从来不会孤独，快快活活地在一起过日子，就像马尔帕斯的夏日舞会一样，只是更快活，而且每天都快活，每天都快活……他一小时一小时地听着。有时他跟别的孩子玩腻了，村子里的老人也会用另外的语言给他们讲故事。讲伟大的创世者，讲火神和水神之间的长期斗争；讲阿沃纳微罗那[1]晚上一想就想出了大雾，然后从雾里造出了全世界；讲地母和天父；讲阿海雨塔和玛塞列玛这一对战争与机遇的孪生子；讲耶稣和雨神；讲玛利亚和让自己青春重现的艾特萨那托喜；讲拉古娜的黑石头和艾克马的大鹰和圣母。全是些离奇的故事，因为是用另一种语言讲的，不大听得懂，所以更加好听。他常躺在床上想着天堂和伦敦，想着艾克马圣母和一排排干净的瓶子里的婴儿，想着耶稣飞上天，琳达飞上天，还有世界孵化中心那位伟大的主任以及阿沃纳微罗那。

许多男人都来看琳达。孩子们开始用手指着他，他们用另外一种奇怪的语言骂琳达是坏女人，他们用他听不懂的话骂她，虽然听不懂，但他知道他们是在骂她。有一天他们编了一首关于她的歌，唱了又唱。他朝他们扔石头，他们也朝他扔，一块尖利的石头划

---

1 在新墨西哥州祖尼印第安人的神话中，阿沃纳微罗那是世界的创造者。

破了他的脸，血流个不停，弄得他满身满脸。

琳达教他读书，她用一块木炭在墙上画了些东西——一只坐着的动物，一个在瓶子里的婴儿，然后又写了些字：小猫咪睡垫子，小娃娃住瓶子。他学得又快又轻松。等他学会读墙上所有的字之后，琳达打开了她的大木箱，从那些她从来不穿的滑稽的小红裤下面抽出了一本薄薄的小书。那书他以前常看见，琳达总是对他说："等你长大以后，你就可以读了。"好了，现在他长大了，他觉得很骄傲。"我担心你会觉得这本书不好看，"她说，"但这是我唯一的书，"她叹了一口气，"要是你能看见那些可爱的朗读机就好了！以前我们在伦敦一直用。"他开始读，书名是《胚胎的化学和细菌学条件反射设置》和《贝塔胚胎库工作人员手册》，光是读这两个书名就花了他一刻钟。他把书扔到地上。"讨厌，讨厌的书！"他哭了起来。

孩子们仍然唱着那支关于琳达的讨厌的歌。有时他们也会嘲笑他的衣服太破，他的衣服破了，琳达不知道该怎么补。她告诉他，在"另一个地方"，衣服有了洞就扔掉，买新的。"叫花子，叫花子！"孩子们对着他喊。"可是我会读书，"他想，"他们不会，他们连什么是读书都不知道。"他们嘲笑他时，他只要拼命想着读书，就可以很容易地装作不在乎他们。他让琳达把书还给他。

孩子们越是对着他指指点点或是唱歌，他就越用功读书。他很快就能熟练地读所有的词了，就连最长的词也一样。但那是什么意思呢？他问琳达，通常情况下她是答不出来的，即使能回答，她也解释不清楚。

"什么是化学药品？"他会问。

"哦，就是镁盐那种东西，还有让德尔塔和爱普西隆们变得瘦小迟钝的酒精，还有强健骨头的碳酸钙，就是这些东西。"

"可是化学药品是怎么造出来的呢，琳达？化学药品是从哪里来的呢？"

"我不知道，是从瓶子里取出来的。瓶子空了就得到药品仓库去拿，我想应该是药品仓库里的人造的吧，或者是到工厂取来的，我不知道。我从来没有和化学打过交道，我的工作里只有胚胎。"

他问她其他问题时也都一样，琳达好像什么都不知道，而村子里的老人们却总能说出准确的答案。

"人和一切生物的种子，太阳的种子，大地的种子，天空的种子，所有这一切都是阿沃纳微罗那从雾里造出来的。现在世界上有四个子宫，他把种子放进了最底下的那个子宫里。渐渐地种子开始长了……"

有一天（约翰后来推算出那应该是他12岁生日后不久），他回家发现卧室的地上有一本他从来没有见过的书。那书很厚，看上去很旧。书脊已经被耗子咬坏了，有些书页掉了下来，皱巴巴的。他捡了起来，看了看封面，那书叫《威廉·莎士比亚全集》。

琳达躺在床上，从一个杯子里喝着非常难闻的龙舌兰。"那书是波培拿来的。"她说。她的嗓子又粗又哑，好像是别人的声音。"这书一直放在羚羊圣窟的一个箱子里，据说已经放了好几百年了。我觉得很有可能，因为我看了看，上面全是废话，太不文明了，不过让你用来练习阅读还是可以的。"她喝完最后一口，把杯子放在床边的地上，转过身去，打了几个嗝，睡着了。

他随意翻开了书。

瞧，睡在油渍斑斑臭汗熏天的床上，

毫无羞耻地调情做爱

底下是肮脏的猪圈……[1]

　　那些奇怪的话在他脑子里翻腾着，像响雷一样发出隆隆的声音；像夏日舞会上敲响的大鼓，只是大鼓不会说话；像唱《玉米之歌》的男声，很美，很美，美得让你想哭；像老米茨马对着羽毛、手杖、骨头和石头所念的咒语——乌里瓦拉、乌里瓦拉、乌里瓦拉。但是这些话比咒语好多了，因为它有更多的意思，而且那是说给他听的，说得很妙，叫人听得似懂非懂，那是一种美妙无比的咒语，关于琳达，关于琳达躺在那儿打呼噜，床前的地上摆着个空杯子。这些话与琳达和波培有关，琳达和波培。

　　他越来越恨波培。一个尽管满面都是笑，骨子里却是杀人狂的奸贼。一个不知悔改的、虚伪的、荒淫的、恶毒的恶棍[2]。这些话到底是什么意思？他似懂非

1　出自莎士比亚的《哈姆雷特》，这是哈姆雷特对他母亲说的话。

2　哈姆雷特的独白。

懂，但这些话像有魔力一般，在他的脑袋里一直轰隆隆地响着。不知道为什么，他觉得自己好像从来没有真正恨过波培。没有真正恨过他，那是因为他从来不知道该怎么表达自己有多恨他。而现在他有了这些神奇的文字，它们像鼓点，像歌声，像魔法。这些文字，还有那个他从中找到这些文字的非常奇怪的故事（他根本没明白那故事是怎么回事，但他还是觉得非常精彩），它们给了他仇恨波培的理由，使他的仇恨更真实，甚至使波培也更真实了。

有一天他从外面玩耍回来，里面的房间门开着，他看见他俩一起躺在床上，睡着了——白白的琳达和黑黑的波培。波培一只胳臂枕在她脖子底下，另外一只黑黑的手放在她的乳房上，他的一根长辫子横在她喉咙上，就像是条黑蛇要缠死她。波培的葫芦和一个杯子放在床边的地上。琳达在打呼噜。

他的心仿佛消失了，只剩下了一个空洞。他被掏空了，心又空又冷，他感到恶心，感到晕眩。他靠在墙上不让自己摔倒。不肯悔改的、虚伪的、荒淫的……这些话在他的脑袋里不断地重复着、重复着，像嘭嘭的鼓声，像玉米之歌，像魔咒。他原本冰冷的身体突然变得燥热，他热血沸腾，满脸烧得通红，屋子在他面前旋转着，变得越来越暗。他咬牙切齿，"我要杀死他，我要杀死他，我要杀死他。"他不断地重复着。突然，更多的话涌了出来。

　　在他酒醉昏睡的时候，或在愤怒之中，

　　或是在他纵欲寻欢的时候……[1]

　　那些文字的魔力给了他力量，给了他行动的理由，向他发出了命令。他退回到外面的屋子。"在他酒醉昏睡的时候……"切肉的刀就放在火炉边的地上。他捡起刀子，踮起脚尖，蹑手蹑脚地回到门边。"在他酒醉昏睡的时候，酒醉昏睡的时候……"他冲过去，一刀刺去，啊，血！他又刺了一刀，波培惊醒了。他举起手还想再刺一刀，手却被抓住了，哦，哦！他的手被扭住了，他动不了了。波培那双黑黑的小眼睛死死地盯着他，他别开头不去看他。波培的左肩上有两道刀伤。"天哪，全是血！"琳达哭喊着，"全是血！"她从来都

1　出自《哈姆雷特》，是哈姆雷特准备向杀兄为王的叔父复仇时的内心独白。

害怕看见血。波培举起了另一只手，约翰以为他要打自己，便僵直了身子，准备挨打。但是那只手只是抓住了他的下巴，把他的脸扭了过来，使他不得不直视着波培的眼睛。他们俩对视了很久，差不多有好几个小时。突然，他忍不住了，大哭了起来。波培哈哈大笑，"去吧，"他用印第安语说，"去吧，勇敢的阿海优塔[1]。"约翰跑到另外一间屋子里，不想让人看见他的眼泪。

"你15岁了，"老米茨马用印第安话说，"现在我可以教你做陶器了。"

两人蹲在河边，一起工作。

米茨马双手抓起一团湿土："我们先来做一个小月亮。"老人把泥土捏成了一个圆饼，然后让饼的边缘竖起来，月亮变成了一个浅浅的杯子。

老人动作娴熟，他慢慢地模仿着，显得有点笨手笨脚。

"先是月亮，然后是杯子，现在做一条蛇，"米茨

---

1 阿海优塔：印第安人祖尼族神话中的战神。

马把另一块泥土搓成了一根柔软的长条，盘成一个圆圈，再把它压紧在杯沿上，"再做一条蛇，再做一条，还要一条。"米茨马把圆圈一个个压在罐子的边上。那罐子原来窄窄的，现在鼓了出来，到了罐口又变窄了。米茨马挤压着，拍打着，抹着，刮着，最后罐子做好了，就是那种在马尔佩斯常见的水罐，只是颜色不同，是奶油白的，而不是黑色的，而且摸起来软软的。约翰做的罐子放在米茨马的罐子旁边，模仿得很拙劣。他望着那两个罐子，忍不住笑了起来。

"下一个一定会好些的。"他说，开始把另一块泥土弄湿。

塑型，然后定型，他感觉到自己的手越来越巧，越来越有力——这让他感到无比欢乐。"A呀B呀C，维呀生素D，"他一边工作一边唱歌，"鱼肝在鱼里，鱼儿在海里。"米茨马也唱了起来——那是一首关于杀熊的歌。他们俩工作了一整天，这一整天里他的心中充满了强烈的令人陶醉的欢乐。

老米茨马说："明年冬天，我教你做弓。"

他在屋外站了很久。里面的仪式终于结束了，门开了，里面的人走了出来。科特路走在最前面，他握紧了右手向前伸着，好像攥着什么值钱的宝贝。季雅纪美跟在后面，她也握紧一个拳头，同样向前伸着。他们俩默默地走着，身后默默地跟着他们的兄弟姐妹、其他同辈的亲戚和一大群老人。

他们走出了印第安村落，穿过石头山，来到悬崖边上，面对着早晨的太阳停了下来。科特路张开了手，一把白白的玉米面躺在他手掌里，他对着玉米面吹了一口气，低声说了几句话，把那白色的粉末朝太阳撒去。季雅纪美重复了他的动作，季雅纪美的父亲走上前来，举起一根带羽毛的祈祷杖，说了一段很长的祈祷语，然后把那祈祷杖也随着玉米面扔了出去。

"仪式结束，"米茨马大声宣布，"他们俩结婚了。"

等大家都转过身后，琳达说："唉，我只想说，这也太小题大做了吧？在文明社会，如果一个男孩子想要得到一个女孩子，他只需要……喂！你要到哪儿去，约翰？"

约翰不理睬她的叫唤，只管往前跑，他要跑开，跑开，跑到一个没有其他人的地方去。

仪式结束。老米茨马的话在他的脑海里不断重复着。结束了，结束了……他曾经爱过季雅纪美，默默地、远远地爱着她，热烈地不顾一切地、无望地爱着她。可现在一切都结束了。他16岁。

在月圆之日，羚羊圣窟里常有人倾诉秘密，有人在那里完成了秘密的事，也有人在那里开始了新的秘密。男孩们到羚羊圣窟去，去的时候还是孩子，回来时就变成了大人。男孩们对于那样的时刻，都是感到既惴惴不安又迫不及待。那一天终于来了，太阳落了山，月亮升了起来，他跟别人一起去了。几个男人站在圣窟门口，黑乎乎的，梯子往下伸到了红灯照着的深处。带头的几个男孩已经开始往下爬了，突然，一个男人走了出来，抓住他的胳膊把他拖出了队列。他用力挣脱，又回到队列中。这一回那人打了他，揪住他的头发说："你不能去，白毛！""那母狗下的崽子不能去！"另一个人也叫了起来，男孩们哄笑起来。"滚！"因为他仍在人群边逗留，不肯离开，那些人又叫了起来："快滚！"有人弯下腰捡起石头扔他。"滚，滚，滚！"石头像雨点一样飞来。他流着血，逃到了阴暗处。灯火通明的圣窟里传来了歌声，最后的那个男孩也已经爬下了梯子。现在，就剩下他一个人了。

只有他一个人，在印第安人村庄的外面，在光秃秃的石头山上。月光下的岩石像漂白过的骨头，山谷里的郊狼在对着月亮嚎叫。他的伤口很疼，还在流血。他抽泣着，不是因为痛，而是因为孤独，他被赶了出来，一个人待在这个只有岩石和月光的地方。他在悬崖边上坐下，背对着月亮，他看着悬崖下石头山漆黑的影子，看着死亡漆黑的影子。他只要向前一步，轻轻一跳……他把右手伸进月光里，手腕上的伤口还在滴血，每隔几秒钟滴一滴，黑乎乎的，在死寂的月色中看不出一点红色。一滴，一滴，又一滴。明天，明天，还有明天……

他已经发现了时间、死亡和上帝。

"孤独，永远孤独。"小伙子说。

这话在伯纳的心里引起了一种凄凉的共鸣。孤独，孤独……"我也孤独，"他突然有一种倾诉的冲动，"非常孤独。"

"你也孤独吗?"约翰很惊讶，"我还以为在另一个地方……我是说，琳达总说那个地方的人从来不会孤独。"

伯纳有些尴尬，涨红了脸。"是这么回事，"他嘟哝着说，眼睛望着别处，"我觉得，我跟我们那儿的人很不一样，如果一个人被装瓶时就有了不同……"

"对，就是这样。"小伙子点点头，"如果一个人和别人不同，就肯定会感到孤独。他们对我太凶了，什么活动都不让我参加，你知道吗？别的男孩可以到山里过夜，你知道，人们可以在那里做梦，梦到自己的神圣动物——他们却不让我跟他们去，什么秘密都不告诉我。可我自己想办法做到了，"他接着说下去，"我五天没有吃东西，然后那天晚上我一个人走进了那边的山。"他指着山的方向。

伯纳居高临下地笑了。"你做梦梦到什么东西了吗？"他问。

约翰点点头。"但是我不能告诉你是什么。"他停了一会儿，接着低声说，"有一回，"他继续说，"我做了一件别人从来没有做过的事。大中午，而且是夏天，我背靠着岩石站在那里，两臂张开，就像十字架上的耶稣。"

"你为什么要这么做？"

"我想知道钉在十字架上是什么滋味，吊在那儿，暴晒着……"

"可你是为了什么？"

"为了什么？哦……"他犹豫了一下，"因为我觉得，既然耶稣受得了，我也就应该受得了。而且，一个人如果做了什么错事……还有，就是我很不开心，那也是一个理由。"

"用这种办法来消除痛苦似乎有些滑稽。"伯纳说。可是再一想，他又觉得这么做也有一定的道理，这总比吃索麻好……

"过了一会儿，我晕了过去，"约翰说，"我整个人趴在地上，你看见我受伤的地方了吗？"他撩开额头上厚密的黄头发，露出了右太阳穴上的伤疤，淡淡的，已经快要愈合了。

伯纳瞥了一眼，打了一个哆嗦，很快把视线移开了。他的条件反射设置让他不容易产生怜悯之心，相反，他动不动就会感到恶心。只要一提到疾病和伤痛，他不仅会感到害怕，而且会觉得恶心厌恶，就像听到"肮脏""畸形"或是"衰老"这些字眼一样。他赶紧换了个话题。

"我不知道你是不是愿意跟我们一起回伦敦？"他

问道。早在他们在小房子里见面时他就已经意识到这个年轻野蛮人的"父亲"是谁了，从那时起，他的心里就在盘算着要采取什么策略，现在他要采取第一步了。"你愿意去吗？"

约翰的脸上放出了光彩。"你是认真的吗？"

"当然，如果我能够得到批准的话。"

"琳达也去？"

"嗯……"他犹豫了，他没有把握。那个让人恶心的东西！不行，绝不可能。除非，除非……伯纳突然意识到她那种让人恶心的样子可能是一笔巨大的资本。"那是当然。"他大声说，用过分的热情来弥补刚开始时表现出来的迟疑。

约翰深深地吸了一口气。"天哪，这一切就要实现了，我梦寐以求的一切。你还记得米兰达说的话吗？"

"米兰达是谁？"

但是约翰显然没有听见他的问题。"啊，奇迹！"他朗诵着，眼睛发光，脸上泛着红晕。"这儿有多少美好的人！人类是多么美丽！"他的脸突然更加红了。他想到了列宁娜，一个穿着深绿色人造丝衣服的天使，青春年少和护肤品使她显得容光焕发，她身材丰腴，

200

总是友善地笑着。他的声音颤抖。"啊，美丽的新世界！"他刚开始朗诵，又突然打住了，他的脸颊上几乎没有一点血色，苍白得像一张纸。[1]

"你跟她结婚了吗？"他问。

"你说我和她什么？"

"结婚。就是说，永不分离。他们用印第安话说'永不分离'。婚姻是牢不可破的。"

"我的福特呀，当然没有！"伯纳忍不住笑了起来。

约翰也笑了起来，却是为了别的原因——完全是因为高兴。

"啊，美丽的新世界，"他重复了一句，"啊，美丽的新世界，有这样美好的人儿。咱们立即出发吧。"

"你说话的方式有时候很特别。"伯纳又好奇又惊讶地盯着约翰，"不过，你还是等到真正看见新世界时再说，好不好？"

---

1 约翰朗诵的是莎士比亚戏剧《暴风雨》中米兰达说的话。

第九章

在经历了这样离奇恐怖的一天之后，列宁娜觉得自己可以心安理得地享受一个彻彻底底的假期了。和伯纳一回到宾馆，她就吞下了6粒半克的索麻片，在床上躺了下来，不到10分钟就已经飘飘欲仙，至少得过18个小时才能醒过来。

此时的伯纳正躺在黑暗中瞪大了眼睛想心事，一直到半夜之后才入睡，但是他的失眠还是有收获的。他心里有了一个计划。

第二天早上10点整，穿绿制服的八分之一混血儿准时下了直升机。伯纳在龙舌兰丛中等着他。

"克朗小姐去度索麻假了，"伯纳解释道，"五点以前肯定回不来，我们有7个小时。"

他可以飞到圣塔菲办完必须办的事，然后再回到马尔佩斯，离她醒来还有不少时间。

"她一个人在这儿安全吗？"

"跟直升机一样安全。"混血儿向他打包票。

两人上了飞机，立即出发。10点34分，他们在圣塔菲邮局房顶降落，10点37分，伯纳接通了白厅世界统制官办公室的电话，10点39分，他和统制官陛下的第四私人秘书交谈，10点44分，他向第一秘书重复了一遍他的故事，到10点47分半的时候，他耳朵里听到的是穆斯塔法·蒙德深沉洪亮的声音。

"我斗胆地认为，"伯纳结结巴巴地说，"陛下可能会发现这件事情很有科学价值……"

"是的，我确实认为它具有足够的科学价值，"电话里的声音很深沉，"你把这两个人带回伦敦吧。"

"可是，陛下应该知道，我需要一张特别通行证……"

"必要的指令此刻正发往保留地总管处，"穆斯塔法·蒙德说，"你现在就去总管的办公室。早上好，马克斯先生。"

电话里没声音了，伯纳挂上电话，匆匆上了房顶。

"去总管办公室。"他对伽马绿八分之一混血儿说。

10点54分，伯纳和总管握手。

"很高兴，马克斯先生，很高兴，"他的大嗓门里透着尊敬，"我们刚刚得到特别指令……"

"我知道，"伯纳打断了他的话，"我刚刚和统制官陛下通过电话。"他那种不耐烦的口气暗示着他每周七天都能和统制官陛下通话。他一屁股坐在椅子上说："请你尽快采取必要措施，尽快。"他加重语气地重复了一遍，他已经彻底陶醉了。

11点3分，所有必要的文件都已经进了他的口袋。

总管一直把他送到电梯门口，"再见，"他居高临下地对总管说，"再见。"

他步行走到宾馆，洗了个澡，做了真空振动按摩，用电解剃须刀剃了胡子，然后听了早间新闻，看了半小时电视，不慌不忙地吃了午饭。2点30分，他已经跟八分之一混血儿一起飞回了马尔佩斯。

约翰站在宾馆门口。

"伯纳，"他叫道，"伯纳！"没有人答应。

小伙子穿着鹿皮靴，走起路来没有一点声音。他跑上台阶，推了推门，门关着。

他们走了! 走了! 这是他遇到过的最可怕的事。
列宁娜邀请他来看他们,可他们却走掉了。他在台阶
上坐下,哭了起来。

半小时后,他突然想起往窗户里张望张望。他看
见的第一件东西是一个绿色的手提箱,箱盖上印着列
宁娜名字的首字母。欢乐像火焰一样在他心里燃起,
他捡起一块石头砸向玻璃,碎玻璃叮叮当当地落在地
上。他很快进了屋子。他打开绿色的手提箱,立即闻
到了列宁娜的香水味,那香味像列宁娜本人一样顿时
弥漫了他的心肺。他的心狂跳起来,有一会儿他几乎
要晕过去。他弯下身子,用手抚摸着那宝贝箱子,他
把箱子拎到有亮光的地方,翻看着。箱子里有一条列
宁娜用来换洗的人造丝天鹅绒短裤,开始他不知道上
面的拉链是怎么回事,等到他明白过来,便觉得很好
玩。他拉过来,拉过去,再拉过来,又拉过去,他被这
东西迷住了。列宁娜的绿色拖鞋是他这辈子见过的最
精美的东西。他打开一件带拉链的贴身内衣,不禁羞
红了脸,赶紧放到了一边。他吻了吻一条有香味的人
造丝手绢,又把一条围巾围到了脖子上。他打开一个
盒子,一股香粉喷了出来,喷在他手上。他把粉擦在

胸口、肩膀和胳膊上。多么好闻的香味啊！他闭上眼睛，用抹了粉的手臂蹭着脸，感觉滑滑的，一阵麝香味冲进他的鼻子——那就是她的味道啊！"列宁娜，"他轻轻地叫着她的名字，"列宁娜！"

有什么动静吓了他一跳，他心虚地转过身子，把刚刚偷看过的东西塞回箱子里，盖上盖，又听了听，看了看。没有任何人，也没有任何声音。可他确实听到什么声音——好像是有人在叹气，又好像是木板的咯吱声。他踮起脚，走到门边，小心翼翼地开了条缝，发现眼前是一片宽阔的平台，平台对面是另一道门，虚掩着。他走过去，推开，偷偷地朝里看。

列宁娜躺在低矮的床上，身上的被子掀开着。她穿着一件粉红色拉链睡衣，睡得很熟。头发衬着她的脸，是那么美丽！那粉红的脚趾，那安详的熟睡的面庞，透着孩子气，让他心动。那自然松垂的手，那柔软的胳膊，显得坦然而无助。他的眼里不禁噙满了泪水。

他小心翼翼地进了房间，跪在床边的地板上。其实他根本不需要这么小心，因为除非是开枪，没有任何声音能把列宁娜在预定的时间前从索麻假期里唤醒过来。他双手十指交叉，凝视着她的脸。"她的眼睛，"

他喃喃地说道：

> 她的眼睛，她的头发，她的面颊，她的步
态，她的声音，
> 总出现在你的言谈中。
> 啊，她雪白的双手，
> 在它们面前一切白色都如黑墨，
> 写下的只有自惭形秽。
> 它们是如此柔软，
> 就连小天鹅的绒毛也显得粗糙……[1]

一只苍蝇围着列宁娜嗡嗡地飞，他挥手把它赶走
了。"苍蝇，"他想起了另外一些文字：

> 即使是朱丽叶纤手上的苍蝇
> 也可以从她唇上偷得永恒的祝福，
> 而她，也会因纯洁的处女娇羞而脸红，

----

1 莎士比亚戏剧《特洛伊罗斯与克瑞西达》中特洛伊罗斯对克瑞西达的赞美。

好像叫苍蝇吻了也是罪过……[1]

他非常缓慢地伸出手去，好像想抚摸一只胆小害羞但又非常危险的鸟儿。他的手颤抖着，悬在空中，离她那松垂的手指只有一寸之遥，几乎要碰到了。他敢吗？他敢用自己最卑贱的手指去亵渎吗？不，他不敢，那只小鸟太危险。他的手又缩了回来。她是多么美丽呀！多么美丽呀！

突然，他发现自己在想：只要捏着她脖子边的拉链扣，使劲长长一拉……他闭上了眼睛，像刚从水里冒出来的小狗甩耳朵一样摇晃着头。多么可耻的想法！他感到羞愧。纯洁的处女娇羞……

空中有一种嗡嗡声。又有苍蝇想偷得永恒的祝福吗？是黄蜂？他看了看，什么都没看见。嗡嗡声越来越近，好像就在百叶窗外面。是飞机！慌乱中，他赶紧跑到了另一个房间，从敞开的窗户跳了出去，仓皇地走到高高的龙舌兰丛间的小径上。这时，伯纳·马克斯正好从直升机上下来。

---

1 莎士比亚戏剧《罗密欧与朱丽叶》中罗密欧对朱丽叶的描述。

第十章

　　布鲁姆斯伯里中心，4000个房间里的4000个电钟的指针都指向2点27分。这座"工业的蜂巢"（主任喜欢这么叫它）正嗡嗡地忙碌着。所有的人都在忙，所有的事都井井有条地进行中。显微镜下，精子正使劲甩着长尾巴，拼命地往卵子里钻。受精后的卵子在膨胀，在分裂，如果是经过了重复克隆的，则萌发分裂成为无数个胚胎。自动扶梯正从社会身份预设室轰隆隆地驶进地下室，在地下室昏暗的红光里，胚胎躺在暖暖的冒着热气的腹膜垫上，拼命吮吸着代血剂和荷尔蒙，它们不断地长啊，长啊，如果中了毒就会变成发育受阻的爱普西隆。放着瓶子的架子发出轻微的嗡嗡声和嘎嘎声，几乎难以察觉地移动着，一直传送到装瓶室，仿佛永远不会停止。新装瓶的胎儿在装瓶室里发出了第一声害怕而吃惊的尖叫。

地下室下层的发电机在轰鸣着,电梯快速地升降。11个楼层的育婴室全部到了喂食的时间。1800个贴好标签的婴儿正同时从1800个瓶子里吮吸属于它们的那一品脱[1]消过毒的外分泌液。

楼上,在分成10层的宿舍里,所有年龄尚小、还需要午睡的男童和女童都在忙碌着,虽然他们自己并不知道。他们自己也没有意识到他们在听睡眠教育里的卫生课、社交课、阶级觉悟课和幼儿爱情生活课。宿舍的上面是游戏室,那里的天气已经被变成了雨天,900个稍大些的儿童在那里玩着砖头和橡皮泥,做着"找拉链"之类的性游戏。

嗡嗡嗡,嗡嗡嗡,整个蜂巢都在忙碌地、欢快地歌唱着。年轻的姑娘们照看着试管,唱着快乐的歌;社会身份预设员一边工作,一边吹着口哨。在装瓶室里,人们对着那些空瓶说着让人发笑的笑话!但是主任和亨利·福斯特一起走进授精室时,脸上的表情非常严肃,绷得紧紧的。

---

1 品脱:英国容量单位,1品脱约为568毫升。

"今天我要杀一儆百，"主任说，"因为这屋里的高种姓人员比中心的其他任何地方都多。我让他两点半到这儿来见我。"

"他的工作还是不错的。"亨利故作宽容地插了一句。

"这我知道，正因为这样我才要对他格外严格要求。他在智力上的出色表现意味着他要承担相应的道德责任。一个人越有才能，就越有可能把别人引入歧途。让个别人吃点苦总比让大家都变坏要好。请你不要带感情色彩地思考一下这个问题，福斯特先生，你一定会明白，没有什么错误比离经叛道更加可怕。谋杀只能杀死个别的人，而个别的人，又算得了什么呢？"他用力挥了一下手臂，指着那一排排的显微镜、试管和孵化器。"造人对于我们来说简直不费吹灰之力，想造多少就能造多少。而离经叛道这种事威胁的不只是个体的生命，它会击毁整个社会。是的，整个社会。"他重复了一遍。"哦，他来了。"

伯纳进了屋子，穿过一排排放着受精卵的架子朝他们走来。虽然表面上看上去他是一副自鸣得意的样子，但还是很难完全掩饰他的紧张情绪。他大声对着主任说:"早上好,主任。"他的声音高得离谱,为了纠正这个错误,他又说:"你让我到这儿来谈话。"那声音又轻得怪异,像耗子在吱吱叫。

"没错,马克斯先生,"主任的声音让人有一种不祥之感,"我的确让你到这儿来见我。我知道你昨天晚上刚度完假回来。"

"是的。"伯纳回答。

"是——是的。"主任拉长了声音,发出了像蛇一样的声音,然后,突然提高了嗓门,"女士们,先生们,"他的声音响得像喇叭,"女士们,先生们。"

突然,照看试管的姑娘们停止了歌唱,观察显微镜的工人停止了口哨。一片死寂般的安静,大家都转过身来看着主任。

"女士们,先生们,"主任又重复了一遍,"请原谅我这样打断你们的劳动,一种痛苦的责任感让我不得不这样做。社会的安全和稳定陷入了危险,是的,陷入了危险。女士们,先生们,这个人,"他谴责地指着伯纳,"现在站在你们面前的这个人,这个超阿尔法得到了很多,因此,我们也有理由要求他付出很多。你们的这位同事——也许我应该提前叫他'这位前同事'——严重地辜负了大家对他的信任。他对体育运动和索麻持异教徒式的观点，他在性生活方面恬不知耻，离经叛道，他在工作之余完全不遵从我主福特的行为教导（说到这儿主任画了一个 T 字），在他还是一个婴儿的时候，他就已经证明自己是社会的公敌，是一切稳定秩序的颠覆者，女士们、先生们啊，他是对抗文明的阴谋家。因此，我建议开除他，把他从本中心开除出去，让他声名狼藉。我建议马上提出申请，把他调到最低等的中心去。要尽可能让他远离重要的人口中心，这样对他的惩罚才会有利于社会。到了冰岛，他就没有多少机会用他那些不得体的行为引诱别人走上邪路了。"主任停了停，把双手交叉在胸前，很威严地转向伯纳。"马克斯，你能够提出理由反对我对你的处分吗？"

"是的，我能。"伯纳用非常响亮的声音回答。

主任有点吓了一跳，但还是保持着威严。"那你说吧。"

"我当然要说，但我的理由还在走道里，请稍等。"伯纳快步走到门边，用劲把门推开。"进来。"他命令道，那"理由"走了进来，出现在众人的视线中。

人们倒吸了一口气，发出一阵惊恐的低语，一个姑娘尖叫起来。有一个人为了看得更清楚，站到椅子上，结果打翻了两支满装精子的试管。在满屋子年轻结实的身体和干净无瑕的面孔中出现了一个奇怪可怕的中年怪物，她面目浮肿、肌肉松弛。琳达走进了房间，她卖弄风骚地微笑着，但那微笑非常勉强，毫无动人之处。她走路时扭动着她那肥硕的屁股，自以为是风情万种。伯纳走在她的身边。

　　"他就在那里。"伯纳指着主任说。

　　"你以为我会认不出他吗？"琳达生气地问，然后转身对着主任，"我当然能认出你，汤玛金，随便在哪里，我都能认得出你，哪怕是在1000个人里我也认得出你。可你也许早把我给忘了。你还记得吗？你还记得吗，汤玛金？我是你的琳达啊。"她站在那儿望着他，歪着头微笑着，可是面对主任那惊呆的、厌恶的表情，她逐渐失去了自信，她犹豫了，脸上的微笑终于消失了。"你已经忘记了吗，汤玛金？"她又问了一遍，声音颤抖着。她的眼神焦虑而痛苦，她那丑陋松弛的脸扭曲了，露出了极度痛苦的怪笑。"汤玛金！"她张开双臂。有人偷偷地在笑。

"这是什么意思？" 主任说话了，"这个可恶的……"

"汤玛金！"她向他跑去，毛毡拖在身后，她伸出双臂搂住了他的脖子，把脸埋在他的胸前。

大家无法克制地大笑起来。

"……这个可恶的恶作剧！"主任大叫着。

他满脸通红，拼命想挣脱她的拥抱，可她却死命地不肯松手。"我是琳达，我是琳达啊。"大笑声淹没了她的声音。"是你让我怀了孩子。"她尖叫的声音压倒了大笑声。人们突然安静下来，静得可怕，大家的目光尴尬地躲闪着，不知道往哪里看才好。主任的脸顿时煞白，停止了挣扎，站在那儿，双手抓住琳达的手腕，低头盯着她，完全呆住了。"是的，我怀了个孩子，我是他的母亲。"她对着吃惊得没有一点声音的人群说出了这个淫秽的词，仿佛是在挑战。然后她挣开主任，很羞愧地用双手掩住面孔，抽泣起来。"可那不是我的错，汤玛金，因为我一直坚持做避孕操的，对不对？对不对？一直做的……我也不知道是怎么回事……你知道那有多可怕吗？汤玛金……可是不管怎么样，他对我来说是一种安慰。"她转身对着门，"约翰！"她叫道，"约翰！"

约翰马上走了进来，他在门口先停了一会，朝四周看了看，然后，迅速穿过房间来到主任面前。他穿着鹿皮靴，走起路来没有一点声音。他双膝跪下，清清楚楚地叫了一声："我的爸爸！"

这个词（"爸爸"这个词还不那么淫秽，因为它引起的联想和生孩子这种恶心不道德的事还隔了一层，这个词只是粗俗，但还不至于让人想到淫秽），这个粗俗得可笑的词打破了之前让人难堪的紧张气氛，大家爆发出一阵笑声，是毫无顾忌的笑，几近歇斯底里。笑声一阵接着一阵，仿佛永远不会停止。我的爸爸！——竟然是主任！我的爸爸！啊，福特！啊，福特！实在是太精彩了！哄笑声再次响起来，大家的脸都笑变形了，笑得满眼是泪。又有六支装着精子的试管被打翻了。我的爸爸！

主任脸色煞白，用狂乱的目光张望着，他羞愧得不知所措，非常痛苦。

我的爸爸！渐渐平静下来的笑声再次爆发出来，而且比原来更响了。主任用双手捂住耳朵，冲出了房间。

第十一章

自从授精室上演了那一幕之后，伦敦的高种姓人都迫不及待地想见一见这位奇人，他竟然跑到孵化与条件反射设置中心主任面前，扑通一声跪倒在地，叫他"我的爸爸"，这个玩笑精彩得叫人不敢相信。不过主任现在已经是前主任了，因为这可怜的人很快辞了职，再也没有踏进孵化中心半步。而琳达却没有引起任何关注，谁也不想去看她。把人叫作"妈妈"已经不仅仅是玩笑了，那简直就是一种亵渎。更何况，她不是真正的野蛮人，她和这里的任何人一样，都是从瓶子里孵化出来接受过条件反射设置的人，所以不可能有什么真正奇怪的念头。最后，还有她那副模样，这才是人们不想见她的最主要的原因。体态肥胖，青春不再，一口坏牙，满脸雀斑，还有那身材（福特啊！）。

见了她，你不可能不感到恶心，打心眼里恶心。因此那些社会精英都决心不见琳达，而琳达自己也从来没有想过要见他们。回归文明对她来说就是意味着回归索麻，可以躺在床上，一天又一天地享受索麻假日，而且醒过来后也不会头痛、恶心，更用不着像喝了佩奥特汁一样感到羞耻，仿佛干了什么反社会的事，让你永远抬不起头来。索麻绝不会让你不舒服，它所给予的假期是完美的，如果说醒过来的早上有什么不开心的话，那绝对不是因为它本身有什么不好，而只是和索麻假日相比没有那么快活罢了。补救的办法是继续度假。她不断地贪婪地吵着要增加索麻的剂量和次数。萧医生刚开始的时候表示反对，后来就按照她的要求给她。她一天吞下的索麻竟达20克之多。

"这样下去，她一两个月之内就会没命的，"医生悄悄地告诉伯纳，"到时候她的呼吸系统中心会崩溃，不能呼吸，那就完了。但那倒也是件好事。我们如果能够让人重返青春，情况就不同了，可惜办不到。"

结果，约翰表示反对，这让大家都很意外。琳达在度索麻假，这其实省了约翰很多麻烦。

"你们给她那么大剂量的索麻不是在缩短她的寿

命吗?"

"从某种意义上讲,是这么回事,"萧大夫承认,"但是从另一种意义上讲,我们实际上是在延长她的寿命。"小伙子瞪大了眼睛,完全没明白是什么意思。"索麻可能会让你失去几年寿命,"大夫说下去,"但是,想一想它给你带来的那些无法用时间衡量的东西吧,每一次索麻假的时间简直就是我们祖先眼里的永恒呢。"

约翰开始理解了。"永恒在我们嘴里和眼里。"[1]他喃喃地说。

"什么?"

"没什么。"

"当然,"萧大夫接着说,"如果别人有要紧的事要做,你就不能把他打发到永恒里去,可是她并没有什么要紧的事……"

"可是我还是觉得这样不对。"约翰还在坚持。

大夫耸了耸肩。"好吧,如果你愿意让她一直发疯地叫喊,你当然可以……"

---

1 出自莎士比亚戏剧《安东尼与克莉奥佩特拉》。

最后，约翰只好让步了。琳达得到了索麻，从此以后她就一直待在37楼伯纳住所的一个小房间里，躺在床上，一直开着收音机和电视机，一直开着滴着薄荷香水的龙头，索麻片就放在一伸手就够得着的地方。她一直待在那儿，却又压根不在那儿，她一直在远处，在遥不可及的远处度假，在另一个世界里度假。那个世界里的收音机播放的音乐就像是一个色彩绚烂的迷宫，一个不断下滑不断悸动的迷宫，通向一个绝对光明的地方（其间经过了无数美妙的曲折）；那里的电视机里全是那些歌舞感官片里的演员，这些片子美妙得难以形容；那里滴下的薄荷香水不仅仅是香水，而是阳光，是一百万只色克斯风，是跟她做爱的波培，只是比这一切还要美妙得多，美妙得根本没法比，而且无穷无尽。

"确实，我们没有办法让人重返青春。但是我很高兴，"萧大夫总结说，"能有这个机会看到人类衰老的样子。非常感谢你让我来。"他热情地握着伯纳的手。

人们关注的就只有约翰了。由于人们只能够通过伯纳这个公认的监护人才能见到约翰，伯纳现在发现，自己平生第一次不但受到正常的对待，而且还成了一个无比重要的人物。人们再也不谈论他代血剂里的酒精了，再也不嘲笑他的外表。亨利·福斯特一反常态，对他友好起来，本尼托·胡佛送给他6包性激素口香糖作为礼物，社会身份预设室副主任也来找他，几乎是可怜巴巴地央求伯纳让他参加伯纳的某一次派对。至于女人嘛，只要伯纳有一点点邀请的暗示，他想要谁都不成问题。

"伯纳让我下星期三去跟野蛮人见面呢。"芳妮得意地宣布。

"我真高兴，"列宁娜说，"现在你得承认以前你是错看伯纳了。你不觉得他很可爱吗？"

芳妮点点头。"我必须得说，我是又惊又喜。"

装瓶车间主任、社会身份预设室主任、授精室主任的三位助理、情感工程学院的感官片教授、威斯敏斯特歌舞厅老板和重复克隆技术总监——这些人都在伯纳的重要人物名单中，除此之外还有好多名人。

"上个星期我得手了6个姑娘，"他悄悄告诉赫姆霍尔兹·华生。"星期一1个，星期二2个，星期五2个，星期六1个。我要是有时间或是有兴趣的话，至少还有12个姑娘迫不及待想要……"

赫姆霍尔兹阴沉着脸听他吹嘘，一脸不赞成的样子，不说一句话。伯纳生气了。

"你妒忌了？"他问道。

赫姆霍尔兹摇摇头。"我感到很悲哀，仅此而已。"他回答说。

伯纳怒气冲冲地走掉了。他心想，以后我永远、永远都不要跟赫姆霍尔兹说话了。日子一天天过去了，成功让伯纳嘶嘶地膨胀着。以前他对这个世界非常不满，但现在成功让他完全接受了这个世界（这正是所有好的麻醉剂能达到的效果）。只要这个世界承认了他的重要性，那么一切现行秩序就是对的。不过，虽然他的成功让他接受了这个世界，他仍然拒绝放弃批判现行秩序的权力，因为批判别人让他觉得自己更加重要。更何况，他是真的觉得有些东西应当批判。（同时他也确实喜欢做个成功的人，得到想要的姑娘）。在那些为了见野蛮人而讨好他的人面前，他总是炫耀地说着离经叛道的话。大家当面有礼貌地听着，背后却摇头。"那小子不会有好下场的。"他们说，同时很有把握地预言，他们早晚会看见他倒霉的。"那时他就再也找不到第二个野蛮人来帮助他摆脱困境了。"不过，现在第一个野蛮人还在这里,他们只能对他客气。因为他们的客气,伯纳觉得自己无比伟大,那种感觉让他飘飘然,比空气还要轻。

"比空气还要轻。"伯纳说,指着天上。

气象部门的系留气球在阳光里发出玫瑰色的光,像天上的一颗珍珠,高高地、高高地飘在他们的上空。

"……对于这个野蛮人,"伯纳正在发布他的指令,"要向他展示文明生活的方方面面……"

约翰现在正俯瞰着这个文明世界,他正从查令T字大楼的平台上俯瞰这个世界。航空站长和首席气象专家在给他们当向导,但大部分时间都是伯纳在说话。他无比陶醉,那副样子至少像一个前来访问的世界统制官。比空气还要轻。

从印度孟买飞来的绿色火箭从天空降落,乘客们走下火箭。8个长得一模一样的穿咔叽制服的德拉威多生子从机舱的8个舷窗里往外望着——他们是乘务员。

"火箭时速达到1500公里,"站长很骄傲地说,"你对此有何看法,野蛮人先生?"

约翰觉得很好。"不过,"他说,"爱丽尔40分钟就可以环绕地球一周。"[1]

"野蛮人对于文明世界的种种发明创造并不觉得惊讶，也不感到敬畏。这让人很意外。"伯纳在给穆斯塔法·蒙德的报告里写道，"这很有可能是因为以前那个叫琳达的女人对他说过。琳达是他的母……"

（穆斯塔法·蒙德皱了皱眉头。"那傻瓜难道认为我那么娇气，连他把'母亲'两个字写完整我都受不了吗？"）

"还有一个原因是他的注意力都集中在他称之为'灵魂'的东西上去了，他坚持认为那是独立于物质环境存在的实体。我设法向他指出……"

统制官跳过后面的几个句子，正打算翻到下一页寻找更有趣的、具体的内容，结果一下子看见了几句很不寻常的话，"……我必须承认，"他读道，"我也同意野蛮人的看法，文明世界的婴儿期太轻松，或者用他的话说，不够珍贵。因此我愿意借此机会向阁下进一言……"

---

1 约翰以为这是《暴风雨》中的精灵爱丽尔说的话，但实际上这是莎士比亚戏剧《仲夏夜之梦》中的精灵帕克说的。

穆斯塔法·蒙德先是感到生气，但很快觉得好笑起来。这家伙竟然一本正经地和**他**谈什么社会秩序——**他**是什么人啊！简直是可笑，肯定是疯了。"我应当给他点教训。"他自言自语地说，然后把头往后一仰，哈哈大笑起来。不过，现在这个时候还不能教训他。

　　那是一家生产直升机灯具的小厂，隶属于电气设备公司。他们在屋顶受到了技术总管和人事经理的欢迎（统制官的那封推荐信具有神奇的效果）。他们一起下了楼梯，走进工厂。

　　"每一个过程，"人事经理解释说，"都尽可能由一个重复克隆组负责。"

　　事实上，83个几乎没有鼻子的宽脑袋、黑皮肤的德尔塔在进行冷轧；56个鹰钩鼻黄皮肤的伽马在操作四轴机床；107个按高温条件反射设置的塞内加尔爱普西隆在铸工车间工作；33个长脑袋、黄头发、臀部窄小的德尔塔女性在切割螺丝，她们的身高都在1.69米（误差在20毫米以内）；在装配车间，两组矮个儿的超伽马在装配发电机。两张低矮的工作台面对面地

227

摆着,传送带在中间移动,输送着零部件:47个金头发白皮肤的工人对着47个褐色皮肤的工人;47个塌鼻子对着47个鹰钩鼻;47个后缩的下巴对着47个前翘的下巴。18个穿着绿色伽马服、长得一模一样的棕发姑娘在检验完工的机器,然后由34个短腿的左撇子次德尔塔打包入箱,最后由63个蓝眼睛、亚麻色头发、长雀斑的半白痴的次爱普西隆搬上等在那儿的卡车。

"啊,美丽的新世界……"不知道为什么,记忆中的某种东西被唤起,那野蛮人发现自己在重复米兰达的话。"啊,美丽的新世界,有这样美好的人儿!"

"而且我向你保证,"人事经理在他们离开工厂时总结道,"我们的工人几乎从来不找麻烦,我们发现……"

但是那野蛮人突然离开了他的伙伴,在一丛桂树后面翻江倒海地呕吐起来,仿佛这结实的大地变成了遭遇强烈气流后急剧下降的直升机。

伯纳在他的报告中写道:"那个野蛮人拒绝服用索麻,而且似乎因为他的母……那个叫琳达的女人老在度索麻假而感到痛苦。值得注意的是,尽管他的母……又老又丑，野蛮人仍然常去看她，而且对她表现出强烈的依恋之情——这个例子很有趣，说明我们可以通过早期条件反射设置来调整自然冲动，甚至完全克服冲动（在本例里，是回避可厌对象的冲动）。"

他们的飞机降落在伊顿公学的中学部屋顶上。在校园操场的对面，52层高的路普顿大厦在阳光中闪闪发光。大厦左面是大学部，右面高耸着学校的社区歌咏大厅，这个大厅通体是混凝土和紫外线能通过的维他玻璃。方形广场的正中央站立着我主福特的铬钢塑像，古老而奇特。

他们下飞机时，大学校长嘉福尼博士和中学校长季特女士来迎接他们。

"你们这儿有很多多生子吗？"开始参观后，野蛮人颇为忧虑地问。

"哦，不多，"大学校长回答，"伊顿只接收高种姓的子女，一个卵子只长成一个成人。当然，这么一来教育变得更困难。但是这些人将来是要被委以重任的，他们要处理意外事件，所以即使有困难也只能这样。"他叹了口气。

这时，伯纳已经对季特女士产生了强烈的好感。"如果你星期一、星期三或是星期五晚上有空的话，"他一边说一边用大拇指对那野蛮人指了指，"他很有意思，你知道的，"伯纳加上一句，"很古怪。"

季特女士微微一笑（她的微笑真迷人，伯纳心里想），说了声谢谢，并表示很高兴参加他的某次派对。大学校长打开一扇门。

在特级阿尔法的教室里待了5分钟后，约翰有点糊涂了。

"什么叫作基本相对论？"他悄悄地问伯纳，伯纳打算回答，但想了一想之后，建议他们到别的教室去看看再说。

走廊两边有一个房间是次贝塔的地理教室，从门里传来一个响亮的女高音："一、二、三、四，"然后带着疲倦的口气不耐烦地说，"再做一遍。"

"她们在做马尔萨斯避孕操，"中学女校长解释道，"当然，我们的姑娘大部分都是不孕女，我自己也是。"她对伯纳笑了笑。"但是我们还有大约800个没有绝育的姑娘需要经常操练。"

在次贝塔的地理课上，约翰得知"野蛮人保留地的形成是因为气候或地理条件不利，或缺乏天然资源，是不值得花费功夫进行文明化的地区"。"咔嗒"一声，房间黑了，老师头顶上方的屏幕上突然出现了阿科马忏悔者匍匐在圣母像面前的样子，他们哀号着，就像约翰以前亲耳听到的那样。他们在十字架上的耶稣面前、在雨神的鹰像面前，忏悔着自己的罪恶。看到这些，年轻的伊顿学生大笑大嚷起来。忏悔者站起来，仍然哀号着，他们脱掉上衣，开始抽打自己，一鞭接着一鞭。笑声更响了，几乎淹没了忏悔者被机器放大的呻吟声。

"他们为什么要笑呢?"野蛮人痛苦地问道，感到困惑不解。

"为什么?"大学校长向他转过头，脸上仍然满是笑意。"为什么? 不就是因为太好笑了嘛。"

在电影屏幕发出的昏暗灯光中，伯纳冒险地做了一个以前即使在漆黑之中也不敢做的动作。他仗着自己新获得的重要身份，伸出胳臂搂住了女校长的腰，对方的腰肢如杨柳般瞬间柔软起来。他正打算偷偷吻她一两次，或是轻轻捏她一把，百叶窗"哗啦"一声又打开了。

"我们还是继续参观吧。"季特女士说,向门边走去。

过了一会儿,大学校长介绍说:"这是睡眠教学控制室。"

几百个人工合成音乐音箱(每间宿舍一个)排列在屋子三面墙的架子上。另一面的架子上放的是一卷卷纸,上面印着录好音的用于睡眠教学的课文。

"把纸卷从这儿塞进去,"伯纳打断了嘉福尼博士的话,解释说,"按一下这个按钮……"

"不对,是按那个。"大学校长有点不高兴地纠正他。

"那一个,然后,纸卷展开,硒质光电管把光波转化为声波,于是……"

"于是你就听见了。"嘉福尼博士总结道。

在去生物化学实验室的途中他们经过了学校图书馆,野蛮人问:"他们读莎士比亚吗?"

"当然不读。"女校长回答道,涨红了脸。

"我们的图书馆里只有参考书。"嘉福尼博士说,"如果我们的年轻人需要消遣,他们可以到感官电影院去。我们不鼓励他们沉溺于孤独的娱乐。"

玻璃公路上，5辆公共汽车从他们身边驶过，上面的男孩和女孩有的在唱歌，有的在一声不响地互相拥抱。

"他们刚从斯劳火葬场回来。"嘉福尼博士解释道，就在这当儿，伯纳悄悄地和女校长订下了当天晚上的约会。"死亡条件反射设置从18个月就开始，每个幼儿每周都得在临终医院过两个上午，他们在那里可以玩最好玩的玩具，在死亡日可以得到巧克力奶油，他们要学会把死亡当作最普通的事。"

"和所有的生理过程一样。"女校长很专业地插了一句。

8点去萨伏伊，一切都准备好了。

在回伦敦的路上，他们在布伦特福德的电视公司逗留了一会儿。

"我去打个电话，你们在这儿等一等好吗？"伯纳问。

野蛮人等着，看着。上白班的人正要下班，低种姓的工人们在单轨火车站门前排队——七八百个伽马、德尔塔和爱普西隆的男男女女，一共只有十几种面容和身高。他们每个人递上一张票后，就会从售票员那里得到一个纸板药盒。队伍的长龙缓缓向前蠕动。

"那些小纸盒里是什么东西？"伯纳回来以后，野蛮人问他（他想起了《威尼斯商人》）[1]。

"今天配给的索麻，"伯纳含含糊糊地回答，因为嘴里嚼着本尼托·胡佛给他的口香糖，"下班时就发。四颗半克的药片，星期六可以发六颗。"

他热情地拉着约翰的手臂，两人回头向直升机走去。

列宁娜唱着歌走进更衣室。

"你好像很高兴。"芳妮说。

"我确实很高兴。"她回答说。她唰的一声拉开拉链！"半小时以前伯纳来了电话。"唰！唰！她脱掉了内衣内裤。"他安排了一个意外的约会。"唰！"他问我今天晚上能不能带野蛮人去看感官电影。我得抓紧时间。"她匆匆地跑到浴室里去。

"她真幸运。"芳妮看着列宁娜走开，自言自语着。

---

1 《威尼斯商人》中的女主角波西亚让她的追求者从三个盒子里选一个，选对的人可以和她结婚，选错了就一辈子不许结婚。

善良的芳妮只是说出了事实，丝毫没有妒忌。列宁娜确实走运，因为她跟伯纳共享了很大一部分那野蛮人的盛名，从原本一个毫不起眼的小人物变成了大红人。福特女青年会的秘书不是请她去做过报告吗？爱神俱乐部不是已经邀请她参加了年度宴会吗？她不是已经上了感官电影新闻吗？——全世界数百万的人都看见了她的样子，听见了她的声音，触摸到了她的身体。

达官贵人对她的关注也同样让她得意。世界统制官的第二秘书请她共进过晚餐和早餐；有一个周末她是和大法官共度的，还有个周末她是和坎特伯雷社区首席歌唱家度过的；内外分泌物公司的董事长老给她打电话；她还跟欧洲银行副行长去过一趟法国的多维尔。

"确实很有意思，可是不知道为什么，我总觉得自己是靠弄虚作假才得到这些的。"她私下里对芳妮说，"因为，他们最想知道的当然是跟野蛮人做爱是什么滋味，而我却只能说我不知道。"她摇摇头，"大多数男人都不相信我说的是实话，可事实确实如此。我真希望不是这样的。"她伤心地叹了一口气。"他真的很帅，你不觉得吗？"

"难道他不喜欢你吗？"芳妮问。

"有的时候我觉得他喜欢我，有时又觉得他不喜欢我。他总是尽量回避我，我一进房间，他就往外走。他不愿碰我，甚至不愿看我。但是我有时突然转过身去，又会发现他在盯着我。唉，你知道的，男人爱上了你，就会那样看着你。"

是的，芳妮知道。

"我实在不明白。"列宁娜说。

她就是不明白，不但不明白，而且感到很不安。

"你知道吗？芳妮，我喜欢他。"

她越来越喜欢他了。好了，现在总算有个好机会了，她洗完澡给自己拍香水时心里这么想着。啪，啪——一个真正的好机会。她的欢乐已经情不自禁，化作了歌声：

宝贝，拥抱我，让我陶醉；

亲吻我，让我忘乎所以；

宝贝，拥抱我，我的小乖兔；

爱情就像索麻，多么甜蜜。

香味乐器正在演奏一支清新愉快的香草随想曲——百里草、薰衣草、迷迭香、紫苏草、桃金娘和龙蒿发出如流水般的琶音，接着龙涎香里加入了其他几种香料，进行了一连串大胆的变调，然后通过檀香、樟脑、西洋杉和新割的干草，缓缓回到乐曲开始时那朴素的香味（其间偶尔混杂着微妙的不和谐的味道——一点猪腰布丁、若有若无的猪粪味）。最后的一点百里香香气散去，掌声响起，灯亮了。合成音乐音箱里的录音带开始播放，响起了超高音小提琴、大提琴和代双簧管三重奏的懒洋洋的悦人的音乐。在三四十个小节之后，一个不同于任何人类声音的歌喉开始在器乐伴奏下婉转歌唱，这个声音有时从喉部发出，有时从头部发出，有时空幽如长笛，有时变成了充满了渴望的和声。这个声音从达到乐音极限的最低音轻轻松松地升到了超出音域的高音，比最高的 C 调还高出许多，那调子在历史上众多的歌唱家之中只有意大利女高音卢克利齐娅·阿胡加丽曾经唱出过一次。（那是在 1770 年的帕尔马公爵歌剧院；那具有穿透力的声音让莫扎特惊诧不已。）

列宁娜和野蛮人的身体深陷在充气座椅里，他们闻着，听着。现在是使用眼睛和皮肤的时候了。

室内的灯光熄灭了，火红的大字清晰地出现在黑暗中，好像浮在空中：**《直升机里的三个星期》——超级歌唱、合成对话、有嗅觉乐器同步伴奏的彩色立体感官电影。**

"抓住你椅子扶手上的金属把手，"列宁娜说，"否则你就体会不到任何感官效果。"

野蛮人照她的话做了。

这时，那些火红的字母消失了，接下来的10秒钟一片漆黑。然后，银幕上出现了一个无比高大的黑人和一个扁脑袋的超贝塔金发女郎，他们紧紧拥抱在一起。这两个立体形象比实际的血肉之躯还要迷人，还要真实，让人感觉宛若眼前。

野蛮人惊了一下。他嘴唇上是什么感觉呀！他用手摸了一下嘴，那种酥麻感消失了。他的手一放回金属把手上，酥麻感又来了。这时，香味乐器散发出纯净的麝香味。录音带里一只超级鸽子像快要死去一样叫着，"咕——咕——"；一个比非洲低音鼓还要低沉的声音回答道："啊——啊，噢——啊，噢——啊！"这个声音每秒振动32次。银幕上的嘴唇再次亲吻在一起，电影院里六千观众脸上的催情部位全酥麻了，那种快感就像全身通了电一样让人无法克制。"噢……"

电影的情节极其简单。在最初的"噢！"和"啊！"的二重唱之后（男女主人公在那张有名的熊皮上演了一场做爱戏，就像身份预设室副主任所说的，每一根毛发都看得清清楚楚），那黑人便遭遇了直升机事故，头朝下摔了下来。砰！脑袋摔得好痛！观众席上爆发出了一大片"哎呀""喔唷"的声音。

震荡彻底破坏了黑人的条件反射设置。他对贝塔金发女郎产生了排他性的疯狂爱情。女郎抗拒，黑人坚持。斗争、追求、袭击情敌，最后是非常刺激的绑架。贝塔金发女郎被劫持到了天上，在直升机里和那个疯狂的黑人单独待了三个星期，这样的事是绝对反社会的。最后，经过一连串冒险和许多空中特技，三个英俊的阿尔法终于把女郎救了回来，黑人被送到成人再设置中心。电影欢乐地、得体地结束了，贝塔金发女郎成了三个救星的情妇。他们四个人插入一段合成音乐四重唱，由超级交响乐队伴奏，还配上了香味乐器的栀子花香。熊皮最后亮了一次相，在响亮的色克斯风音乐中，银幕上的最后一次接吻在黑暗中淡出，最后的酥麻感在唇上颤抖着，颤抖着，就像一只濒临死亡的飞蛾，越来越弱，越来越轻，终于安静下来，完全不动了。

但是对列宁娜来说，那飞蛾还没有完全死亡。即使在灯光亮起来之后，他们随着人群慢慢往电梯走去时，那飞蛾的幽灵仍然在她的唇上拍打着翅膀，在她的皮肤上散布着细微的、令她震颤的欲望和欢乐。她的双颊泛着红晕，抓住野蛮人的手臂，把它使劲往自己身上贴。他的手臂松垂着，他低头看了看她，脸色苍白而痛苦，他的心中充满了欲望，但又为自己的欲望感到羞耻。他配不上她，配不上……两人的目光对视了一会儿，她的眼睛里有多么可贵的东西啊！简直就像一个王后。他赶紧避开目光，抽回了被抓住的手臂。他暗暗害怕，怕她不再是那个他配不上的姑娘。

"我觉得你不应该看那些东西。"他说，赶紧把过去和将来可能让她不再完美的原因从她自己身上转到外部环境上去。

"什么东西，约翰？"

"这些可怕的电影。"

"可怕？"列宁娜着实吃了一惊，"可我觉得这些电影很可爱啊。"

"下流，"他很气愤地说，"太无耻了。"

她摇摇头。"我不明白你的意思。"他怎么那么奇怪？他怎么会一反常态这么扫兴？

在计程直升机里他几乎没看过她一眼。他遵守着自己从来没有说出口的誓言，服从着很久没有发挥过作用的法则。他别过身子，一声不响地坐着，有时他的整个身子会突然神经质地颤抖起来，好像有手指拨动了一根绷得几乎要断裂的琴弦。

计程直升机在列宁娜住的公寓房顶降落。"这一刻总算等到了。"她一边下飞机，一边异常兴奋地想着。总算等到了——虽然他刚才那么奇怪。她站在一盏灯下望着手中的小镜子。总算等到了。哦，她的鼻子有点发亮，她把粉扑上的粉抖了一下。正好有时间，他在付计程直升机的路费。她抹去鼻子上的亮光，心里想着："他那么帅，他根本用不着像伯纳那么害羞。可是……要是换成别的男人，早就忍不住了。好了，现在，终于等到了。"小圆镜里那半张脸突然对她笑了起来。

"晚安。"她身后一个声音犹豫着说。列宁娜急忙转过身去。约翰站在计程直升机门口，眼睛紧盯着她，显然从她给鼻子擦粉时就一直在盯着，他在等待着、犹豫着、下着决心，可是为什么呢？他一直在想啊想——她不知道他究竟有些什么不同寻常的念头。"再见，列宁娜。"他又说了一遍，努力想笑，但脸上的表情非常奇怪。

"可是，约翰……我以为你要……我是说，你要不要……？"

他关了门，弯下身子对驾驶员说了点什么，计程直升机射向了空中。

野蛮人透过机底的窗户往下看，他看见列宁娜仰着头，在淡蓝色的灯光里显得那么苍白。她张着嘴，在叫着什么。她的身体变得越来越小，离他越来越远。方形的房顶也越变越小，直到最后融入了黑暗中。

5分钟后他回到了自己的房间。他从隐蔽的地方找出了那本被老鼠咬破的书，虔诚地翻开了那又脏又破的书页，开始读起了《奥赛罗》。他记得，奥赛罗跟《直升机里的三个星期》里的人一样是黑人。

列宁娜擦干了泪水，穿过房顶来到电梯前。在去27楼的途中，她掏出了索麻瓶子。她觉得，一克是不够的,她的痛苦要比一克多。可是如果她吞下两克,就有明天早上不能及时醒来的危险。她折中了一下,往左手手心里抖出了三颗半克的索麻药片。

第十二章

伯纳只能对着紧闭的门大叫，野蛮人不肯开门。

"大家都在那儿等你呢。"

"让他们去等吧。"门里传来低沉的声音，好像是用什么蒙着头。

"可是你知道，约翰，"（大叫大嚷地说服人可真难啊！）"我是特地让他们来看你的。"

"你应该先问问我，愿不愿见他们。"

"可你以前总是愿意的，约翰。"

"可是我现在不愿意了。"

"就算为了让我高兴吧，"伯纳大声地劝说着，"难道你不愿意让我高兴吗？"

"不愿意。"

"你真的不愿意？"

"真不愿意。"

伯纳简直要绝望了。"那我怎么办呀?"伯纳带着哭腔喊着。

"见鬼去吧!"屋里的声音恼怒地大叫着。

"可是坎特伯雷社区首席歌唱家今晚要来。"伯纳几乎已经哭了。

"Ai yaa tá Kwa!"野蛮人发出一串听不懂的祖尼语,他只能用祖尼语才能充分表达他对社区首席歌唱家的感受。"Háni!"说完一句,他又用很刻薄的语气补充了一句,"Sons éso tse ná."然后对着地上吐了一口口水,就像波培可能会做的那样。

伯纳终于泄了气,只能悻悻地溜回他的屋子,通知那群等得不耐烦的人——野蛮人那天晚上不会来了。这个消息让大家非常气愤,男人们生气是因为觉得自己上了当,给了这个无足轻重、声名狼藉而且常常出口大逆不道的人不该有的面子,社会地位越高的人越是感到愤怒。

"竟敢开我的玩笑,"首席歌唱家不断地说,"开我的玩笑!"

至于女人们,她们生气是因为觉得自己被骗了,而且是被一个在装瓶时不小心掺入了酒精的可怜虫骗了——一个只长了次伽马个头的小男人。这简直是奇耻大辱，她们大声地抗议着，而且声音越来越大。伊顿公学的那位女中学校长说话尤其刻薄。

只有列宁娜待在一边，一言不发。她坐在角落里，脸色苍白，蓝色的眼睛里笼罩着一种从未有过的忧郁，这种跟周围的人不同的情绪把她和他们隔断了。她来参加派对时，心里原本怀着一种奇怪的情绪，那是一种既焦虑又兴奋的情绪。"再过几分钟，我就会看见他了，"她刚进屋时还在自言自语，"我要和他说话，我要告诉他（她是下了决心才来的），我喜欢他，比喜欢其他我认识的任何人都要多。然后他也许会说……"

他会怎么说？血一下子涌上了她的面颊。

"那天晚上看完感官电影后他为什么那么奇怪？太奇怪了。可是我非常肯定他很喜欢我，我肯定……"

正在这时，伯纳宣布了消息：野蛮人不来参加派对了。

突然之间，列宁娜感到了一种一般只在服用了代强烈感情素之后才会产生的感觉——一种可怕的空虚感，一种叫人喘不过气来的恐惧感，她感到一阵恶心，她的心脏仿佛停止了跳动。

"也许这是因为他并不喜欢我。"她心想，这种可能性立即变成了不可改变的事实：约翰拒绝来，是因为不喜欢她……

"实在太可恶了，"伊顿公学的女中学校长对火葬与磷回收中心的主任说，"我还以为……"

"没错，"是芳妮·克朗的声音，"酒精的事千真万确。我的一个熟人认识一个当年在胚胎库工作的人，她告诉了我的朋友，我的朋友又告诉了我……"

"太不像话，太不像话了，"亨利·福斯特对社区首席歌唱家深表同情，"告诉你一件有趣的事，我们的前任主任原本打算把他下放到冰岛去呢。"

大家说的每句话都像针一样刺向伯纳，他原本的快活和自信就像一个吹得要爆掉的气球，现在被戳了千疮百孔，一下子全瘪了。他脸色苍白，心慌意乱，无限卑微地在客人之间走来走去，前言不搭后语地向大家表示歉意，向他们保证下一次野蛮人一定会来。他求他们坐下，吃一块胡萝卜素三明治，吃一片维生素A小面饼，喝一杯代香槟。他们毫不客气地吃着，却完全不理他；他们一边喝着酒，一边当着他的面出言不逊，或是大声用难听的话议论他，就像他根本不在那里一样。

"现在，我的朋友们，"坎特伯雷社区首席歌唱家用在福特日庆祝演出领唱时用的美丽嘹亮的声音说，"现在，我的朋友们，我觉得我们也许该……"他站起身来，放下杯子，把紫红色粘胶背心上的点心碎屑掸掉，然后朝门口走去。

伯纳冲上前去，想拦住他。

"您真的要走吗，首席歌唱家先生？……时间还早呢，我希望您能够……"

是的，列宁娜偷偷告诉伯纳首席歌唱家先生会接受他的邀请时，他简直喜出望外。"你知道吗？他真的非常可爱。"她还让伯纳看了一个 T 字形的金质小拉链扣，那是上次和首席歌唱家在朗伯斯共度周末时他送给她的纪念品。为了炫耀，伯纳在每张请帖上都写了这样的话：欢迎拜会坎特伯雷首席歌唱家和野蛮人先生。可是这位野蛮人先生却偏偏选在今天晚上把自己关在屋里，而且用祖尼语对着伯纳大叫大嚷，幸好伯纳不懂祖尼语。本应成为伯纳整个事业最光鲜耀眼的时刻现在竟变成了他面对奇耻大辱的时刻。

"我真的非常希望……"他结结巴巴地重复着，抬头用慌乱的眼光乞求地望着那位大人物。

"我的年轻朋友，"首席歌唱家的声音响亮庄重，而且非常严厉，所有的人都安静下来。"让我给你一句忠告，趁现在还为时不晚。"他用手指着伯纳，声音变得非常沉重。"你要痛改前非，我年轻的朋友，要痛改前非啊。"他在伯纳身上画一个 T 字，然后转过身去。"列宁娜，亲爱的，跟我来。"他完全换了一种口气。

列宁娜顺从地跟在他身后，走出了屋子，但是她脸上没有一丝笑容，一点没有感到高兴（她完全没有意识到自己受到的恩宠）。其他客人跟在后面，和他们保持一段距离，以示尊重。最后一个客人"砰"的一声关上门，只留下了伯纳一个人。

伯纳像个被戳破的皮球，完全泄了气，他跌坐在椅子上，用双手捂着脸哭了起来。过了几分钟，他有点想通了，吞下了四片索麻。

野蛮人在楼上的房间里读《罗密欧与朱丽叶》。

列宁娜和首席歌唱家在朗伯斯宫的屋顶上下了飞

机。"快一点，年轻的朋友，我在说你呢，列宁娜。"首席歌唱家不耐烦地在电梯门口叫着。列宁娜本来不慌不忙地在看月亮，现在只能收回视线，匆匆走过屋顶，来到他面前。

穆斯塔法·蒙德刚看完一篇文章，标题是"生物学新理论"。他皱着眉头沉思了好一会儿，然后拿起笔在标题页上写道："作者用数学方法来理解目的，这种方法新颖而有独创性，但这种离经叛道的观点对当前社会秩序颇具危险性，并有潜在的颠覆作用，不予发表。"他在那几个字下画了道线加以强调。"对该作者须严加监视，必须下放到圣海伦娜的海军生物站工作。"可惜啊，他一边签名一边心里在想，这绝对是一篇杰作。可是一旦你开始允许用目的来解释一些事情，那结果就难以想象。这种思想极容易破坏高种姓人群中思想不坚定分子已设置的条件，让他们丧失对快乐这一"最高目标"的信心，并让他们相信这一目标存在于当前人类社会之外的某个地方，让他们相信生活的目的不是保持快乐，而是深入、细微地去感知，去丰富知识。这话很可能不错，统制官心里想着，但在目前的情况下决不允许。他再次拿起笔，在"不予发表"下面画上了第二道线，比头一道线还要粗还要黑。他叹了一口气，心想："如果人不必总想着要快乐，那该多么有趣！"

约翰闭着眼睛，满脸痴迷地对着虚空柔情脉脉地朗诵道：

> 啊，她比火炬还要明亮，
>
> 仿佛挂在黑夜的面颊上闪闪发光，
>
> 就像埃塞俄比亚人豪华的耳坠，
>
> 如此完美宝贵，人间无人能配。[1]

金质的 T 形拉链扣在列宁娜的胸前发着光，首席歌唱家抓住它，挑逗地拉来拉去。突然，列宁娜打破了长时间的沉默说："我觉得，我最好还是吞两克索麻。"

1　出自莎士比亚戏剧《罗密欧与朱丽叶》第一幕。

此时的伯纳睡得正酣，正对着他梦中属于他的天堂微笑着。他笑着，笑着。但时间是无情的，他床头电子钟的指针每隔30秒就向前跳一下，发出一声几乎听不见的"嘀嗒"声。嘀嗒、嘀嗒、嘀嗒、嘀嗒……已经到了早晨。伯纳又回到了真实世界的苦恼中。他坐上出租飞机来到条件反射设置中心上班时，情绪低落到了极点。成功给他带来的陶醉已经烟消云散，他又回到了原来清醒的状态。跟前几周那种暂时的极度膨胀相比，他现在这种回到故我的状态变得格外沉重起来。

野蛮人对情绪低落的伯纳表现出了意想不到的同情。

伯纳把自己的悲惨遭遇告诉了他，野蛮人说："你现在这个样子更像在马尔佩斯时的样子了，你还记得我们的第一次谈话吗？在小屋子外面，你现在就和那时一样。"

"因为我又不开心了，这就是原因。"

"唉，我宁愿难过也不愿意要你那种靠撒谎欺骗得到的开心。"

"可是我喜欢。"伯纳痛苦地说，"这都怪你。你拒绝参加派对，害得大家全都针对我！"他知道自己这样说很荒谬很不公正。野蛮人对他说，能够因为那么一点点小事就反目成仇的朋友根本不是朋友，他开始是心里暗暗承认这话说得有道理，后来干脆明着承认他说得对。但是尽管他明白这个道理，而且也承认他说得对，尽管现在野蛮人这个朋友的支持和同情是他仅有的安慰，尽管他对野蛮人确实心怀真挚的好感，但他仍然在心里顽固地、秘密地滋长着一种对他的怨恨之情，盘算着要对他进行一次小小的报复。对首席歌唱家心怀怨恨是没有用的，要报复装瓶室主任或身份预设室副主任也不可能。在伯纳看来，野蛮人作为报复对象具有其他人没有的绝对优势：他就在身边。朋友的主要功能之一就是：如果我们想惩罚敌人却无法得手，那么朋友就可以成为替罪羊（用一种更为温和的象征性的方式）。

伯纳可以伤害的另一个朋友是赫姆霍尔兹。在他春风得意的时候，他认为那友谊不值得他花时间去维持，而现在，在他心烦的时候又想起了赫姆霍尔兹这个朋友。赫姆霍尔兹给了他友谊，没有责备，没有多说一句话，好像忘了他们之间曾经有过的争吵。伯纳很感动，同时又觉得那种宽宏大量对他来说是一种侮辱。这种宽宏大量越是不同寻常就越是叫他丢脸，因为那全是赫姆霍尔兹的本性使然，和索麻没有任何关系。赫姆霍尔兹在日常生活里就是这样一个不计前嫌、待人宽厚的人，而不是因为服用了半克索麻才变成这样的。伯纳对此心怀感激（能够重获友谊对他来说是一种巨大的安慰），但同时又心生怨恨（要是能够因为赫姆霍尔兹的慷慨报复他一下会很有意思）。

两人疏远之后第一次见面时，伯纳向赫姆霍尔兹倾诉了他的悲惨遭遇，得到了安慰。几天之后，他才知道自己并不是唯一遇上麻烦的人，这让他既意外又羞愧。赫姆霍尔兹和他的上级之间也有过冲突。

"那是因为押韵引起的，"赫姆霍尔兹解释道，"我在给三年级学生上'高级情绪工程'这门课，分12讲，其中第7讲是关于押韵的，确切地讲是关于押韵在道德宣传和广告中的运用。我从来都是用很多具体例子来说明我的观点，这一回我觉得应该拿我新写的一首诗作为例子。当然，那纯粹是发疯，但是我实在忍不住。"他笑了。"我很想看看学生们的反应，"然后他更加严肃地补充了一句，"而且，我想做一点宣传，我想让他们也体会一下我写那首诗时的感受。福特啊！"

他又笑了。"没想到竟然引起轩然大波！校长把我叫了去，威胁说要马上开除我。我现在是个重点关注对象了。"

"你写了一首什么诗？"伯纳问。

"是关于孤独的。"

伯纳扬起了眉头。

"你要是想听，我就背给你听听。"赫姆霍尔兹开始背：

> 昨天的委员会
>
> 像个破鼓，还在，
>
> 城市的午夜
>
> 响着真空里的几声长笛。
>
> 紧闭的嘴唇，困倦的脸，
>
> 每一部停开的机器，
>
> 人群曾经流连
>
> 这死寂而杂乱的场地。
>
> 死寂中充满了欣喜，
>
> 哭吧（放声或低泣），
>
> 说吧，我不知道那是谁的声音。

苏珊不在，

艾季丽亚不在，

她们的胸脯，她们的手臂，

啊，还有红唇和肥臀，

慢慢地变成一个存在。

谁的存在？我问，什么的存在？

如此荒谬的本质，

那种东西，其实并不存在，

却填满了这空虚的阴霾，

比我们亲密接触的东西

还要实在。

这一切为什么如此俗不可耐？

　　就这个，我拿这个给学生举了个例子，他们就把我告到校长那儿去了。"

　　"我一点不意外，"伯纳说，"这完全是和他们的睡眠教学背道而驰的。记住，他们至少听过几十万次让他们远离孤独的警告。"

　　"这我知道，但是我想看看会有什么效果。"

　　"这下好了，你已经看到了。"

赫姆霍尔兹只是笑了笑。沉默了一会儿，他说："我觉得，我好像刚开始有了可写的东西，好像刚开始能使用那种我觉得自己内心所具有的力量，那种别人所没有的潜在的力量。有某种东西似乎正向我走来。"伯纳觉得，赫姆霍尔兹尽管遇到了那么多麻烦，但却感到了真正的快乐。

赫姆霍尔兹和野蛮人一见如故，这让伯纳感到一种揪心的妒忌。他跟那野蛮人一起相处了那么多星期，却从来没有和他如此亲密无间，而赫姆霍尔兹这么短时间就做到了。他看着他们谈话，听着他们谈话，他发现自己在后悔不该把他们带到一起。他为自己的妒忌羞愧，因此努力想遏制住这种想法，有时是通过自己的意志力，有时只能用索麻。但是他的种种努力并不管用，因为即使是用索麻，中间还是有间隔的，那卑鄙的妒忌心还是会不断地袭上心头。

在赫姆霍尔兹跟野蛮人第三次见面时，赫姆霍尔兹背诵了他那首关于孤独的诗。

"你觉得这诗怎么样？"背诵完毕，他问道。

野蛮人摇摇头，回答说："你听听这个。"他打开抽屉，从里面拿出那本被耗子咬过的书，翻开书读道：

让那歌喉最响亮的鸟雀，

　　飞上独立的凤树的枝头，

　　宣布讣告，把哀乐演奏……[1]

　　赫姆霍尔兹听着，越来越激动。听到那句"独立的凤树"时他吃了一惊，听到"你这个叫声刺耳的狂徒"时突然开心地笑了，听到"任何专横跋扈的暴徒"时热血涌上面颊，而听到"死亡之曲"时脸色苍白，全身情不自禁地颤抖起来。野蛮人继续读着：

　　物性仿佛已失去规矩，

　　本身竟可以并非本身，

　　形体相合又各自有名，

　　两者既分为二又合为一……

　　"让我们纵情吧！"伯纳发出一阵令人不快的大笑，打断了朗诵，"这不就是一首团结祈祷圣歌吗？"他这是在报复，因为那两个朋友之间的感情超过了对

1　出自莎士比亚的诗歌《凤凰和斑鸠》。

他的感情。

在之后的两三次见面时，他还是经常重复这个报复的小动作。这动作虽然简单，却极其有效，因为破坏或玷污一首他们喜爱的诗歌能让赫姆霍尔兹和野蛮人感到深深的痛苦。最后，赫姆霍尔兹威胁他说，如果他胆敢再打岔，就把他赶出屋子去。然而，奇怪的是，下一次的打岔，最丢脸的打岔，却来自赫姆霍尔兹自己。

那天，野蛮人在大声朗诵《罗密欧与朱丽叶》——带着一种强烈得让人颤抖的激情朗诵着，因为他总是把自己想象成罗密欧，把列宁娜想象成朱丽叶。赫姆霍尔兹很感兴趣地听他读罗密欧和朱丽叶第一次会见的那场戏，但有点听不大明白。果园里的那一场戏充满诗意，他很喜欢，但里面所表现的感情却让他忍不住想笑。为了得到一个姑娘闹到这种地步，实在是太滑稽了。但是从文字的细节来看，这是一篇多么精彩的情感工程的大作啊！"那个老家伙，"他说，"能让我们最优秀的宣传专家觉得自己是超级傻瓜呢。"野蛮人得意地笑了，又继续朗诵。一切都进行得相当顺利，直到第三幕的最后一场。在这一场中，凯普莱特先生和凯普莱特夫人开始强迫朱丽叶嫁给帕里斯，赫姆霍尔兹听这一场时一直焦躁不安。这时，野蛮人模仿朱丽叶悲伤的语气大声地说：

> 上天没有一点慈悲
> 能看见我心里的悲伤吗？
> 啊，亲爱的妈妈，不要抛弃我，
> 让婚礼推迟一个月，一个星期吧，
> 或者，如果不行，就把我的婚床
> 放进提伯尔特长眠的昏暗的墓地。

听到这一段时，赫姆霍尔兹突然忍不住了，爆发出一阵哈哈怪笑。

妈妈和爸爸（可笑而且淫秽的词）逼着女儿嫁给她不愿意要的人！而那白痴一样的女儿竟然不会说她已经有了心上人（至少那时有）！这种情况令人恶心，荒唐得简直滑稽。他拼命忍住心里不断涌上的狂笑，可是，一听到"亲爱的妈妈"（那野蛮人用那伤感的颤抖的语调念出），一想到提伯尔特死后躺在那里，显然没有火化，把他的磷浪费在一座阴暗的坟墓里，他实在是控制不住了，终于哈哈大笑起来。他笑啊，笑啊，笑得眼泪直流，难以自抑。野蛮人感到受了侮辱，脸色苍白，抬起头来盯着他。然后，看到他还在笑，便愤愤地合上书，站了起来，像一个意识到自己在对牛弹琴的人一样，把书锁进了抽屉。

等赫姆霍尔兹喘过气来后，他向野蛮人表示道歉，让他消了气，听他的解释："我非常明白人们需要那样荒唐疯狂的情节，因为不这样写就写不出真正的好东西。那老家伙为什么能够成为那么了不起的宣传专家呢？因为他有很多让人疯狂痛苦的故事，能让人激动。这些故事必须使你感到难受，感到不安，否则你就无法体会那些真正美好的、深刻的、具有穿透力的词语。可是爸爸妈妈这些词！"他摇摇头，"你不能要求我听到爸爸妈妈这些词还能忍住不笑。谁会因为一个男人得没得到一个女人而激动呢？"（野蛮人痛苦地避开视线，但赫姆霍尔兹盯着地板沉思，没有注意到。）"不会的，"他叹了一口气，总结地说，"不会激动的。我们需要其他的疯狂和暴力。但是，是什么？是什么？在哪儿能找到？"他沉默了一会儿，然后摇着头说，"我不知道，"最后又说了一句，"我不知道。"

第十三章

亨利·福斯特出现在胚胎仓库昏暗的灯光中。

"今天晚上愿意去看感官电影吗?"

列宁娜摇了摇头,没有说话。

"是和别人出去吗?"他对哪个朋友在和哪个朋友交往这种事很感兴趣,"是本尼托吗?"他问道。

她又摇摇头。

亨利从她的红眼睛里看到了疲倦,她长着红斑狼疮的脸非常苍白,那没有笑意的鲜红的嘴角边透着悲哀。"你该不是生病了吧?"他问道,有一点着急,他担心她染上那几种还没有消灭的传染病。

可是列宁娜再一次摇了摇头。

"不管怎么样,你应该去看看医生,"亨利说,"每天看医生,百日无担忧。"他热心地说,拍了拍她的肩膀，想让她记住这句睡眠教学中学到的格言。"也许你需要一点代妊娠素，"他建议，"或者就服用超剂量的代强烈感情素。你知道，普通量的代动情素并不十分……"

"啊，看在福特的分上！闭嘴吧！"一直沉默的列宁娜开了口，转身去照看那些被她忽视了的胚胎。

要什么代强烈感情素！要不是她正难过得要哭，她差一点要笑出声来。难道她自己的强烈感情还不够多吗？她重重地叹了一口气，一边往手上的注射器里装东西。"约翰啊，"她喃喃地自语着，"约翰……"突然，她有点糊涂了，"福特啊！我有没有给这个胚胎打昏睡病预防针？"她完全不记得了。最后她决定不让它冒挨第二针的危险，便转向下一个瓶子。

从那一刻算起，22年8个月零4天之后，坦桑尼亚姆万扎的一个前途远大的次阿尔法官员将会因昏睡病死去，那将是半世纪内的第一例。列宁娜叹了一口气，继续工作。

一小时以后，芳妮在更衣室里表达了强烈不满。"把你自己弄成这个样子真是荒唐，太荒唐了，"她重复着，"为了什么？一个男人，不就一个男人嘛。"

"可我就是想要他。"

"这世上的男人千千万，又不是只有他。"

"可是别人我都不想要。"

"你连试都没试过怎么知道?"

"我试过了。"

"试过几个?"芳妮轻蔑地耸耸肩，问道:"一个?还是两个?"

"几十个。可是，"她摇摇头，"都不怎么样。"她补充道。

"那么，你就应当坚持，"芳妮很精辟地说，但很显然她对自己的话也没有信心，"不能持之以恒，绝对一事无成。"

"可是……"

"不要想他。"

"我做不到。"

"那就吞索麻。"

"吞过了。"

"再吞。"

"可是在吞索麻的间隙我还是喜欢他，我一直都喜欢他。"

"如果是那样，"芳妮很坚决地说，"你为什么不干脆把他弄到手？管他愿不愿意。"

"你不知道他有多古怪。"

"所以你的态度要更加强硬些。"

"说起来容易。"

"别去管那些废话，上吧，"芳妮的声音像喇叭，她完全可以到福特女青年会当讲师，晚上给次贝塔的少年们上课，"对，上，现在就上。"

"我会害怕的。"列宁娜说。

"没关系，你只要先吞下半克索麻就行了。我要去洗澡了。"芳妮走掉了，身后拖着毛巾。

铃声响了，野蛮人跳了起来，向门跑去。他那个下午一直在等赫姆霍尔兹，已经等得不耐烦了。他终于决定和赫姆霍尔兹谈谈列宁娜的事，他要吐露心声，一分钟也等不及了。

"我预感到是你来了，赫姆霍尔兹。"他一边开门一边叫道。

站在门口的却是列宁娜，她穿着一身白色黏胶绸水手装，头上俏皮地斜戴着一顶白色圆帽。

"啊!"野蛮人叫了一声,仿佛有人狠狠打了他一拳。

　　半克索麻已足以让列宁娜忘记了害怕和尴尬。"嗨,约翰。"她微笑着从他身边走过,进了房间。野蛮人机械地关上门,跟在她后面。列宁娜坐了下来。长时间的沉默。

　　"你见了我好像不太高兴,约翰?"她终于开了口。

　　"不高兴?"野蛮人责备地望着她,突然在她面前跪了下来,抓住她的手,虔诚地亲吻着。"不高兴?啊,但愿你能明白。"他低声说,鼓起勇气抬起头望着她的脸。"我衷心崇拜的列宁娜啊,"他继续说,"你是我最崇拜的人,比这世界上的一切都要宝贵。"她温柔地对着他微笑,无比动人。"啊,你是那么十全十美。"他说。(她微微张开嘴唇,向他靠了过去)"你完美无缺,"(她的嘴唇离他越来越近)"天下无双。"(嘴唇更近了)野蛮人突然跳了起来,"所以,"他别开脸,"我要先做一件事……我是说,我要证明自己配得上你,不是说我真的配得上你,我只是想证明我不是绝对配不上你。我想先做一件事。"

　　"你为什么非要……"列宁娜刚开口,又把后半句话吞了下去，她的声音有些恼火。她微张着嘴，向他靠过去，越靠越近，结果却突然发现靠了个空，他那个笨蛋竟然躲开了。即使有半克索麻在她血液里流动，她仍然有理由，有真正的理由感到生气。

"在马尔佩斯，"野蛮人有点语无伦次地嘟囔着，"你要给她带一张山狮皮来——我是说，如果你要和那个姑娘结婚的话。或者带一只狼也行。"

"可是英国根本没有狮子。"列宁娜打断了他。

"即使有狮子，"野蛮人突然恨恨地轻蔑地说，"我想人们也是坐着直升机用毒气或者别的什么东西去捕杀的，我决不会那么做，列宁娜。"他挺了挺胸，鼓起勇气看着她，却看见列宁娜用懊恼的不理解的目光盯着他。他不知所措，更加语无伦次了，"我一定要做点什么，你要我做什么我就做什么。有些运动是很痛苦的，但快乐会让人忘记痛苦。我就是这么感觉的。我是说，如果你需要，我可以为你扫地。"

"可是我们这里有真空吸尘器，"列宁娜完全糊涂了，"我不需要你扫地。"

"当然不需要，但是有些卑微的工作是可以通过高尚的方式完成的，我要用高尚的方式来做某些事，难道你不明白吗？"

"但是，既然有真空吸尘器……"

"问题不在这儿。"

"而且吸尘器是爱普西隆半白痴用的，"她继续说，"你**为什么**要扫地呢？"

"为什么？就为了你，为了你呀。就是为了证明……"

"可是真空吸尘器跟狮子有什么关系？"

"为了证明我多么……"

"狮子和看到我感到高兴有什么关系？"她越来越生气了。

"我多么爱你啊，列宁娜。"他不顾一切地表白。

她的心猛地一跳，内心的欢乐如潮水一般，热血涌上面颊。"你真的非常爱我吗，约翰？"

"可是我还没有准备好说这句话，"野蛮人叫起来，双手痛苦地绞在一起，"我应该等到……听着，列宁娜，在马尔佩斯，人们要等到结婚了才会说这句话。"

"什么结婚？"怒气又悄悄地潜回了她的声音。他到底在说什么呀？

"永远，他们发誓要永远生活在一起。"

"多么可怕的想法!"列宁娜是真的被吓坏了。

"心灵的美比外表的美更持久,因为心灵新生的速度超过了血液的衰老。"

"什么?"

"莎士比亚也是这么说的。'在一切神圣的仪式充分给你许可之前,你不能侵犯她处女的纯洁……'"[1]

"看在福特的份上,约翰,别胡说了。你的话我一句也听不懂,开始是什么真空吸尘器,现在又是什么处女的纯洁,你快要把我急疯了,"她跳了起来,一把抓住他的手腕,仿佛害怕他的身体会和思想一起从她身边跑掉,"你只要回答我:你到底喜欢不喜欢我?"

约翰沉默了一会儿,然后轻声回答道:"我爱你胜过这世上的一切。"

"那你为什么不早说?"她大叫起来,她实在太生气了,尖指甲竟深深地抠进了他手腕上的肉,"为什么要胡扯些吸尘器、狮子,还有什么纯洁,让我难过了好几个星期。"

她松开了他的手,气冲冲地把他推开。

---

1 出自莎士比亚的《暴风雨》。

"要是我不是这么喜欢你，我早就对你发火了。"

她的手臂突然搂住了他的脖子，他感到她那柔软的双唇贴到了自己的唇上。柔软得那么美妙，那么温暖，那么动人心魄，让他情不自禁地想起了《直升机上的三个星期》里的拥抱。哦！哦！屏幕上的金发女郎，还有，啊！那个真真切切的黑人。可怕，可怕，太可怕了……他想挣脱她的拥抱，可是列宁娜却搂得更紧了。

"你为什么不早告诉我！"她轻声地说，挪开了脸看着他，眼神里充满了温柔的责备。

"即使在最幽暗的暗室中，在最方便的场合，"（良心的声音发出诗意的轰鸣）"魔鬼最强烈的诱惑，也不能把我的廉耻化为肉欲，决不，决不！"[1]他下了决心。

"你这个傻孩子！"她说，"我多么想要你呀！如果你也想要我，为什么不……"

"可是，列宁娜……"他开始表示反对。她立即松开了双臂，离开了他，他一时间还以为她明白了他没有说出口的暗示呢，但是当她解开那条白色的专利药

1　出自莎士比亚的《暴风雨》。

囊带，小心挂到椅背上时，他才开始怀疑她误解了自己的意思。

"列宁娜。"他不安地又叫了她一声。

她把手伸到脖子前，向下长长地拉了一下，那白色水手装上的拉链便一拉到底。原先隐隐的怀疑现在变成了真真切切的现实。"列宁娜，你在干什么？"

哧！哧！她作出了无声的回答，她脱掉了身上的灯笼裤，露出了淡贝壳粉的拉链内衣，胸前晃动着首席歌唱家送给她的金色 T 字架。

"透过窗户，她的乳峰钻进了男人的眼睛……"[1] 那些动人心魄的诗句有神奇的力量，让她变得双倍的妖冶，也双倍的危险了。多么柔软，多么柔软，但同时又多么有穿透力呀！它们钻透了理智，让意志不堪一击。"血液中的火焰一旦燃烧，最坚定的誓言也就等于一把干草。节制一些吧，否则……"[2]

哧！那浑圆的粉红色露了出来，像两个切得整整齐齐的苹果。她两条胳膊一扭，先抬了一下右脚，再抬了一下左脚，拉链内衣落到地上，瘪瘪的，像是漏了气。

1　出自莎士比亚的《雅典的泰门》。
2　出自莎士比亚的《暴风雨》。

她仍然穿着鞋袜，仍然斜戴着那顶白色的小帽，朝他走去。"亲爱的，亲爱的! 要是你早点说该多好!"她向他伸出双臂扑过去。

可是野蛮人并没有同样以"亲爱的"作答，也没有伸出双臂，反倒是吓得直往后退，向她连连挥舞着双手，好像是在驱赶某种强闯进来的猛兽。退了四步之后，他已靠到了墙壁，无路可退。

"宝贝!"列宁娜说，双手放到他肩上，身体紧紧地贴过去。"抱紧我，"她命令着，"抱紧我，让我陶醉，宝贝。"她的心里也有诗，知道一些能够歌唱的词句，如符咒，如鼓点。"吻我吧。"她闭上了眼睛，声音轻柔得如睡意蒙眬的呢喃，"吻得我昏死过去，抱紧我，宝贝，抱紧我……"

野蛮人抓住她的手腕，把她的手从肩上甩开，粗鲁地把她推到几尺之外。

"哎哟，你弄疼我了。你……哦!"她突然不作声了，恐惧已经让她忘记了疼痛。她睁开眼睛，看见了他的脸——不，那不是他的脸，而是一张凶狠的陌生人的脸，脸色苍白，由于某种疯狂的、难以解释的愤怒而抽搐扭曲着。她惊呆了。"你怎么啦，约翰?"她低声问道，他没有回答，只用那双疯狂的眼睛盯着她的脸，抓住她手腕的手在发抖，他呼吸沉重急促，虽然声音轻得几乎听不见，却很可怕。她突然听见了他咬牙切齿的声音。"怎么了？"她几乎尖叫起来。

他仿佛被她的叫声惊醒，抓住她的肩膀摇晃着。"婊子！"他大叫，"婊子！不要脸的婊子！"

"哦，别这样，别这样。"她抗议着，声音被他摇晃得发出奇怪的颤音。

"婊子！"

"别——这样。"

"该死的婊子！"

"一克索麻胜过……"她开始背诵。

野蛮人用力把她一推，她趔趄了一下，摔倒了。"滚！"他大吼着，咄咄逼人地看着她，"别让我再看见你，否则我就杀了你。"他捏紧了拳头。

列宁娜举起胳膊，想挡住脸，"天哪，求你别这样，约翰……"

"快滚，快！"

她仍然举着胳膊，用充满恐惧的目光盯着他的每一个动作，然后，她从地上爬起来，用手臂遮住脸，弓着身子向浴室跑去。

约翰为了催她快走，狠狠地给了她一巴掌，那声音响得像枪声。

"啊哟！"列宁娜往前一冲。

她把自己关在浴室里，感觉安全了，才开始慢慢检查自己受的伤。她背对着镜子，扭过头从左肩望去，雪白的皮肤上赫然印着一个红色的大巴掌。她小心翼翼地揉着受伤的地方。

外面，在另一间屋子里，那野蛮人在大踏步地走来走去，踏着那些神奇的文字产生的鼓点和音乐。"鹪鹩都在干那把戏，金色的小苍蝇也当着我的面公然交尾。"这些词句在他耳里轰鸣着，令他发疯。"她自己干起那回事来，比臭鼬和骚马还要浪得多哩。她们的上半身虽是女人，下半身却是淫荡的妖怪。腰带以上属于天神，腰带以下全归魔鬼。那儿是地狱，那儿是黑暗，那儿是火坑，吐着熊熊的烈焰，发出熏人的恶臭，把一切烧成了灰。呸！呸！苦啊！苦！我的好药师，给我称一两麝香，让我消去这想象中的臭气。"[1]

---

[1] 出自莎士比亚的《李尔王》。

"约翰，"浴室里传来一个讨好的声音，"约翰。"

"啊，你这野草啊！你是如此娇美，你是如此芬芳，看见你闻到你就会让人心疼。这样好的一本书竟要让人写上'婊子'二字吗？上天见了也要掩鼻……"[1]

但是她的香水味还飘散在他身边，他的衣服上还留着她身体上的香粉。"不要脸的婊子，不要脸的婊子，不要脸的婊子，"那无情的节奏自己蹦了出来，"不要脸的……"

"约翰，你能把我的衣服给我吗？"

他捡起她那灯笼裤、女短衫和拉链内衣裤。

"开门！"他命令道，踢着门。

"不，我不开。"那声音带着畏惧和反抗。

"那我怎么把衣服给你呢？"

"从门上的气窗塞进来。"

他照她说的做了，又开始烦躁地在屋子里走来走去。"不要脸的婊子，不要脸的婊子。那荒淫的魔鬼，屁股胖胖的，手指粗得像马铃薯……"[2]

1　出自莎士比亚的《奥赛罗》。
2　出自莎士比亚的《特洛伊罗斯与克瑞西达》。

"约翰。"

他没有回答。"屁股胖胖的，手指粗得像马铃薯。"

"约翰。"

"什么事？"他粗声粗气地问。

"你能把我的马尔萨斯带给我吗？"

列宁娜坐着，听着隔壁房间里的脚步声。她一边听，一边想着，他这样走来走去要走多久？她是不是要等到他离开了才能出来？给他一点合理的时间把气消下去，然后她打开浴室门赶紧跑掉，那样有没有危险？

她正在这样不安地胡思乱想时，突然隔壁房间的电话铃响了。脚步声突然停了下来，她听见野蛮人在跟一个听不见的声音交谈。

"喂。"

……

"我就是。"

……

"我不可能冒充我自己，我就是。"

……

"是的，你没有听见我的话吗？我就是野蛮人先生。"

……

"什么？谁病了？我当然想知道。"

……

"可是，病得严重吗？真的那么糟糕吗？我马上……"

……

"不在她屋里？把她送到哪儿去了？"

……

"哦，上帝啊！地址是？"

……

"公园巷三号——对吗？三号？谢谢。"

列宁娜听见话筒咔嗒一声放回原处，然后是匆忙的脚步声，门砰的一声关上了。没有一点声音。他真走了吗？

她小心翼翼地把门开了一条缝，从里往外张望，空无一人，她胆子大了起来，把门再开大了一点，伸出了整个头，最后踮着脚尖出来，进了房间。她站了几分钟，心狂跳着，竖着耳朵听了听，冲到门口，打开门溜出去，然后砰的一声关上门，跑了起来。直到她冲进电梯，电梯开始下降时，她才感到了安全。

第十四章

公园巷临终医院是一幢60层楼的大厦,墙面砌着樱草花的瓷砖。野蛮人下了出租飞机,一列色彩斑斓的空中灵车正好从房顶腾空升起,掠过公园,向西边的斯劳火葬场飞去。在电梯门口,值班的门卫把他需要的信息告诉了他。他在17层楼下了电梯,来到81号病房(门卫告诉他那是急性衰老病房)。

病房很大,因为阳光和黄色涂料显得格外明亮。里面共有20张床,每张床上都躺着病人。琳达和别的病人一样都快要死去——跟别的病人一样,享有一切现代化的便利。空气里一直回荡着合成音乐悦耳的曲调,每一张床的床尾都有一部电视机,正对着垂死的人,从早到晚地开着,像个永不关闭的水龙头。病房里的香水味每一刻钟就会自动变换一次。在门口负责接待野蛮人的护士向他解释道:"我们努力在这儿创造一种非常愉快的气氛,介于一流宾馆和感官片影院之间,你懂我的意思吧。"

"她在哪儿?"野蛮人不理会她这些礼貌的解释,问道。

护士不高兴了。"你很着急呢。"她说。

"有没有希望?"他问。

"你是说有没有不死的希望吗?"(他点点头)"当然没有。送到这儿来的都是没有希望的……"她被他苍白的脸上那痛苦的表情吓住了,赶紧住了嘴。"怎么啦,有什么大不了的?"她问。她不习惯来访者的这种反应(这儿的来访者不多,其实也不应该多)。"你该不是生病了吧?"

他摇摇头。"她是我的母亲。"他的声音轻得几乎听不见。

护士用惊讶、恐惧的目光看了他一眼,然后赶紧转到别处。她满脸通红,从脖子一直红到太阳穴。

"带我去见她。"野蛮人竭力用正常的口气说。

护士仍然红着脸,领着他来到了病房。他们经过时,那些仍然年轻的尚未衰老的脸(因为衰老的过程极为迅速，心脏和脑子老化了，面孔还没有来得及老化）向他们转了过来，用第二婴儿期茫然的、毫无好奇心的眼神追随着他们。看到这些，野蛮人不禁打了个寒战。

琳达躺在长长一排病床的尽头，靠着墙。她身后垫着一个靠垫，在看电视里播放的南美瑞曼式球场网球冠军赛半决赛，电视安放在床尾，没有声音，而且很小，那些小小的人形在发光的方形屏幕上不出声地跑来跑去，就像水族馆里的鱼——另一个世界里沉默但不安分的居民。

琳达继续看着电视，似懂非懂地微笑着，苍白浮肿的脸上带着一种白痴般的欢喜。她的眼皮每过一会儿闭一闭，似乎打上几秒钟的盹，然后突然微微一惊，又醒了过来，看见了屏幕上的网球比赛，听见了超高音歌唱家的歌"抱紧我，让我陶醉，宝贝"，闻到了她头上通风机送来的新鲜马鞭草香。她醒过来时感觉到了这些东西，或者说是梦到了这些东西，一个被她血液里的索麻改造美化过的精彩的梦。她再次露出了她那黯淡的微笑，带着婴儿般的满足。

"好了，我得走了，"护士说，"我的那帮孩子要来了，何况还有三号病床的病人，"她指了指病房那边，"现在随时都有可能死掉。好了，你请便吧。"她匆匆走掉了。

野蛮人在床边坐了下来。

"琳达。"他轻声地叫着，握着她的手。

听见有人叫她的名字，琳达转过身，她认出了约翰，无神的眼睛顿时亮了起来。她捏了捏他的手，微笑着，嘴唇动了动，然后脑袋突然往前一垂，睡着了。他坐在那儿望着她，想从她那疲倦的脸上去寻找那张曾经年轻美丽的脸，那张在马尔佩斯陪伴他度过童年时代的脸。他闭上眼睛，回忆着她的声音、她的动作和他们俩一起度过的那些日子。"链球菌儿向右靠……"她的歌声曾经多么美啊！还有那些童谣，多么神奇，充满了魔力！

A 呀 B 呀 C，维呀生素 D，

鱼肝在鱼里，鱼儿在海里。

他想起了这些歌词，想起了琳达重复这些儿歌时的声音，顿时热泪盈眶。然后是朗读课：小猫咪睡垫子，小娃娃住瓶子，还有《贝塔胚胎库工作人员手册》。漫漫的长夜坐在篝火边，或是夏天坐在小屋的房顶上，她给他讲保留地以外的另一个地方的故事——那个无比美好的另一个地方。他还完美无缺地保留着关于它的记忆，那是天堂，是善与美的乐园，这些记忆并没有因为他跟真正的伦敦和现实中的文明男女接触而被玷污。

一阵突如其来的尖声吵闹让他睁开了眼睛，他匆匆擦去眼泪，朝四周张望。一群8岁的男孩子涌进了病房，全都长得一模一样。他们一个接一个，一个接一个地进来，像一个梦魇。他们的脸，他们完全一样的脸——那么多人却只有一张脸——一模一样的鼻孔，一模一样的灰色大眼睛，像哈巴狗一样地瞪着。他们穿着卡其色制服，一个个张着嘴巴，叽叽喳喳地进来了。顷刻之间，病房里就像爬满了蛆虫。他们有的在病床间挤来挤去，有的在病床上爬来爬去，有的从病床下钻过，有的往电视机里张望，有的则对着病人做鬼脸。

琳达让他们很吃惊，或者说是让他们很害怕。一大群人挤在她的床头，带着恐惧而愚昧的好奇眼神盯着她，就像野兽突然面对着从未见过的东西。

"哦，看呀，看呀！"他们带着恐惧低声说着，"她怎么了？怎么这么胖呀？"

他们以前从来没有见过像她这样的脸，他们见过的脸都是年轻的、光洁的，身体都是苗条的、挺拔的。所有那些60多岁的垂死的人都有着青春少女的容貌。琳达才40多岁，可相比之下，她已经是一个皮肤松弛、面容扭曲的老妖怪了。

"她真可怕，"有人在悄悄地议论，"你看她那牙！"

一个长着哈巴狗脸的多生子突然从约翰的椅子和墙壁之间的床下钻了出来，开始盯着琳达睡着了的脸。

"我说呀……"他刚开始说话，可话还没说完，就变成了尖叫。野蛮人抓住他的领子，把他从椅子上拎了起来，结结实实地给了他一个耳光，打得他嗷嗷叫着跑掉了。

那孩子的叫喊声让护士长急忙过来营救。

"你对他做了什么？"她凶巴巴地问，"我是不会让你打孩子的。"

"那好，你别让他们到这床边来，"野蛮人的声音气得发抖，"这些肮脏的小东西跑到这里来干什么？太可耻了！"

"可耻？你是什么意思？我们正在给他们进行死亡条件反射设置，我告诉你，"她恶狠狠地警告，"你要是再干扰他们的条件反射设置，我就叫门卫来把你扔出去。"

野蛮人站起来，向她逼近了几步，动作和表情都很可怕，吓得护士长直往后退。他拼命控制住自己，没有说话，转身又回到床前坐了下来。

护士长放心了，带着有点尖利的嗓门和有点勉强的尊严说："我警告过你，我警告过你，你当心点。"她把那两个好奇心十足的小东西带走了，她的一个同事正在病房的另一头组织玩"找拉链"的游戏，她让他们也去参加。

"快去，亲爱的，快去喝你那份咖啡因饮料。"她对另一个护士说，行使权力让她恢复了自信，心里舒服多了。"听着，孩子们！"她叫道。

琳达不舒服地动了动，睁了一会儿眼睛，迷迷糊糊地朝四周看了看，然后又睡着了。野蛮人坐在她边上，试图找回几分钟前的心境。"A 呀 B 呀 C，维呀生素 D。"他不断重复着，仿佛这些话是可以让过去死而复生的咒语。但是咒语没有起作用。那些美好的记忆固执地消失了，想起来的都是关于妒忌、丑恶和苦难的痛苦记忆。波培的肩头被砍伤，鲜血淋漓；琳达的睡相令人厌恶；苍蝇绕着打翻在床前的龙舌兰嗡嗡乱飞；琳达经过时孩子们在后面骂她……啊，不，不！他闭上了眼，死命地摇着头，想竭力忘记那些事情。"A呀B呀C，维呀生素D。"他努力回忆自己坐在琳达腿上的时候，琳达用双臂搂着他唱歌，一遍一遍地唱，摇着他，摇着他，直到把他摇得睡着了。"A呀B呀C，维呀生素D，维呀生素D，维呀生素D……"

超级女高音的"抱紧我，让我陶醉，宝贝"已近高潮，如泣如诉。突然，香味循环系统的马鞭草香味消失了，换成了浓郁的印度薄荷香。琳达动了动，醒了过来，懵里懵懂地看了几秒钟网球半决赛，然后抬起头吸了吸刚刚换过香味的空气，突然笑了——那是孩子般开心的笑。

"波培！"她轻轻叫了一声，然后又闭上了眼睛。"啊，我真喜欢啊，我真……"

她叹了一口气，又把头放回枕头。

"琳达，你不认识我了吗？"野蛮人哀求地问道，他已经尽了力，尽了最大努力，可为什么总放不下她？他几乎是粗暴地掐着她那瘫软的手，仿佛想强迫她从那寻欢作乐的梦里醒过来，从那卑贱可恨的回忆里醒过来——回到眼前，回到现实：这可怕的眼前，这可怖的现实。现实虽然可怕可怖，却因为死亡的到来变得如此崇高而重要。"你不认识我了吗，琳达？"

他隐约感觉到她的手在捏紧，作为回答。泪水涌上了他的眼睛，他弯下身子亲了亲她。

她的嘴唇动了动，"波培！"她又一次轻轻叫了一声，这让他感觉像是被劈头盖脸浇了一桶大粪。

怒火突然在他心里燃烧起来，再一次受到挫折之后，他的忧伤找到了另一种表现方式，变成了痛苦的愤怒。

"我是约翰！"他叫了起来，"我是约翰！"因为愤怒和悲伤，他抓住她的肩膀用力摇晃起来。

琳达的眼睛突然睁开了，她看见了，也认出了他。"约翰！"可是她把眼前那张真实的脸和粗暴的手放进了一个想象的世界——把他放在薄荷香和超级女高音带来的隐秘空间中，放在变了形的记忆和错了位的离奇感受中，这些构成了她的梦。她知道这是她的

287

儿子约翰，可是却把他幻想成闯进她马尔佩斯乐园的人，而她正在那儿和波培一起共度索麻假日。约翰生气是因为她喜欢波培，约翰摇晃她是因为波培睡在她床上——就好像那是什么奇耻大辱，好像文明人都不那么干似的。"人人彼此相属……"她的声音突然消失了，变成了一种几乎听不见的上气不接下气的喘息声。她的嘴唇一下子张大，费力地要让肺里充满空气，可却像忘掉了该怎么呼吸。她想叫喊——却发不出声音，只有那瞪大的眼睛里流露出的恐惧证明了她正遭受着的痛苦。她的手伸向了喉咙，然后又在空中乱抓着，她再也无法呼吸空气，对于她来说空气已经不再存在。

野蛮人站了起来，弯下身去。"怎么了，琳达？你怎么了？"他带着乞求的口气问道，好像是在求她让他安心。

她看他的眼神里有一种难以描述的恐惧——是恐惧，但在他看来是责备。她想撑起身子，却又倒回到枕头上。她的脸扭曲得可怕，嘴唇发紫。

野蛮人转身朝病房外跑去。

"快！快！"他大叫，"快来人！"

护士长站在一圈正在玩找拉链游戏的多生子之

间，转过了头。她先是吃了一惊，然后很不高兴地说：
"别叫！为这些孩子想想。"她皱了皱眉头说，"你这样
可能会破坏条件反射设置……你在干吗呀？"他已经
闯进了圈子。"小心点！"一个孩子在尖叫。

"快！快！"他抓住她的袖子，拽着她走。"快，出
事了，我把她弄死了。"

他们回到病房时，琳达已经死了。

野蛮人呆呆地站了一会儿，没有一点声音，然后
他跪倒在床前，双手捂住脸，无法克制地呜咽起来。

护士长不知所措地站在那里，看着这个跪在床前
的人（这样子真是丢人！），再看看孩子们（可怜的孩
子！），他们已经停止了找拉链的游戏，从病房那头望
了过来，瞪大眼睛望着20号病床前这令人恶心的场
景。她要告诉他吗？告诉他找回羞耻感？提醒他要
明白自己的处境，让他知道这会给那些可怜的天真无
邪的孩子带来致命的痛苦。他这是在用他这种恶心的
叫喊破坏孩子们正常的死亡条件反射设置——就好像
死亡是什么可怕的东西，就好像人有多么重要似的！
这很可能会让孩子们对死亡这个问题产生最灾难性的
想法，会扰乱他们的思想，让他们作出完全错误的、

反社会的反应。

护士长走向前来，碰了碰他的肩头。"你能不能不要这样？"她生气地低声说道。她回头一看，看见六七个孩子已经站起身子，往病房这边走来。游戏的圆圈快要散了，再过一会儿……不，那太冒险，这一群孩子的死亡条件反射设置可能因此而推迟六七个月。她赶紧向那些面临危险的孩子跑去。

"告诉我，谁要吃巧克力奶油馅饼？"她用快活的口气大声叫道。

"我要！"整个重复克隆组的孩子们都叫了起来，他们已经把20号病床抛到了脑后。

"啊，上帝呀，上帝呀，上帝呀……"野蛮人不断自言自语。他的心里充满了悲伤与悔恨，在一片混乱之中只有一个声音是清晰的，那就是上帝。"上帝！"他轻声地叫着，"上帝……"

"他到底在说什么呀？"有个声音在问，那声音很近，很清楚，很尖利，盖过了超级女高音婉转的歌声。

野蛮人一惊，松开捂着脸的手，四面看了看。五个穿卡其色制服的多生子站成一排，像哈巴狗一样瞪着他，他们每人右手拿着一块馅饼，巧克力酱把他们长得一模一样的脸变成了大花脸。

他们看着他的眼睛，几乎同时傻笑起来。其中一个举着吃剩的馅饼指着琳达。

"她死了吗?"他问。

野蛮人没有吱声，瞪了他一会儿，然后又默默地站起来，默默地向门口慢慢走去。

"她死了吗?"那好奇的多生子紧紧跟在他后面，又问了一遍。

野蛮人低头看了他一眼，仍然没有说话，只把他推开了。那孩子摔倒在地，立即嚎叫起来。野蛮人连头也没有回。

第十五章

公园巷临终医院的护工是由 162 个德尔塔组成的，分成两个重复克隆组，其中有 84 个红头发的女性和 78 个黑皮肤长脸的男性。6 点钟下班后，两个小组的人都在医院的大厅里集合，由助理会计发给他们每天配给的索麻。

野蛮人从电梯里出来，走进人群中，但他的心还在别处，还和死亡、悲伤和悔恨交织在一起。他机械地穿过人群往外挤，根本没有意识到自己在做什么。

"挤什么挤？你要挤到什么地方去呀？"

一大堆人中只有一高一低两个声音在说话，一个尖声尖气，一个粗声粗气。那么多人只有两种面孔，像在一大排镜子里无穷无尽地重复着，一种是长雀斑的、没有毛的圆脸，像被橘黄色光圈包围的月亮，另一种是瘦削的尖嘴的鸟脸，留了两天的胡茬。他们全都怒气冲冲地转向他。他们的责骂声和使劲抵在他肋骨上的胳膊肘使他从懵里懵懂的状态中惊醒过来。他再次回到了外在的现实，他向四周看了看，明白了他看到的一切，恐惧和厌恶让他的心不断下沉。那日日夜夜反复出现的幻觉，那如噩梦般的千篇一律的面孔，这些都让他感到恐惧和厌恶。多生子，多生子……他们像蛆虫一样涌过来，让琳达神秘的死亡变得令人恶心。现在他面前又是爬满了蛆虫，只是大了一号，而且已经成熟了。现在它们正在他的悲伤和悔恨上爬来爬去。他停住脚，用迷惑、恐惧的眼光盯着周围那群穿卡其色制服的人，他站在他们中间，比他们高出了足足一个头。"这儿有如此多美好的生灵！"那歌声在嘲笑着他，"人类是多么美丽！啊，美丽的新世界……"

"领索麻了，"一个声音高叫着，"请排好队。那边的快一点。"

有一道门打开了，桌椅被搬到大厅里。说话的是一个神气活现的年轻阿尔法，他捧着一个黑色的铁皮钱箱走了进来。一直在等待着的多生子们发出了一阵高兴的低语，他们已经把野蛮人全忘了，把注意力集中在了那黑色钱箱上。年轻人把钱箱放在桌上，准备打开。箱盖被揭开了。

"哦，哦！" 162 个人同声叫了起来，好像是在看放焰火。

年轻人抓了一把小药盒，"现在，"他命令道，"请走上来，一次一个人，不许挤。"

一次一个人，没有拥挤，多生子们依次走了上去。先是两个男性，然后是一个女性，再是一个男性，然后是三个女性，然后……

野蛮人站在那儿看着。"啊，美丽的新世界，啊，美丽的新世界……"在他的心里，这些歌词似乎改变了调子。当他感到痛苦和悔恨的时刻，这些歌词嘲笑了他，以多么恶毒的讽刺嘲笑了他！它们像魔鬼一样大笑，让他摆脱不了噩梦中低俗的肮脏和令人作呕的丑恶。而现在，那歌词突然变成了召唤他拿起武器的号角。"啊，美丽的新世界！"米兰达在宣布可以获得美丽的世界，可以将噩梦变成美好高贵的东西。"啊，美丽的新世界！"那是一种挑战，一种命令。

"那边的人别挤。"助理会计生气地大叫着，他啪的一声盖上钱箱，"你们要是不守规矩，我就不发了。"

德尔塔们嘟囔了几句，互相推了推，然后就不动了。威胁很有效。不发索麻，这太可怕了！

"现在这样就对了。"年轻人说，又打开了箱子。

琳达做过索麻的奴隶，现在琳达已经死了，但其他人应该过自由的生活，应该让世界变得美丽。应该补救，这是一种责任。突然之间，野蛮人明白了自己该怎么做，就仿佛是升起了百叶窗，拉开了窗帘，一切变得明亮起来。

"来吧。"助理会计说。

又一个穿卡其色制服的女子走上前来。

"住手！"野蛮人大叫着，声音震天响，"住手！"

他往桌子边挤了过去，德尔塔们都吃惊地盯着他。

"福特呀！"助理会计压着嗓门说，"是野蛮人。"他害怕了。

"听着，我请求你们，"野蛮人急切地叫了起来，"请你们听着……"以前他从来没有在大庭广众之下说过话，觉得要表达自己的意思很困难，"不要拿那可怕的东西，那是毒药，是毒药。"

"我说，野蛮人先生，"助理会计息事宁人地微笑着说，"你能不能让我……"

"那对灵魂和身体都有害。"

"不错，可是，你先让我发完了再说，好不好？我的好先生，"他像抚摸极度危险的动物一样小心翼翼地轻柔地拍了拍他的手臂，"你让我……"

"不行！"野蛮人大叫。

"可是，老兄……"

"把它们全扔掉，那些可怕的毒药。"

一句"全扔掉"穿透了德尔塔们的层层意识，让他们清醒过来。人群中发出一阵愤怒的嘟哝声。

"我是来给你们自由的，"野蛮人转身对着多生子们说，"我是来给……"

助理会计没有再听下去，他已经溜出大厅，在电话簿上查找号码。

"他不在自己的房间里，"伯纳总结道，"不在我的房间里，不在你的房间里，不在爱神宫，不在孵化和条件反射设置中心，也不在学院里。他可能到哪儿去了呢？"

赫姆霍尔兹耸了耸肩。他们刚刚下班回来，以为野蛮人会在平常和他们见面的某个地方等他们，可结果连影子也没看到。这让他们很生气，因为他们原本打算乘赫姆霍尔兹的四座运动型直升机赶到法国的比亚里茨去。如果野蛮人再不来，他们就可能赶不上晚饭了。

"我们再等他5分钟，"赫姆霍尔兹说，"如果他再不来，我们就只好……"

他的话被电话铃打断了，他拿起话筒，"喂，我就是。"他听了很久，"该死的!"他咒骂着，"我马上来。"

"怎么啦?"伯纳问。

"是我在公园巷医院认识的一个人打来的，"赫姆霍尔兹说，"野蛮人在那里，好像发了疯。总之，非常紧急，你愿意跟我去吗?"

两人沿着走廊匆匆向电梯走去。

"你们愿意当奴隶吗?"他俩走进医院时野蛮人正在说话。他满脸通红，眼里闪烁着激动和义愤的光。"你们喜欢当小娃娃吗? 是的，小娃娃，哇哇叫还吐奶的小娃娃。"他被他们像畜生一样愚昧的样子激怒了，忍不住用难听的话来骂这些他想要拯救的人。可是那些人的蒙昧就像一层厚重的甲壳，他的咒骂撞上去又被弹了回来。那些人茫然地盯着他，流露出迟钝而阴郁的仇恨。"是的，吐奶的小娃娃！"他理直气壮地叫道。此时此刻，他把伤心、悔恨、同情和责任全忘光了，他的心里充斥着对这些没有人性的怪物的仇恨。"你们难道不想自由，不想做人吗？难道你们连什么是人什么是自由都不知道吗？"愤怒让他说话流畅起来，他开始滔滔不绝。"你们不知道吗？"他再问了一句，可是没有得到回答。"那好，"他冷冷地说，"我来告诉你们，我要让你们自由，不管你们要不要。"他推开一扇朝向医院内院的窗户，把那些装索麻片的小盒子大把大把地往下扔。

穿卡其色制服的人群被这肆意亵渎的场景吓呆了，他们又惊又怕，不敢发出一点声音。

"他疯了，"伯纳瞪大了双眼，悄悄地说，"他们会杀了他，他们会……"人群中突然有人大叫起来，人潮气势汹汹向野蛮人涌去。"福特保佑！"伯纳说，别开眼睛，不敢看了。

"福特帮助自助的人！"赫姆霍尔兹·华生大笑

着，那是狂喜的笑，他冲上去推开人群。

"自由！自由！"野蛮人大叫着，继续用一只手把索麻扔到院子里，同时用另一只手挥向袭击者那些长得一模一样的脸。"自由！"赫姆霍尔兹突然到了他的身边，也在挥着拳头。"赫姆霍尔兹，好兄弟！""终于做人了！"一边说着话，赫姆霍尔兹也在大把大把地把毒药朝窗外扔。"是的，做人了！做人了！"毒药一点都不剩了，他抓起钱箱让他们看里面空空如也。"你们自由了！"

德尔塔们咆哮着，愤怒已经无以复加。

伯纳在人群之外犹豫着。"他们完了。"他说。他一阵冲动，想冲上去帮他们，可转念一想又停了步，一会儿觉得羞愧，又向前冲了几步，再一想，又站在那儿不动了，他心里为自己的犹豫不决感到痛苦和羞愧——他想到如果自己不去帮忙，他俩可能会被杀死；可是如果去帮忙，自己又会被杀死。正在这时（感谢福特！），戴着凸眼睛猪鼻子防毒面具的警察跑了进来。

伯纳冲过去迎接他们，向他们招手，这就是行动，他好歹在做着什么。他连叫了几声"救命！救命！"，一声比一声高，让自己产生在帮忙的幻觉："救命！救命！救命！"

警察把他推到了一边，继续执行任务。三个肩上扛着喷雾器的警察向空中喷出了浓浓的索麻气体，另外两个则在忙着折腾手提合成音箱，还有四个扛着装满强麻醉剂水枪的警察冲进了人群，对着那些打得最凶的人熟练地喷射着，把他们一个个地放倒在地。

"快！快！"伯纳大叫着，"再不快点他们就要被杀死了，他们……哦！"他唠唠叨叨的声音惹恼了一个警察，对着伯纳就是一枪。伯纳的双腿似乎一下子被抽掉了骨头和脚腱，甚至没了肌肉，变成了两根果冻条，后来连果冻条都不是了，变成了水。他摇晃了一下，顿时瘫倒在地上。

突然，从合成音箱里传来一个声音，那是理智的声音，那是友善的声音。合成音乐录音带正在播放二号（中等强度）反骚乱演讲，那声音来自一个并不存在的人的内心深处。"朋友们，我的朋友们！"那声音是如此悲伤，带着无比温柔的责备，就连那些戴了防毒面具的警察也顿时泪眼模糊了。"你们这是什么意思？你们为什么不能幸福友好地在一起？幸福友好地在一起，"那声音重复道，"要和平，要和平。"那声音颤抖起来，变成了耳语，一时间没了声音。"啊，我多么希望你们能幸福啊，"那声音又开始了，带着热切的渴望，"我多么希望你们能够友好！我请你们，请你们友好而……"

两分钟之后，演讲和索麻雾气起了作用，德尔塔们已经在泪流满面地互相亲吻拥抱——六七个多生子彼此理解地拥抱到了一起，就连赫姆霍尔兹和野蛮人也差不多要流泪了。会计室又送来了新的索麻盒，很快分发给大家。在音箱里那个深情的男中音朗诵的告别辞中，多生子们各自散去，伤心地啜泣着，仿佛心要碎了一般。"再见了，我最最亲爱的朋友们，福特保佑你们！再见了，我最最亲爱的朋友们，福特保佑你们。再见了，我最最亲爱的……"

最后一个德尔塔走掉之后，警察关掉了电源，那天使一样的声音消失了。

"你们是乖乖地跟我们走，还是要我们用麻醉枪？"警官问道，用麻醉枪威胁地指着他们。

"哦，我们乖乖跟你走。"野蛮人回答道，不时地揉着被割破的嘴唇、被抓伤的脖子和被咬伤的左手。

赫姆霍尔兹拿手绢捂住流血的鼻子，点头表示同意。

伯纳醒了过来，双腿恢复了知觉，想利用这个机会尽可能趁人不备地从门口溜走。

"嗨，那边那位。"警官叫起来，一个带猪鼻子面具的警察匆匆穿过房间，一只手抓住了伯纳的肩膀。

伯纳一脸无辜和愤怒地转过身来。逃走？他做梦也没有想过这么干。"你们要我干什么？"他对警官说，"我真想象不出来。"

"你是犯人的朋友吗？"

"呃……"伯纳犹豫了，他的确无法否认。"我为什么不能和他们做朋友？"他问。

"那就来吧。"警官说，带着他们往门口走，那儿有一辆警车在等着。

第十六章

他们三个人被带进了统制官的书房。

"统制官阁下马上就下来。"伽马管家把他们留在了那里。

赫姆霍尔兹放声大笑。

"这不像是审判,倒更像是请我们喝咖啡因饮料。"他说,然后倒进了最奢侈的气垫沙发椅。"高兴一点嘛,伯纳。"他瞥见他的朋友铁青着脸,一脸不高兴,又说了一句。可是伯纳高兴不起来,他没有回答,连看也没有看赫姆霍尔兹一眼,坐在了屋里最不舒服的那把椅子上。他有意那么做,暗暗希望能够多少减轻一点长官的恼怒。

这时,野蛮人在屋子里烦躁地走来走去,他带着一丝说不清楚的好奇窥视着书架上的书、录音胶卷和编号的小格子里的阅读机线轴。窗户下的桌子上有一本大部头的书，柔软的黑色人造皮封面上烫着一个巨大的金色 T 字。他拿起书，翻看起来。《我的生活和事业》，我主福特著。这本书是福特知识宣传协会在底特律出版的。他懒洋洋地翻了几页，这里看一句，那里看一段。他正要下结论说他对这本书不感兴趣时，门开了，常驻西欧的世界统制官脚步轻捷地走进来。

穆斯塔法·蒙德和他们三个人一一握手，但只对野蛮人说话。"看来你并不太喜欢文明，野蛮人先生。"他说。

野蛮人看着他，他本来打算撒谎、吹牛或是闷闷不乐，一言不发。但是看着统制官脸上那种善解人意的表情，他放下心来，决定直言不讳地说出真话："不喜欢。"他摇摇头。

伯纳吃了一惊，满脸惶恐。统制官会怎么想呢？会不会给他安上个罪名，说他跟不喜欢文明的人做朋友，而且是一个公然在统制官面前说他不喜欢文明的人？太可怕了。"可是，约翰……"他想说话，但穆斯塔法·蒙德瞥了他一眼，他便卑微地闭了嘴。

"当然，"野蛮人承认，"有一些很好的东西，比如空中的音乐……"

"有时候千百种弦乐之音会在我耳边吟唱，有时还有人的声音。"[1]

野蛮人的脸上顿时焕发出了快乐的光彩。"你也读过莎士比亚？"他问道，"我还以为在英国没人知道这本书呢。"

"几乎没有人知道，我是极少数知道的人之一。你要知道，这是禁书。但是因为我是制定法律的人，我也可以不遵守，我有豁免权。"他转身对着伯纳，加了一句："马克斯先生，你是必须遵守的。"

伯纳陷入了更加绝望的痛苦之中。

"可是，为什么要禁止莎士比亚的书呢？"野蛮人问道。他由于见到了一个读过莎士比亚的人而感到兴奋，暂时忘掉了其他的一切。

统制官耸了耸肩说："因为莎士比亚太古老，这是最重要的理由。古老的东西在我们这儿是没有用的。"

"即使美也没有用吗？"

"特别是美的东西。美是有吸引力的，但我们不愿

1　出自莎士比亚的《暴风雨》。

意让人们受到古老的东西吸引，我们要他们喜欢新鲜事物。"

"可这些新鲜事物实在太愚蠢、太可怕了，那些新戏里除了飞来飞去的直升机和让你感觉得到的接吻，什么都没有。"他做了个鬼脸。"一群山羊和猴子！"只有用奥赛罗的话，他才能找到充分表达轻蔑和憎恶的方式。

"可不管怎么样，它们都很可爱听话啊。"统制官轻声插了一句。

"那你为什么不让他们看看《奥赛罗》？"

"我已经告诉过你，《奥赛罗》太古老，何况他们也看不懂。"

没错，他说得对。他想起了赫姆霍尔兹嘲笑《罗密欧与朱丽叶》的样子。"那么，"他停了一会儿说，"就让他们看些像《奥赛罗》的新东西，这样他们就看得懂了。"

"一直以来我们想写的正是这种东西。"一直没有说话的赫姆霍尔兹插嘴说。

"可是你永远写不出那样的东西，"统制官说，"因为，如果你写的东西真像《奥赛罗》，那么就没有人看得懂，不管它有多新。而且如果它是新的，就不可能像《奥赛罗》。"

"为什么？"

"对，为什么？"赫姆霍尔兹也问，他也已经忘掉了自己的狼狈处境。只有伯纳还在惦记着自己的处境，他又着急又害怕，脸吓得发绿。没人理他。"为什么？"

"因为我们的世界跟奥赛罗的世界不同。没有钢，你就造不出汽车，没有社会的动荡，你就写不出悲剧。现在的世界很稳定，人民过着幸福的生活，要什么有什么，得不到的东西他们绝不会要。他们富裕，他们安全，他们从不生病，也不害怕死亡。他们不懂激情和衰老，这是他们的福气。他们没有爸爸妈妈来添麻烦，也没有妻子、儿女和情人让他们动感情。他们接受了条件反射设置，完全按照规定行动。万一出了问题，有索麻可以解决，就是你以自由的名义扔到窗外去的那些东西，野蛮人先生，自由！"他哈哈大笑，"你想让德尔塔们懂得什么叫自由！现在又想让他们读懂《奥赛罗》！你真是个好孩子！"

野蛮人沉默了一会儿，还是坚持自己的想法："可是《奥赛罗》是好的，《奥赛罗》要比感官电影好。"

"当然要好，"统制官表示同意，"但是我们要为稳定付出代价，你必须要在幸福和人们所谓的高雅艺术之间作出选择。结果，我们牺牲了高雅艺术，我们选择了感官电影和香味乐器。"

"可那些东西毫无意义。"

"它们的存在本身就是意义，它们给观众带来了很多愉悦的感官享受。"

"可是，写那些东西的人都是……都是白痴。"

统制官哈哈大笑。"你这么说对你的朋友华生先生可不太礼貌，他可是我们最杰出的情绪工程师呢……"

"可是他倒说对了，"赫姆霍尔兹闷闷地说，"确实像白痴，无事可写却偏要写……"

"没错，那才需要真正的聪明才智呢。你是在用最少的钢铁去制造汽车——除了感官其他的一无所有，可你还是创作出了艺术。"

野蛮人摇摇头。"在我看来这似乎太可怕。"

"当然可怕。和苦难带给我们的体会相比，现实的幸福根本不值一提。而且，稳定当然远远不如动乱那么精彩，随遇而安也不如和厄运斗争那么惊心动魄，更没有和诱惑抗争，或因为激情和怀疑而神魂颠倒那

310

么引人入胜。幸福从来就不壮观。"

"确实是这样，"野蛮人沉吟了一会儿说，"可是非得像那些多生子那么糟糕吗？"他用手在眼前挥了挥，仿佛想抹掉记忆中那一排排在装配台上工作的一模一样的侏儒，抹掉布伦特福德单轨火车站门口排成长龙的多生子人群，抹掉在琳达弥留的床边成群结队爬来爬去的人蛆，抹掉那些围着他的千人一面的袭击者。他看了看他缠着绷带的左手，不禁不寒而栗。"太可怕了！"

"可是很有用啊！我知道你不喜欢我们的重复克隆组，可是我向你保证，正是因为有了它们，才有了其他的一切。它们就像方向陀螺仪，确保了国家这架火箭飞机在永远不变的轨道上安全地前进。"那深沉的声音令人激动地震动着，那挥舞的手仿佛横扫整个宇宙空间，象征着那无法抗拒的飞行器一往无前。穆斯塔法·蒙德的口才几乎已经达到了合成音响里演讲的标准。

"我想知道，"野蛮人说，"你为什么要培育这样的人呢？——既然你可以从那些瓶子里得到任何你想要的人，为什么不把每个人都变成超级阿尔法呢？"

穆斯塔法·蒙德大笑起来。"因为我们不想让别人割断我们的喉咙,"他回答道,"我们相信幸福和稳定,一个全部都是阿尔法的社会必然充满动荡和痛苦。你想象一下,如果一座工厂里全部都是阿尔法,他们各不相同,彼此互不关联,每个人都有优秀的遗传基因,而且都可以(在一定范围内)进行自由选择并承担责任。你想象一下!"他重复了一句。

野蛮人努力地想象了一下,却想象不出什么来。

"那将是很荒唐的。如果要让一个按阿尔法标准装瓶进行过阿尔法条件反射设置的人干爱普西隆半白痴的活,他肯定会发疯,或者会砸东西。阿尔法是完全可以适应社会需要的,但要有个条件:你得让他们干阿尔法的活。爱普西隆式的牺牲只能由爱普西隆来做,因为对于爱普西隆们来说,他们并不觉得那是在做牺牲,他们是抵抗力最小的一群人。他们的条件反射设置为他们铺好了轨道,让他们非沿着那轨道跑不可,这是他们的命。即使换了瓶子,他们也仍然在瓶子里,那是一种看不见的瓶子,让他们永远像婴儿和胚胎一样被关在里面。"当然,统制官沉思着说,"我们每个人的一生,都是在某种瓶子里度过的。可我们如果有幸成为阿尔法，我们的瓶子就相对而言比较宽敞，如果把我们关在狭窄的空间里我们就会感到非常痛苦。你不能把高种姓的代香槟倒入低种姓的瓶子里，这在理论上显而易见，而且这在实践中也已经得到了证明。塞浦路斯实验的结果是很有说服力的。"

"什么实验？"野蛮人问。

穆斯塔法·蒙德微笑了。"你要是愿意，也可以称之为重新装瓶实验，那是从福特纪年473年开始的。世界统制官们清除了塞浦路斯岛上原有的全体居民，专门安排了2.2万个阿尔法住进去，并交给他们一切工业和农业所需的设备，让他们自己管理自己。实验结果和所有理论预计完全吻合。土地荒芜，工厂罢工，法律形同虚设，政令不通。那些被选来做一段时间低级工作的人总在想方设法争取高级工作，而那些做着高级工作的人则不惜一切代价要保住现有的职位。不到6年时间，那里就出现了最大规模的内战，结果2.2万人中死了1.9万。幸存者们统一了思想，向统制官们递交了请愿书，要求恢复他们对岛屿的统治，统制官们同意了。世界上出现过的唯一一个全部是阿尔法的社会就这样结束了。"

野蛮人深深地叹了一口气。

"最理想的人口比例是按照冰山模式，"穆斯塔法·蒙德说，"九分之八在水面之下，九分之一在水面之上。"

"水面之下的人会幸福吗？"

"比水面之上的人幸福。比你在这儿的两位朋友幸福。"他指着房间里的另外两个人。

"尽管他们做着那种可怕的工作？"

"可怕？他们并不觉得可怕。相反，他们喜欢那样的工作，又轻松，又简单，身体和思想都没有压力。一天七个半小时毫不费力的劳动，然后有定量的索麻、游戏、不受限制的性交和感官电影。他们还能有什么要求？不错，"他接着说，"他们可能要求缩短工作时间，我们当然可以这么做。事实上，要把低种姓人的工作时间缩短为三四个小时非常简单。但是他们会因此更幸福吗？不，不会的。一个半世纪多以前曾经做过一次实验，爱尔兰的工作时间全部改成每天四小时。结果如何？结果出现了社会动荡和更多的索麻消费，如此而已。那多出来的三个半小时空闲时间远远不足以成为幸福的根源，人们觉得不得不靠度索麻假才能打发那些时间。发明局里塞满了减少劳动的计划，好几千呢。"穆斯塔法·蒙德做了一个夸张的手势，表示很多。"我们为什么不实行呢？是为了劳动者的利益。拿过多的闲暇时间来折磨他们简直就是残忍。农业也一样，只要我们愿意，每一口粮食都可以合成。但我们不这么做，我们宁可让三分之一的人口在土地上耕作。那是为了他们好，因为从土地上获得食物比让工厂生产要慢。而且我们还得考虑到稳定，不想改变。每一次改变都会对社会稳定造成威胁。这是我们不愿意应用新发明的又一个原因。纯科学领域的每一个发现都具有潜在的颠覆性，就连科学有时也得被看作潜在的敌人。是的，就连科学也如此。"

"科学？"野蛮人皱了皱眉头。他知道这个词，可究竟是什么意思他也说不清。莎士比亚和印第安村落的老人从来没有提起过科学，从琳达那里他也只得到一点最模糊的印象：科学是你用来造直升机的东西，是让你嘲笑玉米舞的东西，是让你不长皱纹不掉牙齿的东西。他竭力想听明白统制官的意思。

"是的，"穆斯塔法·蒙德说，"那是为了社会稳定所付出的又一项代价。和幸福格格不入的不光是艺术，而且还有科学。科学是危险的，我们得小心翼翼地给它拴上链子、戴上口罩。"

"什么！"赫姆霍尔兹吃了一惊，"可我们一向都说科学就是一切。那已经是睡眠教育里的陈词滥调了。"

"从13岁到17岁，每周三次。"伯纳插嘴道。

"还有我们在大学里所做的一切关于科学的宣传……"

"对，可那是什么样的科学？"穆斯塔法·蒙德嘲讽地说，"你们没有受过科学训练，所以无法判断。我以前可是个非常出色的物理学家，太出色了，出色到明白我们所有的科学都只不过是一本烹饪书。书上的正统烹饪理论是不容任何怀疑的，还有一大批配方不经过掌勺师傅的特殊批准是不许写进书里去的。我现在当上了掌勺师傅，但以前也曾经是个有好奇心的洗碗小工。我开始自己尝试一些烹调方法，一些非正统的、非法的烹调方法。其实，那才真正有点科学的意思。"他沉默了。

"后来怎么啦？"赫姆霍尔兹·华生问。

统制官叹了一口气。"几乎跟你们面临的遭遇一样，年轻人。我差一点就要被遣送到一个小岛上。"

这些话把伯纳吓了一跳，做出了不体面的过激举动。"把我遣送到小岛上去？"他蹦了起来，穿过屋子，冲到统制官面前挥动着手。"您不能送我去，我什么也没有做，都是别人做的，我发誓是别人做的。"他责备地指着赫姆霍尔兹和野蛮人。"啊，求您了，请别把我送到冰岛去，该做什么我保证都做。再给我一次机会吧，再给我一次机会吧！"他泪流满面。"告诉您，都是他们的错，"他抽泣着，"别让我去冰岛。啊，求您了，阁下，求……"他奴性大发，一下子跪倒在统制官面前。穆斯塔法·蒙德想让他起来，他却赖在地上不动，嘴里喋喋不休地说个没完。最后，统制官只得按铃叫来了他的第四秘书。

"带三个人来，"他命令道，"把马克斯先生带到卧室里去，给他一剂索麻雾，让他上床睡觉。"

第四秘书出去了，带回来三个穿绿色制服的多生子仆人。伯纳被带了出去，还在叫喊着抽泣着。

"别人还以为要割他的喉咙了呢，"门关上后统制官说，"不过，他如果有一点点脑子就会明白，这种处罚其实是一种奖赏。他要被送到某个小岛上去，那就意味着他要被送到一个可以遇见世界上最有趣的男男女女的地方去，那些人在世界的其他任何地方都不可能遇到。那些人都是因为某种原因而特别有个性，他们跟社会生活格格不入，对正统思想感到不满，有自己的独立思想。总而言之，他们每个人都不一样。我几乎要妒忌你了呢，华生先生。"

赫姆霍尔兹笑了。"那您现在为什么不是在那些岛上呢？"

"因为我最终选择了这儿，"统制官回答，"他们曾经给过我选择：是被送到岛上去继续研究我的纯科学，还是进入统制官委员会，然后在适当的时候继任统制官。我选择了这个，放弃了科学。"他沉默了一会儿，"有时候，我为放弃了科学感到遗憾。幸福是一个很难伺候的老板——特别是别人的幸福。如果人们不是因为被设置成毫无疑义地接受幸福，那么幸福就比真理还要难服侍得多。"他叹了一口气，又沉默了一会儿，然后改用一种欢快的口气说下去，"好了，责任就是责任，人是没法选择自己的喜好的。我对真理感兴趣，我喜欢科学，但是真理是一种威胁，科学是一种社会危害，它有多少益处就有多少害处。科学给了我们历史上最平衡的稳定，跟我们的稳定相比，中央帝国的稳定也只能算是不可靠的。即使原始的母系社会也不会比我们更稳定。我再说一句，我们要感谢科学，但是我们不能让科学抵消它自己做的好事，所以我们要谨慎地控制着它的研究范围——正是因此我才几乎被送到岛上去。除了当前最急需的问题，我们都不允许科学涉及。其他的一切探索都要非常小心谨慎地遏制，"他停顿了一会，又接着说，"读一读福特时代的人所写的关于科学进步的文章是很有意思的，那时候的人似乎以为科学可以不受任何限制地不断发展下去。他们认为知识是最高层次的善，真理是最高层次的价值，其他的一切都是次要的、从属的。不错，但即使是那时候，观念就已经开始改变。福特本人就曾经做过极大的努力，要把重心从真与美转向舒适和幸福。大规模生产需要这种转变。普遍的幸福能让轮子稳定地运转，而真与美不行。而且，只要是人民大众掌握了政权，重要的就是幸福而不是真与美。不过，尽管如此，不受限制的科学研究在那时还是允许的。人们还在谈论真与美，就好像它们是重要的商品。这种状况一直持续到九年战争之前，是那场战争让他们彻底改变了态度。如果炭疽杆菌炸弹在你周围爆炸，那些真呀美呀知识呀对你还有什么意义？从那时起科学开始受到控制——就在九年战争之后。那时候的人们甚至已经准备控制自己的胃口呢。为了安定的生活，什么都是可以放弃的。从那以后，我们一直在控制。当然，那对真理不算是好事，但对保持幸福却大有好处。有得必有失嘛，获得幸福是要付出代价的。你就要付出代价了，华生先生，你要为对美表现出太浓的兴趣而付出代价。我曾经对真理的兴趣太浓，我也因此付出过代价。"

"可是你并没有去某个岛。"野蛮人说，打破了长久的沉默。

统制官笑了。"那就是我付出的代价。我选择了为幸福服务，为别人的幸福服务，不是我自己的幸福。幸运的是，"他停了一会儿又接下去，"世界上有那么多岛屿。要是没有那么多岛屿，我还真不知道该怎么办了，那就只能把你们全送进毒气室里了。附带问一句，华生先生，你喜欢不喜欢赤道气候？比如马奎萨斯群岛或是萨莫亚岛，或者是别的什么更令人激动的地方？"

赫姆霍尔兹从他的气垫椅上站了起来。"我愿意去一个气候极端恶劣的地方，"他回答道，"我相信在气候恶劣的地方我可以写出更好的东西。比如，有狂风暴雨……"

统制官点头表示同意。"我就喜欢你这种精神，华生先生，真的非常喜欢，但从工作的角度来说，我应该反对你这种精神。"他微笑了，"马尔维纳斯群岛怎么样？"

"好的，我觉得可以，"赫姆霍尔兹回答道，"现在，如果您不介意的话，我要去看看可怜的伯纳怎么样了。"

第十七章

"艺术，科学——你好像为你的幸福付出了相当高的代价，"只剩下他们俩时，野蛮人问统制官，"您还付出了别的代价吗？"

"当然，还有宗教。"统制官回答，"以前曾经有过一种叫作上帝的东西，那是九年战争以前的事了。不过我忘了，你应该是知道上帝的。"

"这……"野蛮人犹豫了，他本来很想谈谈孤独，谈谈夜晚，谈谈月光下的苍白的石头山，谈谈悬崖，谈谈跳进阴影里的黑暗，谈谈死亡。他很想说话，却找不出话来表达，甚至用莎士比亚的话也无法表达。

这时，统制官走到了屋子另一边，开始打开一个嵌在书架间墙壁里的保险箱。沉重的门一下子开了，统制官伸手在黑暗里摸索，"这是一个我一向很感兴趣的话题。"统制官说，他抽出一本黑色的厚书，"你从来没有读过这本书吧？"

野蛮人接了过来。"《圣经·新旧约全书》。"他念着封面上的书名。

"这书也没有读过吧？"那是一本小书，已经没有封面了。

"《效法基督》[1]。"

"还有这本。"他又递给他一本。

"《宗教体验种种》[2]，作者威廉·詹姆斯。"

"我还有很多书，"穆斯塔法·蒙德坐回到位子上，"很多淫秽的古书。我的保险箱里放着上帝，书架上放着福特。"他笑着指向他那自诩的图书馆——那些摆放着书、阅读机线圈和录音带的架子。

"你既然知道上帝，为什么不告诉他们？"野蛮人义愤填膺地问，"你为什么不把这些有关上帝的书给他们读？"

"这就和为什么不让他们读《奥赛罗》一样，这些书太古老了。都是关于几百年前的上帝的书，不是关

1　这是一本写于中世纪的基督徒的灵修指南。
2　哈佛大学心理学家和哲学家威廉·詹姆斯所著，出版于1902年。

于今天这个上帝的书。"

"但是上帝是不会变的。"

"可人会变。"

"那有什么区别?"

"区别太大了。"穆斯塔法·蒙德说着又站了起来,走到保险箱前,"有个人叫纽曼主教[1],"他说,"是个红衣主教,"他补充道,"相当于社区首席歌唱家那样的人物。"

"'我是潘杜尔夫,来自美丽的米兰,我是红衣主教,'[2]我在莎士比亚的书里读到过。"

"你当然读到过。好了,我刚才说过,有个人叫纽曼红衣主教。哦,就是这本书,"他抽了出来,"说到纽曼的书,我把这本书也拿出来吧,这是一个叫麦因德毕兰的人写的,他是个哲学家——但愿你知道什么是哲学家。"

"哲学家就是能梦想,但不能梦尽天地间万物的人。"野蛮人立即回答。

---

1 约翰·亨利·纽曼(1801—1890),也称为纽曼红衣主教,是19世纪英国宗教史上的重要人物。

2 出自莎士比亚戏剧《约翰王》。

"说得很对，我待会儿给你念一段他确实梦想过的东西。现在你来听一听这位社区首席歌唱家的话，"他把书翻到夹着一张纸条的地方开始读，"'我们不属于自己，就像我们所占有的东西也不属于我们一样。我们没有创造自己，我们不能超越自己。我们不是自己的主人，而是上帝的财富。这样看问题难道不是我们的幸福吗？认为我们是自己的主人能带来什么幸福或慰藉呢？也许年轻富裕的人会这么想，他们以为随心所欲是件快乐的事，不需要依靠任何人，不必考虑与己无关的任何东西，不必因为总需要感谢别人、总需要祈祷、总需要把自己做的事和别人的意志联系在一起而烦恼。可惜随着时光的流逝，这些年轻富裕的人和所有人一样都会发现，人并不是天生独立的，独立状态并不是一种自然状态。独立在一定时期内也许可能，但无法让我们平安地到达目的地……'"穆斯塔法·蒙德顿了顿，放下第一本书，拿起了另一本翻着。"就拿这一段为例，"他说，然后就用他那低沉的声音念了起来，"人是要衰老的，他在自己身上强烈地感到衰弱、无力和不适，这种感觉随着年龄的增长而增长。有了这种感觉之后，他会想象自己只是病了，以为这种糟糕的情况是某种特殊原因造成的，试图用这种想法来减少恐惧。他希望这种状况可以像某种病一样，能够治好。这纯粹是幻想！这种状况叫作衰老，是一种可怕的疾病。有人说对死亡和来生的恐惧使人们到老年之后转向宗教，但是我自己的体会使我深信，宗教情绪是随着年龄的增长而增长的，与这些恐惧或幻想无关。随着年龄的增长，激情减退了，幻想和感受力变弱了，理智活动受到的干扰减少，理智不再像以前那样被物象、欲望和娱乐所遮蔽，这时上帝就出现了，仿佛云开日出。我们的灵魂感觉到了，看见了这万光之源，我们很自然地不可避免地朝它转了过去，因为给予感官世界以生命和魅力的东西现在已经离我们而去，感觉已经无法支撑那种表象存在，无论这种感觉来自内心还是外界。我们感到需要依靠一种永恒的东西，一种永远不会欺骗我们的东西——一种现实，一种绝对的永恒的真理。是的，我们不可逃避地要转向上帝，因为这种宗教情绪的本质是如此纯洁，使能够体会到它的灵魂如此愉悦，可以弥补我们所有其他的损失。"穆斯塔法·蒙德合上书，身子往椅背上一靠。"天地之间有一种哲学家们连做梦也没有想到过的存在就是这个（他挥舞着手），就是我们，我们这个现代的世界。'人只有在获得青春和富裕时才能独立于上帝，但这种独立不能让你平安地到达目的地。'现在我们已经获得了青春和富裕，随之而来的是什么？显然我们可以独立于上帝之外了。'宗教情绪可以弥补我们其他的一切损失。'可是我们并没有什么需要弥补的损失，宗教情绪是多余的东西。既然青年时期的欲望全都可以满足，为什么还要寻求那欲望的代用品呢？既然我们可以尽情重复古往今来的各种闹剧，为什么还要追求那娱乐的代用品呢？既然我们的身心都能在活动中不断获得愉悦，为什么还要休息呢？既然我们有索麻，为什么还需要安慰呢？既然我们已经获得了社会稳定，为什么还需要追求永恒呢？"

"那么你认为上帝是不存在的？"

"不，我认为很可能存在着一个上帝。"

"那为什么？……"

穆斯塔法·蒙德打断了他的话。"但是上帝对不同的人有不同的表现方式，在现代社会以前上帝表现自己的方式就正如这些书里所描述的。可是现在……"

"可是现在上帝是怎样表现自己的呢？"野蛮人问。

"哦，他表现为一种缺席，仿佛根本不存在。"

"那可是你的错。"

"就当是文明的错吧。上帝跟机器、科学的医药以及普遍的幸福是格格不入的。你必须作出选择，我们的文明选择了机器、医药和幸福。因此我只能把这些书锁进保险箱，这些书里面有太多淫词秽语，会吓坏人的……"

野蛮人打断了他。"可是，感到上帝的存在不是很自然吗？"

"你倒不如问：穿有拉链的裤子不也是很自然的吗？"统制官讽刺地说，"你让我想起了另外一个这样的老头，他叫布拉德莱[1]。他给哲学的定义是：为自己出于本能所相信的东西寻找蹩脚的解释！就好像人们会出于本能相信某种东西似的！一个人相信什么是由他的条件反射设置决定的。为自己由于某种错误的理由而相信某种东西寻找蹩脚理由——那是哲学的任务。人们相信上帝是因为他们的条件反射设置。"

"可是情况还是一样，"野蛮人不想改变自己的观

---

1 布拉德莱：英国19—20世纪著名哲学家。

点，"在孤独时人自然而然就会相信上帝，完全孤独的时候，在夜里，想着死亡……"

"可是现在人们从不会感到孤独，"穆斯塔法·蒙德说，"我们让他们仇恨孤独，我们为他们安排的生活使他们几乎不可能孤独。"

野蛮人黯然地点了点头。他在马尔佩斯感到痛苦，是因为别人把他孤立在村落的集体活动之外，现在他在文明的伦敦也感到痛苦，是因为他无法逃避集体活动，无法安静地独处。

"你记得《李尔王》里的那段话吗？"野蛮人终于说道，"'诸神是公正的，以我们的风流罪过作为惩罚我们的工具；他在黑暗罪恶的地方生下了你，结果失去他的那双眼睛。'这时爱德蒙回答道——你应该记得，他受了伤，快要死了，'你说得对，没错，命运的车轮整整转了一圈，我落到如此田地。'这怎么样？是不是看上去像是有一个掌握万物的上帝在奖善惩恶？"

"哦，是吗？"这一回是统制官提出了疑问，"你可以和一个不孕女尽情地寻欢作乐，绝不会有被你儿子的情妇剜去双眼的危险。'命运的车轮整整转了一圈，我落到如此田地。'现在的爱德蒙会怎么样呢？他会坐在气垫椅里，搂着姑娘的腰，嚼着性激素口香糖，看着感官电影。诸神无疑是公正的，但是他们的法律归根到底却是由社会的组织者决定的，上帝接受着人的指令。"

"你肯定吗？"野蛮人问，"你肯定坐在这里气垫椅里的爱德蒙不会受到和那个受伤流血、快要死去的爱德蒙同样严厉的惩罚吗？诸神是公正的……他们难道不会因为他寻欢作乐而贬斥他吗？"

"你怎么贬斥他呢？作为一个快乐、勤奋、消费着商品的公民，这个爱德蒙无懈可击。当然，如果你要采用跟我们不同的标准，你也许可以说他堕落了。但是我们应该坚持同一套规则，不能按'离心汪汪狗'的游戏规则玩电磁高尔夫。"

"但是价值不是随意决定的，"野蛮人说，"一方面价值必须要有可贵之处，另一方面它还涉及评价者的标准和尊严。"

"行了，行了，"穆斯塔法·蒙德表示抗议，"这是不是已经离题太远了？"

"如果你让自己想到上帝，就不会让自己因为风流罪过而堕落。你应该耐心地忍受一切，鼓起勇气做事。

我在印第安人身上看见过。"

"我相信你看见过,"穆斯塔法·蒙德说,"但我们不是印第安人,文明人没有必要忍受痛苦。至于鼓起勇气做事,福特根本不允许人们产生这样的念头。如果每个人都各行其是,那么整个社会秩序就要被打乱了。"

"那你怎么看待自我牺牲呢?如果你们有上帝,那么你们就应该接受自我牺牲。"

"但是必须取消自我牺牲才会有工业文明,相反,我们要在卫生和经济所能容忍的范围内鼓励自我放纵,否则社会的车轮就会停止转动。"

"那你们总应该鼓励贞操吧!"野蛮人说,这些话让他有点脸红了。

"但是贞操意味着激情,贞操意味着神经衰弱,而激情和神经衰弱就会带来社会不安定,从而导致文明的毁灭。没有纵情就不可能有持久的文明。"

"但上帝总应该鼓励一切高贵、善良和勇敢的东西吧,如果你们有上帝的话……"

"我亲爱的年轻朋友,"穆斯塔法·蒙德说,"文明绝对不需要什么高贵和英雄主义,这类东西的存在只能证明政治缺乏效率。在我们这种组织合理的社会里，人们没有机会表现高贵或勇敢。这种机会只能在社会环境完全混乱时才出现，比如说出现战争，出现派别分化，出现需要抵制的诱惑，出现需要争夺或保卫的爱的对象——显然，只有在那些情况下高贵和英雄主义才会有点意义。可是现在我们没有战争，我们竭尽全力不让自己对某个对象爱得太深，我们这里没有派别分化。你的条件反射设置让你只能做你应该做的事，而你应该做的事总体上说来都是非常愉快的，你可以任意发泄你的种种自然冲动，根本没有必要去抵制任何诱惑。如果由于某种不幸的意外，某种不愉快的事情发生了，没关系，有索麻帮你远离现实。在任何情况下，我们都可以用索麻平息你的怒气，让你与敌人和解，让你忍耐，可以长期承受痛苦。在过去，你得做出巨大的努力，经过多年艰苦的道德训练才能做到这些，而现在，你只需吞下两三粒半克的索麻就行了。现在谁都可以做到道德高尚，一个索麻瓶就可以让你随身带着至少一半的道德。没有眼泪的基督教——索麻就是这种东西。"

"可是我们还是需要眼泪的。你还记得奥赛罗说的话吗？'如果每次暴风雨之后都有这样平静的时刻，

333

那就让狂风恣意地吹，直到把死亡吹醒。'有一个印第安老人常告诉我们这样一个故事，是关于一位叫玛塔斯吉的姑娘的。想和她结婚的小伙子们必须到她园子里去锄一上午的地，这看上去好像很简单，但那儿有许多有魔法的蚊子和苍蝇，大部分小伙子都受不了叮咬跑了，那个受得住叮咬的小伙子得到了姑娘。"

"有意思！但是在文明的国家里，"统制官说，"你可以用不着替姑娘们锄地就得到她们，也不会有苍蝇或者蚊子叮咬，我们在好多个世纪以前就消灭了蚊蝇。"

野蛮人皱着眉头点了点头。"你们把苍蝇蚊子都消灭了，没错，这就是你们的做法。把一切不愉快的东西都消灭掉，而不是学会忍受它们。是在心里默默忍受厄运的毒箭，还是拿起武器与困难抗争，通过反对来终结……可是你们两样都不做，既不忍受也不反对，你们只是把毒箭消灭掉，那太容易了。"

他突然沉默了，想起了他的母亲。琳达在她37层楼的房间里曾经漂浮在一个充满光明和歌声的海洋里，那里有香味的抚爱——她漂走了，漂到了空间之外，时间之外，不再受到她的回忆、习惯和那衰老臃肿的身子的桎梏。而汤玛金，孵化及条件反射设置中心前主任汤玛金，现在还在索麻假期里，摆脱了羞辱和痛苦，在那个世界里，他听不见嘲弄的话语和讽刺的笑声，看不见琳达那张奇丑无比的面孔，感觉不到那两条湿乎乎软趴趴的胳臂搂着自己的脖子——那是一个美丽的世界……

"你们需要的是，"野蛮人继续说道，"为了变化需要付出眼泪的东西。这儿的一切都不够珍贵。"

（"造价1250万美元，"在野蛮人对他提起这话时，亨利·福斯特曾经抗议过，"1250万美元——那是新条件反射设置中心的价值，一分不少。"）

"让一切可怕的未定的东西接受命运、死亡和危险的挑战，这不是很有意义吗？"他抬头看着穆斯塔法·蒙德问道，"这与上帝无关——当然，上帝也可能是理由之一。危险的生活不是很有意义吗？"

"是很有意义，"统制官回答道，"不论男女，他们的肾上腺素每过一些时候都需要受到点刺激。"

"什么？"野蛮人没有明白。

那是保持身体健康的条件之一，所以我们才要强制让大家接受代强烈感情素治疗。"

"代强烈感情素？"

"就是代替产生强烈感情的东西。每月常规注射一次，我们让肾上腺素到达全身。从生理上来说，它完全和恐惧与狂怒相等，它能产生的健身效果跟杀死苔斯德蒙娜和被奥赛罗杀死相同，丝毫没有烦恼。"

"可是我却喜欢那些烦恼。"

"我们不喜欢，"统制官说，"我们喜欢舒服。"

"我不需要舒服。我需要上帝，需要诗歌，需要真正的危险，需要自由，需要真善美，需要罪恶。"

"实际上你是在要求得到受苦的权利。"

"那好，"野蛮人挑战地说，"我现在就要得到受苦的权利。"

"你还有要求得到衰老、丑陋和丧失行动能力的权利，有得梅毒和癌症的权利，有挨饿的权利，有招人厌烦的权利，有不断担心明天会发生意外的权利，有得伤寒的权利，有被各种难以描述的痛苦折磨的权利。"长时间的沉默。

"我要这所有的一切。"野蛮人终于开了口。

穆斯塔法·蒙德耸耸肩。"你请便。"他说。

第十八章

门虚掩着，他们俩进来了。

"约翰！"

从浴室里传来一阵刺耳的怪声。

"出了什么事吗？"赫姆霍尔兹叫道。

没有回答。刺耳的声音又出现了，两次。没有声音了。浴室门"咔嗒"一声开了。野蛮人走了出来，脸色非常苍白。

"天哪，"赫姆霍尔兹很关心地说，"你看上去像是病了，约翰！"

"你吃了什么不该吃的东西吗？"伯纳问。

野蛮人点点头。"我吃了文明。"

"什么？"

"我中了文明的毒，受了污染。"而且，他放低了声音说，"我吞下了自己的邪恶。"

"可是，你到底……我是说，你刚才吃了什么……"

"我现在已经净化了，"野蛮人说，"我拿芥末冲温水喝了。"

另外两个人吃惊地瞪着他。"你是说你故意那么做的？"伯纳问。

"印第安人就是用这种办法来净化自己的。"他坐下来，叹了一口气，用手抹了抹前额。"我要休息几分钟，"他说，"我好累。"

"哦，我并不意外，"赫姆霍尔兹沉默了一会儿说，"我们是来告别的。"他换了个口气继续说，"明天我们就走了。"

"是的，明天我们就走了。"伯纳说。野蛮人在他脸上看见了一种完全听天由命的表情。"顺带说一句，约翰，"他坐在椅子上，身子前倾，把手放在野蛮人的膝盖上，"我想告诉你我对昨天发生的事有多么抱歉，"他脸红了，"有多么惭愧，"尽管他的声音已经颤抖了，他还坚持在说，"有多么……"

野蛮人打断了他的话，抓住他的手，动情地捏了捏。

"赫姆霍尔兹对我很好，"伯纳停了一下后接着说，"要是没有他，我早就……"

"好了，好了。"赫姆霍尔兹抗议道。

大家都沉默了。尽管他们很痛苦，甚至可以说，因为他们很痛苦，他们反倒高兴了起来，因为他们的痛苦象征着他们彼此之间的爱。

"今天早上我去见了统制官。"野蛮人终于说话了。

"去干什么？"

"去问他我是否可以和你们一起去岛上。"

"他怎么说？"赫姆霍尔兹急切地问。

野蛮人摇摇头。"他不让我去。"

"为什么不让？"

"他说他想继续做试验。可是我完蛋了，"野蛮人突然愤怒起来说，"如果我继续给他当试验品，那我就完蛋了。就算全世界的统制官都来求我，我也不干。我明天就走。"

"可是你到哪儿去呢？"另外两个人异口同声地问。

野蛮人耸耸肩。"哪儿都可以，我不在乎，只要我可以一个人待着就行。"

下行线路是从吉尔福德沿威谷到哥德尔明，然后，飞过米尔福德、维特利到黑斯尔米尔，再穿过彼德斯菲尔德飞向朴次茅斯。而大体与之平行的上行路线经过华波斯顿、同安、帕特南、爱尔丝特和格雷莎等地。这两条线路在野猪背和欣德黑德之间有几处地方相距不到六七英里，这个距离对于粗心的驾驶员来说实在太近，特别是在他们多吞了半克索麻的晚上。那段航线发生过事故，非常严重的事故，于是上行线路被往西挪开了几公里。这样，在格雷莎和同安之间就留下了四座被遗弃的灯塔，标志着从朴次茅斯到伦敦的旧飞行线路。灯塔上的天空冷冷清清，而在塞尔波恩、波尔顿和法恩汉上空直升机则在永不停歇地轰鸣着。

野蛮人选择了耸立在帕特南和爱尔丝特之间的小山顶上的一座旧灯塔作为隐居地。那建筑物是钢骨水泥做的，保存情况良好。野蛮人第一次来考察这地方时曾经嫌这地方太舒服，文明到了几乎奢侈的地步。但他向自己保证一定要以更加严格的自律和更加全面彻底的自我净化作为弥补，以此获得良心的安宁。他在隐居地的第一个晚上有意没有睡觉，而是整晚整晚地跪在地上祈祷，时而像有罪的克劳狄斯[1]为了乞求饶恕一样向老天祈祷，时而用祖尼语向阿沃纳微罗那祈祷，时而向耶稣和雨神祈祷，时而向他的守护神鹰隼祈祷。他不时地伸展着双臂，就好像被钉在十字架上一样，他一直伸着双臂，直到胳膊越来越疼，疼得他发抖，难以忍受。他一边伸着双臂，心甘情愿地受苦，一边咬紧牙关，一遍一遍地重复着（疼痛让他汗流满面）："哦，饶恕我吧！哦，保佑我纯洁！哦，帮助我善良！"他一遍一遍地说着，直到痛得几乎昏死过去。

到了第二天早上，他觉得自己已经获得了在灯塔里居住下去的权利，尽管大部分窗户还装有玻璃，从平台上看出去的景色也非常美。让他选择灯塔的理由几乎也是要让他立即离开这里的理由。他选择到那儿去居住，是因为那儿的风景非常美丽，是因为从灯塔上看去，似乎可以看见神灵的圣体。可是他这样的人怎么配得上如此的福分，能够每日每时欣赏如此的美景？他这样的人怎么配得上与上帝的圣体生活在一起？他只配住在肮脏的猪圈或是地下的黑洞中。经过

---

1 哈姆雷特的叔叔。

了一个长夜之后，他的身子仍然僵硬，仍然疼痛，也正因此他才觉得心安了，他爬上灯塔的平台，向旭日东升的光明世界望去，他已经重新获得了活在这个世界的权利。北边的景色被野猪背长长的白垩山脊包围着，东边尽头的后面矗立着七座摩天大楼，那就是吉尔福德。野蛮人一见那些大楼就做了一个鬼脸，但过了一会儿他也就和它们和平共处了。到了晚上，这些大楼上的几何图形快活地闪着光，或者整个楼体灯火通明，像发光的手指一样指向深不可测的神秘天空（那手势的意义在全英格兰除了野蛮人之外，恐怕谁也不会明白）。

在野猪背和他的灯塔所在的小山之间有一个山谷，帕特南就在那里。帕特南是一个不起眼的小村庄，九层楼，有几个圆柱形粮仓，有一个家禽场和一个小小的维生素 D 工厂。灯塔南面的山坡上长满了石楠，山坡尽头是几个小池塘。

池塘之外是一片树林，树林旁边矗立着一座 14 层的大楼，那是爱尔丝特。欣德黑德和塞尔波恩高高耸立在浪漫的蓝色天空中，若隐若现。但是吸引野蛮人到这个灯塔来的不仅仅是那些远景，近处的风景同样吸引着他。那森林，那大片大片的石楠丛和黄色的金雀花，那一片片苏格兰枞树，那榉树掩映下波光潋滟的池塘，那池塘里的睡莲和一丛丛的灯芯草——这些都是美丽的风景，对于习惯了美洲荒漠的眼睛来说，它们简直美得惊人。还有他想要的孤独！日子一天天过去，他没有见过一个人影。灯塔距离查令T字大楼只有一刻钟的飞行距离，但这个萨里郡的荒原却比马尔佩斯的群山还要没有人烟。每天都有一批批的人离开伦敦，但他们只是去打电磁高尔夫或是网球。帕特南没有高尔夫球场，最近的瑞曼式网球场也远在吉尔福德。这儿唯一能吸引人的就是山花烂漫的风景。所以，既然没有好的理由来这里，所以就没有人来。最初的几天里，野蛮人独自生活，没有受到任何打扰。

约翰初到伦敦时曾经领过一笔私人的零用钱，他把大部分钱都花在了买生活用品上。离开伦敦之前他买了四条人造毛毯子、粗绳、细线、钉子、胶水、几件工具、火柴（虽然他打算到时候做一个取火钻）、瓶瓶罐罐、24袋种子和10公斤面粉。"不，不要合成淀粉和废棉代面粉，"他坚持不要那些东西，"就算这些更有营养也不要。"可是他没有经得起商店老板的劝说，最后还是买了泛腺体饼干和加了维生素的代牛肉。现在望着这些罐头他开始深深地责备自己的软弱。可恨的文明产品。他下决心即使挨饿也绝不吃那些东西。"那会给他们一个教训。"他心存报复地想着。可那对他也是一个教训。

他数了数钱，他希望剩下的那点钱能够让他度过冬天。到了明年春天，他的菜园就可以种出足够的东西，让他不必依赖外面的世界。同时，猎物总是有的，他看见过很多兔子，池塘里还有水鸟。他开始动手做起弓箭来。

灯塔旁边就有白蜡树，还有满林子的榛树树苗，全长得直直的，是做箭杆的好材料。他先砍倒一株小白蜡树，截出一段六英尺长的没有分叉的树干，削去树皮，然后照老米茨马教他的样子，一刀一刀地削掉白色的木头，最后得到了一根和他自己一样高的棍子，当中粗是为了结实，两头细是为了灵活方便。工作给了他极大的乐趣。在伦敦的那几个星期里，他整天无所事事，需要什么只需按一下按钮或是拉一拉手柄，现在做起这些需要技巧和耐心的工作对他来说简直就是一种享受了。

他差不多把棍子削成了弓体时，忽然意识到自己在唱歌，不由吃了一惊。唱歌！这种感觉就像他从外面回来，突然撞上自己在干坏事而且被当场活捉一样。他羞得满脸通红。毕竟他来这儿不是为了唱歌和享受，而是为了不让肮脏的文明生活继续污染他，他来这里是为了净化自己，做个好人，积极弥补自己的过失。他不安地意识到，在他沉溺于削制弓体时，他竟然已经忘记了自己发过誓要随时记住的东西——可怜的琳达，自己对她的残忍冷酷，还有那些在她死时在她身边像虱子一样爬来爬去的讨厌的多生子。他们的存在不仅亵渎了他的悲伤和悔恨，而且也亵渎了神明。他曾经发誓要记住这些，而且发誓要不断弥补这些过失。可现在，他却一边制作弓箭，一边唱起歌来，真的在唱……

他进了屋子，打开芥末盒，放进一些水，在火上煮了起来。

半小时以后，从帕特南同一重复克隆组来的三个次德尔塔农民开车到爱尔丝特去，他们在山顶上时恰巧看到一个年轻人站在被废弃的灯塔外面，光着上身，用一根打结的绳子鞭打着自己。他的背上印出猩红色的鞭痕，一条条鞭痕上滴着缕缕的鲜血。卡车司机在路边停了车，跟他的两个同伴一起张大了嘴巴盯着这罕见的一幕。一、二、三，他们数着，打到第八鞭时年轻人停止了自我惩戒，跑到树林边狂吐起来，吐完之后，又回来继续捡起鞭子猛抽自己。九、十、十一、十二……

"福特啊！"司机低声说，他的两个兄弟也是一样的反应。

"福特啊！"他们说。

三天以后，记者来了，就像一群秃鹰叮在腐尸上。

弓已经在用新鲜木头燃起的文火上烘干，非常坚固，可以用了。野蛮人在忙着做箭杆，30根榛树条已经削好烘干，箭头装上了尖利的钉子，箭尾上精心地刻好了凹槽。有一天晚上他袭击了帕特南的禽场，现在他手头的羽毛足以装配一个武器库。第一个记者找到他时，他正在往箭杆上安装羽毛。那人穿着气垫鞋走到他身后，没有一点声音。

"早上好，野蛮人先生，"他说，"我是《每时广播》的记者。"

野蛮人仿佛被蛇咬了一口，吃惊地跳起来，箭、羽毛、胶水罐和刷子撒了一地。

"对不起,"记者真心地表示歉意,"我不是故意的……"他用手碰了碰自己的帽檐——那是一顶铝制的大礼帽,里面装了无线电收发器。"请原谅我不能脱帽致敬,"他说,"帽子有点重。噢,我刚才是说,我是《每时广播》的记者……"

"你要干什么?"野蛮人皱着眉头问。记者脸上报以最讨好的笑容。

"哦,我们的读者会非常感兴趣……"他把脑袋偏到一边,微笑得简直有点卖弄风情的味道。"只要你说几句话,野蛮人先生。"然后,他很快地做了几个常规动作,迅速把两根连在他腰间移动电池上的电线解开,同时插进他那铝制帽子的两侧,然后碰了碰帽子顶上的一根弹簧,一根天线弹了出来。他又碰了碰帽檐上的一根弹簧,一个麦克风蹦了出来,悬在离他鼻子6英寸的地方,摇晃着。他把一副接收器戴在耳朵上,按了一下帽子左边的按钮,一种轻微的黄蜂般的嗡嗡声出现了,扭了一下右边的把手开关后,嗡嗡声变成了一种听诊器里的丝丝吱吱声,一会儿又变成了打嗝声和突然的尖叫声。"喂,喂,"他对着麦克风说，"喂喂，喂喂……"帽子里突然响起了铃声。"是你吗，厄泽尔？我是普利姆·梅隆。对，我找到他了。现在野蛮人先生要接过话筒说几句话，野蛮人先生，好吗？"他又换了种讨好的微笑看着他，"请告诉我们的读者你为什么到这儿来，是什么让你这么突然离开伦敦的？（厄泽尔，听好！）还有，当然，为什么要鞭打自己？"（野蛮人吃了一惊，他们怎么会知道我鞭打自己的事呢？）"我们都非常迫切地想知道关于鞭打的事，然后你再谈点关于文明的问题，你知道是什么问题，比如说'我对文明姑娘的看法'。说几个字就可以了，就几个字……"

野蛮人完全按照他的要求说了几个字，一共五个字，再没有多余的——就是他对伯纳谈起坎特伯雷社区首席歌唱家时的那五个字。"Hánil Sons éso tse ná!"他一把揪住记者的肩膀，把他扭过身去（那年轻人身上全面武装着各种设备），以职业足球冠军一样的力气和准确度，给了他狠狠的一脚。

8分钟以后，最新版的《每时广播》已经在伦敦街头出售，头版的大标题是："**《每时广播》记者尾骨惨遭神秘野人踢伤**"，"**轰动萨里郡**"。

"连伦敦也轰动了。"记者回去后读到这些话时心想。但是那"轰动"让他付出了疼痛的代价,他坐下来吃午饭时得非常小心。

他的另外四个同事却没有被他受伤的尾骨吓倒,当天下午便分别代表《纽约时报》、法兰克福《四维连续体报》、《福特科学箴言报》和《德尔塔镜报》来到灯塔采访,他们受到的待遇,一次比一次粗暴。

"你这个愚蠢的笨蛋!"《福特科学箴言报》的记者揉着屁股,站在安全距离之外大叫,"你为什么不吞点索麻?"

"滚!"野蛮人摇着拳头。

对方倒退几步,转过身子。"吞下一两克,罪恶扫光光。"

"Kohakwa iyathtokyai!"野蛮人叽里呱啦地说了一句什么,嘲讽的口气,咄咄逼人。

"痛苦是一种幻觉。"

"哦,是吗?"野蛮人说,拾起一根榛木棍,大踏步扑了过来。

《福特科学箴言报》的记者吓得赶紧往他的直升机跑去。

349

在那之后，野蛮人有了片刻宁静。几架直升机飞来，围着灯塔猎奇地盘旋着。他对着最近的那架烦人的飞机射了一箭，箭射穿了机舱的铝制地板，只听到里面传来一声尖叫，飞机以超级充电器所能提供的最高加速度像火箭一样蹿上了天空。别的飞机一直保持着一段距离，不敢轻易靠近。野蛮人根本不理会飞机讨厌的嗡嗡声（他把自己想象成玛塔斯吉姑娘的求婚者之一，在苍蝇蚊子的包围下岿然不动），只管埋头挖着他未来的花园。过了一会儿，那些像害虫一样的飞机显然感觉很无趣，都飞走了。他头上的天空连续好几个小时都空空如也，除了云雀的叫声，再也没有其他任何声音。

天气热得让人透不过气来，空中响起了雷声。他已经挖了一个上午的地，现在正四仰八叉地躺在地上睡觉。突然，他心里想着的列宁娜出现在了他面前，列宁娜赤裸着身子，真真切切地在那里，她嘴里说着"亲爱的"，说着"抱紧我"。她穿着鞋袜，洒了香水。不要脸的婊子！可是，哦，哦！她那两条胳膊搂住了他的脖子！她的乳房，她的嘴！永恒在我们的嘴里、眼里。列宁娜……不，不，不，不！他跳了起来，光着半截身子跑了出去。荒原边上有一丛灰白的杜松。他冲过去，伸开双臂抱住那些绿色的荆棘，而不是他所渴望的光滑的身体。无数尖利的荆棘扎着他，他努力去想可怜的琳达，喘着气，手乱抓，眼里有说不出的恐惧。可怜的琳达，他发誓要记住的琳达！但是列宁娜仍在他眼前晃动，那是他发誓要忘记的人啊！虽然杜松的荆棘扎得他生疼，他那痛苦的肉体感觉到的还是列宁娜，那么真切，无法逃避。"亲爱的，亲爱的，既然你也想我，为什么不……"

鞭子挂在门边的钉子上，随时准备好对付那些到来的记者。狂乱中，野蛮人跑回屋抓住鞭子，"嗖"的一鞭，打了结的绳子陷进他的肉里。

"婊子！婊子！"每抽一鞭他便大叫一声，好像抽的是列宁娜（他多么疯狂地希望那就是列宁娜，自己却没有意识到），白白的、暖暖的、香喷喷的、不知廉耻的列宁娜！他就这样抽打着她。"婊子！"然后，他用一种绝望的声音说，"哦，琳达，原谅我。原谅我，上帝。我是个坏人，我邪恶，我……不，不，你这个婊子！你这个婊子！"

这整个过程被感官电影公司最成功的大腕摄影师

达尔文·波拿巴尽收眼底，他一直躲在300米以外精心建造的掩体里。他的耐心与技巧现在得到了回报。他在一棵假橡树的树洞里坐了三天，在石楠丛里爬了三夜，把麦克风埋藏在金雀花丛中，把电线埋在灰色的软沙里。72小时里他饱尝了艰辛，现在伟大的时刻终于来了——这是自他拍摄有关猩猩婚礼那部著名立体感官电影之后的最伟大的时刻，达尔文·波拿巴一边忙着操作他那些器材心里一边这么想着。"太精彩了！"野蛮人刚开始那惊人的表演，他就自言自语道。他小心地调着远程摄影机的镜头，聚焦在那移动着的对象上。他开动更大的功率，给了那疯狂扭曲的脸一个大特写（太好了！），然后转为半分钟的慢镜头（他心里非常确定这会产生绝妙的喜剧效果），他仔细听着那些鞭打声、呻吟声和那些胡言乱语，这些话都被记录在他的胶片的声带上。他把声音稍微放大一点听了听（噢，这下子好多了）。在瞬间的平静中，他很高兴地听见一只云雀在尖声欢叫，他多么希望野蛮人会转过身子，让他给他背上的血痕拍个漂亮的特写镜头——而几乎就在他转念之间（多么惊人的巧合！），那位听话的家伙竟真的转过了身子，让他拍了一个无懈可击的特写。

"噢，太棒了！"拍完后他自言自语道，"的确是太棒了！"他擦了一把脸。等到了摄影棚配上感官效果后，这一定会成为一部精彩的电影，丝毫不比《抹香鲸的爱情生活》逊色，达尔文·波拿巴心里想着——福特呀！那可就要轰动一时啦！

12天后，《萨里郡的野蛮人》正式上映，可以在西欧任何一家一流的感官电影院里看到、听到、感觉到。

达尔文·波拿巴的影片产生了立竿见影的效果。前一天电影首映，第二天下午，约翰在乡下的孤独就被头上一窝蜂出现的直升机一下子打破了。

他在他的园子里挖地——一边挖地，一边在心里苦苦地思考着一些问题。死亡——他铲了一铲子，又铲了一铲子，又是一铲子。我们所有的昨天，不过是替傻子们照亮了回归尘土的死亡之路。这时空中一阵响雷，仿佛是对他心里想的话的回答。他铲起满满一铲土。琳达是怎么死的？为什么要让她慢慢地变得越来越没有人样，直到……他打了一个寒战。一块可以亲吻的腐肉。他把脚踏在铲子上狠狠地往结实的土地里踩。我们在诸神眼里就像顽童眼里的苍蝇，他们为了游戏就把我们杀死了[1]。又是一声响雷，仿佛为了证明他说的话千真万确——甚至比真理还要真实。可是同样还是那个格雷斯特却又把诸神叫作慈悲的天神。你最好的休息是睡眠，你也常常渴望睡眠，可是你为什么又那么害怕死亡，死亡只是不存在而已[2]。死亡不过是睡觉，睡觉，也许还做梦。他的铁锹铲在一块石头上，他弯下腰去捡起石头。在死亡的睡眠中，会有怎样的梦？……

头顶的嗡嗡声变成了轰鸣，一片阴影突然遮住了他，有什么东西挡在了他和太阳之间！他吃了一惊，停止了挖土，停止了思绪，抬头一看，眼前的景象让他眼花缭乱，不知所措。他的心还在另外一个比现实还真实的世界里游荡，还在思考着死亡与神灵的无所不能。现在他一抬头，却看见了那黑压压一大片的直升机盘旋在他的头顶上。这些直升机像蝗虫一样飞来，悬挂在空中，然后在他的四面八方降落，停在石楠丛中。从这些硕大无朋的蝗虫肚子里走出了穿白色人造丝法兰绒衫的男人，还有因为怕热穿着人造丝睡

---

1 出自《李尔王》中格雷斯特伯爵的话。
2 出自莎士比亚戏剧《恶有恶报》。

衣或天鹅绒短裤和无袖低胸背心的女人——每架飞机一对。几分钟之内，从直升机上已经下来了好几十对。他们围着灯塔站成了一个大圆圈，瞪着眼看着笑着，咔嚓咔嚓地按着照相机，向他扔着花生、性激素口香糖和泛腺小奶油饼，就像扔给大猩猩一样。他们的人数每时每刻都在增加，因为现在野猪背上空的飞机还在不断涌来。几十个立即变成了上百个，然后上百个变成了几百个，仿佛是一场噩梦。

野蛮人已往隐蔽处退却，就像一只无处可逃的困兽，他背靠着灯塔的墙，瞪着眼前的一张张面孔，惊恐得说不出话来，就像一个完全失去理智的人。

一包口香糖准确地打在他脸上，让他从茫然状态中惊醒过来，把他带回到眼前的现实中。被疼痛吓了一跳之后，他已经完全清醒了，清醒而且暴怒。

"滚开！"他大叫。

大猩猩说话了！欢声和掌声响起来。"可爱的野蛮人！万岁！万岁！"他在混杂的人声中听见了叫喊，"鞭子，鞭子，鞭子！"

受了这些话的启发，他从门背后的钉子上取下那打了结的绳，对着那些折磨他的人挥舞起来。

人群中响起嘲讽的欢呼声。

他气势汹汹地向他们扑去。一个女人吓得叫了起来，人群里离他最近的那几个人乱了阵脚，但很快稳住站定了。数量上的绝对优势给了观光者们勇气，这出乎了野蛮人的意料。他被吓住了，停下来朝四周张望。

"你们为什么就不能让我安静安静？"他的愤怒中几乎带着哀求。

"吃点镁盐杏仁吧！"那人递过来一包杏仁，野蛮人如果要打人，他就是第一个挨打的。"挺好吃的，你知道的，"他带着有些紧张的微笑，讨好地说，"镁盐可以让你永远年轻。"

野蛮人没有理会他递过来的东西。"你们要我干什么？"他望着一个又一个傻笑的面孔问，"你们究竟要我干什么？"

"鞭子，"上百个声音七嘴八舌地叫着，"玩一个鞭子功吧，我们要看鞭子功。"

队伍后面的人开始一起用缓慢、沉重的节奏喊起来："我——们——要——看——鞭——子——功，我——们——要——看——鞭——子——功。"

其他的人也立即跟着叫喊，重复着那句话，像鹦鹉学舌，他们叫了又叫，声音越来越响，叫到第七八遍时，其他什么话都不说了，只听见"我——们——要——看——鞭——子——功"。

人群全都在叫喊。他们仿佛陶醉在喊声中，陶醉在团结一致中，陶醉在有节奏感的救赎感中，他们仿佛可以就这样叫上几个钟头，几乎没完没了地叫下去。可是重复到第25次时，他们的叫喊被打断了。又一架直升机从野猪背飞了过来，在人群上空悬停了一会儿，然后在离野蛮人几米外停下，停在人群和灯塔间的空地上，螺旋桨的轰鸣声一时淹没了叫喊声。在飞机落地、引擎关闭之后，人们又开始用同样响亮同样单调的声音坚持不懈地喊起来："我——们——要——看——鞭——子——功，我——们——要——看——鞭——子——功。"

直升机的门打开了，从里面走出来的先是一个面色红润的帅小伙，紧跟其后的是一个年轻姑娘，穿着绿色天鹅绒短裤和白色衬衫，戴着骑手帽。

一看见那姑娘，野蛮人吃了一惊，想往后缩，脸色顿时苍白。

那姑娘站在那儿对他微笑着——一种犹豫的、乞求的、几乎是谦卑的微笑。时间一秒秒地过去。她的嘴唇动了一下，在说着什么，但她的声音被人群不断重复的叫喊声吞没了。

"我——们——要——看——鞭——子——功。"

姑娘的双手按着身体的左侧，那张蜜桃一样明艳、玩偶一样美丽的脸上出现了一种奇怪的复杂表情，那里既有渴望又有痛苦。她那蓝色的眼睛似乎变得更大、更明亮了。突然，两颗泪珠滚下面颊。她又说话了，仍然听不见。然后她很快地做了一个冲动的动作，伸出双臂，向野蛮人走了过来。

"我——们——要——看——鞭——子——功，我——们——要……"

片刻之间，他们的要求得到了满足。

"婊子！"野蛮人像疯子一样向她冲过去。"臭女人！"他像个疯子一样挥起鞭子向她抽去。

她吓得转身就逃，绊了一下，摔倒在石楠丛里。"亨利，亨利！"她大叫着。但她那脸色红润的同伴早已逃离了危险，躲到了直升机后面。

人群又兴奋又快活，哇哇乱叫。队伍散开了，人们都朝那个吸引了所有人注意力的姑娘跑去。痛苦是一种迷人的恐怖。

"去死吧,淫妇,去死吧!"[1]野蛮人又发疯地抽着鞭子。

人们迫不及待地围了过来,像猪猡围着食槽一样乱拱乱挤。

"啊!肉欲!"野蛮人咬着牙,这一回鞭子落在了他自己肩膀上。"杀死肉欲!杀死肉欲!"

痛苦和恐怖吸引了人群,他们的内心受到合作习惯和团结救赎欲望的支配(这是他们的条件反射设置埋在他们心里的,永远无法抹去),他们开始模仿起野蛮人的疯狂动作来,像野蛮人鞭打自己背叛的肉体那样彼此殴打起来,或是殴打着他脚边石楠丛中那丰腴的抽搐着的肉体——那堕落的女人。

"杀死肉欲,杀死肉欲,杀死肉欲……"野蛮人继续喊叫。

这时突然有人唱起了"让我们纵情吧",顷刻之间大家都唱起了那句歌词,唱着唱着大家开始跳起舞来。

---

1 出自莎士比亚戏剧《特洛伊罗斯与克瑞西达》。

让我们纵情吧，他们一圈一圈地跳着，用六八拍子彼此拍打着。让我们纵情吧……

最后一架直升机飞走时已经过了半夜。野蛮人躺在石楠丛里睡着了。索麻使他迷醉，长时间疯狂的纵欲使他筋疲力尽。他醒来时已经艳阳高照。他躺了一会儿，像猫头鹰一样对着光懵里懵懂地眨了眨眼睛，然后突然想了起来——想起了一切。

"哦，上帝，上帝！"他用手捂住了脸。

那天晚上越过野猪背飞来的直升机排成了十公里长的一片乌云。有关头一天晚上赎罪狂欢晚会的描写登上了所有的报纸。

"野蛮人！"最先到达的人一下飞机就高喊，"野蛮人先生！"

没有人回答。

灯塔的门虚掩着。他们推开门，里面黑乎乎的。透过屋子尽头的一道拱门，他们可以看到通往楼上的楼梯。在拱门的正下方，悬挂着两条腿。

"野蛮人先生！"

缓慢地，非常缓慢地，像两根不慌不忙的圆规脚，那双脚向右边转了过来，向北，东北，东，东南，南，

360

西南转了过去，停住，过了几秒钟后，又同样不慌不忙地向左边转了回去，西南，南，东南，东……

1932 年

阿道斯·赫胥黎年表

1894年

出生于英国萨里郡的贵族知识分子阶层，父亲伦纳德·赫胥黎是著名杂志《康希尔》的编辑，母亲茱莉亚·阿诺德是诗人、散文家马修·阿诺德的侄女，同时也是小说家汉弗莱·沃德夫人的妹妹。他的祖父是科学家 T.H. 赫胥黎。

1910年

16 岁时在伊顿公学读书，他得了一种病，让他之后的两年里几乎完全失明，并严重影响了他以后的视力。

1916年

在牛津大学的贝利奥尔学院获得了文学学士学位，一战期间他在政府部门工作了数年。

1920年

开始成为专业作家，他为《威斯敏斯特公报》写作戏剧评论，并担任《房屋与花园》和《时尚》两个杂志的特约撰稿人。

1921年
发表了第一本小说《克罗姆·耶娄》,讽刺了上层社会的艺术家,文笔机敏辛辣,甚至有些惊世骇俗,立即为赫胥黎赢得了"危险天才"的名声。

1932年
《美丽新世界》出版。赫胥黎把极权政府与无所不在的能给人带来愉悦的索麻以及性结合在一起,这成为他最有生命力和影响力的作品。

1937年
赫胥黎和他的比利时妻子玛利亚·尼斯以及他们的儿子马修离开欧洲到美国南加利福尼亚生活,直到去世。

1954年
发表迷幻经典作品《知觉之门》,记录自己服用麦司卡林后的心理体验,对后世的嬉皮文化与心理学研究影响深远。摇滚乐队"大门乐队"(The Doors)的名字就是取自赫胥黎的书名。

1955年
妻子死于癌症,次年赫胥黎和意大利小提琴家、心理医生劳拉·阿切拉结婚。

1962年

出版小说《岛》，作为对《美丽新世界》的回应，描绘一个理想社
会，探索有机教育、灵性与自由的可能性。

1963年

在洛杉矶去世，享年69岁。

无界文库